D1726401

Kai Meyers Mythenwelt

Die verschollene Symphonie

Besuchen Sie uns im Internet:
http://www.Festa-Verlag.de

KAI MEYERS MYTHENWELT
Band 4

James A. Owen
Die verschollene Symphonie

Aus dem Amerikanischen von Sara Schade

FESTA

1. Auflage September 2004
Originaltitel: *The Winter's Room*
›Book Four of *Kai Meyer's Mythworld*‹
© dieser Ausgabe 2004 by Festa Verlag, Leipzig
Idee & Konzept: Kai Meyer [www.kai-meyer.de]
Lektorat: Hannes Riffel [textagentur@epilog.de]
Druck und Bindung: FINIDR, s. r. o.
Alle Rechte vorbehalten

ISBN 3-935822-70-7

PROLOG

Die Düne

Der hagere alte Mann mit den kalten Augen und den markanten Gesichtszügen stieg vorsichtig über die Büsche am Rand des Strandes. Mit einem beschwerlichen Ächzen ließ er sich in den Dünen nieder. Von Norden her wehte eine kräftige Brise, die seinen weißen Überwurf aufbauschte. Das Symbol, das vielfach darauf gestickt war, verschwand in den Falten. Ein Betrachter hätte es vielleicht für eine auf dem Bauch liegende Acht gehalten. Die wahre Bedeutung des Symbols hätte wohl das Verständnis selbst des klügsten Fragestellers überstiegen. Glücklicherweise war niemand anwesend, der sich über den Kleidergeschmack des alten Mannes hätte wundern können. Im Umkreis von mehreren Kilometern existierte keine Menschenseele.

Dem alten Mann kam der Gedanke, dass er vielleicht ganz allein auf der Welt war.

Er zog seine Schuhe aus, schritt den Abhang zum Wasser hinunter und hinterließ eine unregelmäßige Spur aus Fußabdrücken. Der Sand war feucht durch den Platzregen von vor einer Stunde; er war aus dicken, zinngrauen Wolken gefallen, die sich noch immer am Horizont ballten.

Er fragte sich, ob dieses Wetter in dieser Region und zu dieser Jahreszeit üblich war, und grübelte weiter, ob es wohl am anderen Ende der Schlaufe anders wäre; dies wiederum führte ihn schließlich zu Überlegungen über geologische Veränderungen und den Strom der Gezeiten.

Er schüttelte diese Gedanken ab. Es hatte sich erst seit kurzem eingeschlichen, dieses nachlässige, unpräzise Denken. Wenn er ihm zu häufig nachgab, konnte das sein Urteilsvermögen schwächen und damit auch den Zweck seiner Reise gefährden. Bei der Vorstellung weiterer Reisen seufzte er schwer – er trug die Bürde allzu hohen Alters und hatte doch in einer voraussichtlich begrenzten menschlichen Lebensspanne noch zu viele Ziele zu erreichen. Wäre er jünger gewesen – sagen wir, erst zweihundert Jahre alt –, hätte ein so einfacher Auftrag wohl keine Herausforderung dargestellt, ganz gleich, wie viele Einsätze er erfordern würde und wie monoton sie erscheinen mochten. Natürlich war auch er einmal jünger gewesen, aber der Lösung des aktuellen Problems hatte ihn das dennoch nicht näher gebracht.

Er griff in seine Tasche und zog den Zeitmesser hervor, der summte und Zahlen anzeigte, die auf ein Ereignis verwiesen, das noch in der Zukunft lag. Er nahm die Anzeige mit einem zufriedenen Grinsen zur Kenntnis und steckte das Gerät wieder ein. Sein Blick glitt über das, was eines Tages die Lagune von Langebaan werden würde, etwa einhundert Kilometer nördlich vom künftigen Kapstadt. Die Luft roch nach Salzwasser und umwehte ihn in wiederkehrenden Mustern, wenn sie von der Steilküste hinter ihm abprallte und über die Dünen zurückgeworfen wurde. Der graue Sand unter seinen Zehen war kühl und weich, und er fragte sich, was mit den Fußabdrücken, die er hinterließ, wohl geschehen mochte. Würde die Brandung sie fortwaschen? Oder würde irgendein Tier sie verwischen – ein Tier, das über ein anderes, kleineres Tier herfiel, welches sich zu seinem Pech auf den unteren Stufen der Nahrungskette befand?

Die Füße des alten Mannes waren ziemlich klein. Wenn die Abdrücke nicht ausgelöscht wurden, würden sie vielleicht bis in kommende Jahrhunderte überdauern und für die Spuren des Vorfahren einer frühen Kultur gehalten werden. Irgendjemand würde wahrscheinlich einen Abguss davon machen und ihn in ein Museum stellen. Tausende von Menschen aus aller Welt würden herbeiströmen, um sich den Abguss anzusehen und auf einer kleinen Messingtafel zu lesen, dies seien die Fußabdrücke des Erfinders der Papierherstellung oder des Essbestecks oder eine ähnliche, bemerkenswert unwissende

Prophezeiung. Und das nur, weil die Fußspuren zufälligerweise älter waren, als die jeweilige Kultur, die sie finden würde. Dabei konnten sie ebenso gut von jemandem stammen, der – auf der Jagd nach einem Kaninchen für sein Abendessen – zum Wasser hinuntergelaufen war um zu pinkeln. (Er runzelte nachdenklich die Stirn: Gab es in Afrika Kaninchen?)

Sie würden wahrscheinlich auch glauben, dass die Spuren von einer Frau stammten, wegen ihrer geringen Größe. Von einer erstaunlich alten Frau. Eva möglicherweise.

Das war eigentlich eine recht lustige Vorstellung, überlegte der alte Mann.

Er blinzelte, als ein warmer, feuchter Tropfen über sein Gesicht lief. Es begann erneut zu regnen.

Als er die Augen schloss und tief einatmete, erinnerte er sich an einen anderen Regentag, in Bayreuth vor vielen Jahren – oder *in* einigen Jahren, je nachdem, wie man es betrachtete. Es war im Herbst gewesen statt im Frühjahr und an einem ähnlich atemberaubenden Ort, auch wenn das Bayreuther Festspielhaus zugegebenermaßen der Erhabenheit der südafrikanischen Küste nicht das Wasser reichen konnte. So bedeutend dieses Ereignis gewesen sein mochte – Ort und Zeitpunkt der *Ersten Offenbarung* –, war es ihm doch interessanterweise seit Jahrzehnten nicht mehr in den Sinn gekommen. Erst der eigentümliche Geruch des Regens, der sacht um ihn herum niederging, an diesem – wie er hoffte – gleichermaßen bedeutsamen Ort, hatte es ihm ins Gedächtnis zurückgerufen.

Erneut zog er das Gerät aus der Tasche und warf einen Blick auf die Anzeige: noch sechzehn Sekunden, bis es so weit war. Dies war die längste Schlaufe, die er jemals aufgezeichnet hatte. In wenigen Sekunden würde er wissen, ob seine Bemühungen erfolgreich gewesen waren. Er hoffte es. Beinahe vier Jahrhunderte des Springens hatten ihren Tribut gefordert, und er fragte sich, ob ihm nicht ein Urlaub gut tun würde. Er erinnerte sich allerdings, dass zahlreiche jüngere

Versionen seiner selbst das Gleiche gedacht und es nie ernsthaft in Betracht gezogen hatten, obwohl es ratsam gewesen wäre. Er nahm sich vor, es ihnen gegenüber zur Sprache zu bringen, sollten sich ihre Schlaufen demnächst mit den seinen kreuzen.

Zehn Sekunden. Er bemerkte, dass seine Hände unwillkürlich zitterten, und steckte sie in den wärmenden Überwurf. Fünf Sekunden. Die vom Regen gesprenkelten Wellen, die sanft an das Ufer plätscherten, verharrten in ihrer Bewegung. Sein Puls beschleunigte sich. Vier. Hinter einem Schleier aus Wolken und feuchter Luft wandelte die Sonne unvermittelt ihre Farbe von frühlingshaftem Rot zu zartem Violett. Drei, und die Luft selbst schien erwartungsvoll zu schimmern.

Zwei. Das Universum hielt den Atem an.

Eins.

Ein Spiegel fiel herab.

Ein Spiegel, der so weit war wie der Himmel, senkte sich auf den alten Mann nieder. Er umhüllte ihn und verwandelte seine Umgebung in eine nahtlose Spiegelfläche. Der Himmel wurde zur Brandung und die Brandung zum Himmel. Der Boden unter seinen Füßen war nicht fester als die Luft, die den Wandel der Schöpfung in seine Lungen einbrannte. Es hatte aufgehört zu regnen, und um ihn herum tanzten und wirbelten Gestalten, verwischt vom Wind der Zeit. Menschen. Da waren Menschen. Die Schlaufe führte vorwärts, nicht rückwärts. Wie eine Porzellanfigur in einer Glaskugel atmete der alte Mann aus und bemerkte erst da, dass er die Luft angehalten hatte.

Nachdem er einige Augenblicke lang seine Lage bedacht und zögernd eine Hand ausgestreckt hatte, war er überzeugt, dass es sich um eine tatsächliche Umkehrung handelte und nicht um eine, die lediglich einen Blick in eine fremde Zeit gestattet hätte. Seine Finger berührten die Vision wie die Beine eines Insekts, die auf die Oberfläche eines Teiches drückten. Dann, mit stärkerem Druck, schob er sie hindurch.

Mit einem Donnerschlag wurde er nach vorn gerissen und stürzte Hals über Kopf auf den unebenen Boden. Ein Übergang war alles andere als einfach, aber immer noch besser als ein direkter Sprung.

Er schüttelte den Kopf, um ihn von den Nachwirkungen der Reise zu befreien, und blickte in die Wolken unter ihm, in denen sich das Wasser über ihm widerspiegelte. Darin gewahrte er ein großes, verzerrtes Gesicht, das auf ihn herabblickte. Der alte Mann fragte sich, ob er in das Antlitz Gottes sah.

Einen Augenblick später wurde ihm bewusst, dass das Gesicht sein eigenes war.

Die Spiegelungen, die ihn umgaben, verwandelten sich in greifbare Realität, und als er dies bemerkte, verschwand die südafrikanische Küste in den Wellen von Zeit und Raum. Die geschwungenen Dünen hatten zerklüfteten, felsigen Gestaden Platz gemacht, der Frühlingsnachmittag einer trockenen Sommernacht. Der alte Mann kannte diesen Ort, und als er sich selbst sah, wusste er auch, in welcher Zeit er sich befand. Er spuckte aus und fluchte innerlich. Die Schlaufe war eine Sackgasse.

Die kleine griechische Insel unterschied sich von den anderen Inseln des Archipels lediglich durch die Tatsache, dass man sie nur für einen einzigen Zweck nutzte. Hier wurde kein Getreide angebaut, kein Vieh aufgezogen. Nur ein einziger verkrümmter Baum stand auf ihrer grauen Landmasse, und dort fand das Ritual statt.

Er blickte in die Augen seines anderen Ichs, das mit Lederriemen fest an das knorrige Holz gebunden war, während die restlichen Bilder durch den Spiegel traten und um ihn herum Gestalt annahmen.

Die zwei Dutzend Frauen, die auf dem kleinen Felsvorsprung

wie verrückt umhertanzten, waren bis auf die Weinblätter in ihren Haaren und die auf ihre Körper geschmierten Farbstreifen nackt. Eine von ihnen, die er für die Oberpriesterin hielt – oder Hohepriesterin oder wie immer die Heiden die Anführerin eines solchen Rituals nennen mochten –, trug einen Kopfschmuck und schüttelte immer wieder etwas, das sie in ihrer Faust hielt, in Richtung des Mondes.

Die Bacchantinnen fuhren mit ihrem Ritual fort, tanzten im Feuerschein und sangen lauthals in den Himmel, als könnten oder wollten sie den älteren Mann, der in ihrer Mitte aufgetaucht war, nicht sehen. Sie wirbelten in wilder Raserei umher und drängten sich zu Gruppen schwitzender Gestalten zusammen. Brüste wurden gestreichelt und Rücken gekratzt, voller Vergnügen und Schmerz zugleich. Körper rieben in einer Extase der Leidenschaft aneinander, in Anbetung eines Gottes jenes Pantheons, auf dessen Spuren der alte Mann durch die Ewigkeit gereist war.

Der junge Mann, der an den Baum in der Mitte der Insel gebunden war, blinzelte sein älteres Ich erwartungsvoll an. Er räusperte sich mit trockener Kehle und warf den wild herumtanzenden Frauen einen zögernden Blick zu. »Können sie dich nicht sehen?«

Der alte Mann lehnte sich gegen den Baum und antwortete im Plauderton: »Scheint so. Dies ist *deine* Echtzeit, nicht die meine.«

Der jüngere Mann starrte ihn wütend an und versuchte auszuspucken. Da es ihm jedoch an Speichel mangelte, warf er seinem Gegenüber nur einen finsteren Blick zu.

»Und?«, krächzte er. »Willst du nicht irgendwas unternehmen?«

»Ich weiß nicht«, erwiderte der alte Mann. »Ich erinnere mich, schon einmal hier gewesen zu sein, aber mir ist nicht ganz dasselbe widerfahren wie dir.«

»Das klingt ... ziemlich überheblich ...«

»Daran ist der Umhang Schuld. Was ist hier passiert?«

»Die Maschine«, kam nach einigen Sekunden die Antwort, »die Anabasis-Maschine. Sie haben sie mir abgenommen ... Haben sie zerstört.«

»Hmm«, brummte der alte Mann. »Lass sie den Heiden. Auf die gleiche Weise habe ich einmal eine silberne Taschenuhr verloren.«

Die Augen des jüngeren Mannes weiteten sich. »Etwa die Uhr, die du Michael Langbein auf der Reise nach Lepinski Vir gegeben hast?«, rief er aus. »Ich habe diese Uhr geliebt. Achtundzwanzigstes Jahrhundert, habe ich Recht?«

»Neunundzwanzigstes«, sagte der alte Mann zerstreut, als eine besonders attraktive Bacchantin vorbeigewirbelt kam. »Keine Sorge – sie wird wieder auftauchen.«

»Vielleicht für dich«, fauchte der Mann am Baum, »... für mich nicht mehr.«

»Warum nicht? Es ist erst ... was war es gleich? Das zweite Jahrhundert vor dem Nullpunkt? Meine Anabasis-Maschine sollte bei einem Sprung für uns beide ausreichen. Ich meine, du bist ein wenig mitgenommen, aber sie haben dich noch nicht umgebracht. Also lass den Kopf nicht hängen, ja?«

Als Erwiderung blickte der jüngere Mann zu seiner Hüfte hinunter. Das Blut, das seinen Unterleib bedeckte, war bereits geronnen und hatte eine schwarze Kruste gebildet. An der Stelle, wo seine Geschlechtsteile hätten sein sollen, befand sich nur eine gähnende, ausgefranste Wunde. Die Hoden des alten Mannes krampften sich mitfühlend zusammen. Er ahnte nun, was die Priesterin so triumphierend in Richtung Mond schüttelte.

Er schnaubte frustriert und resigniert zugleich, trat hinter den Baum und legte einen Arm um den Hals seines jüngeren Ichs.

»Übrigens«, flüsterte er ihm ins Ohr, »was ich dir sagen wollte – du brauchst wirklich dringend Urlaub.«

»Da hast du verdammt noch mal Recht«, krächzte der Gefesselte, bevor der alte Mann ihm das Genick brach.

Ohne einen weiteren Blick auf die leblose Gestalt an dem Baum zu werfen oder auf die überraschten Bacchantinnen, die soeben bemerkten, dass ihrem geplanten Opfer etwas noch Schlimmeres widerfahren war als ein abgeschnittener Penis, nahm der alte Mann erneut das Gerät aus seiner Tasche, drehte an den Rädchen auf seiner Oberfläche und machte sich auf den Weg in die Zukunft.

Auf einer grauen Düne an einem der südlichsten Strände der afrikanischen Küste trockneten ein Dutzend Fußabdrücke und verhärteten sich allmählich. In den ersten tausend Jahren nahm niemand davon Notiz, auch nicht in den nächsten und den darauf folgenden tausend. Nach etwa zwanzigtausend Jahren schnüffelte ein kleines, nagetierähnliches Wesen daran und überließ sie weiteren hunderttausend Jahren der Einsamkeit, bevor jemand sie entdeckte.

Der kleine, dunkelhaarige Junge mit den kalten Augen trat auf den Sandstein und setzte seine nackten Füße in zwei der Abdrücke. Seine Fußsohlen waren etwa sieben Zentimeter kürzer als die Vertiefungen.

»Hmm«, brummte er. »Man hätte meinen sollen, dass ich in hundertsiebzehntausend Jahren ein wenig hätte wachsen müssen.«

Er lächelte innerlich und warf einen Blick auf die silberne Taschenuhr, die sich in der linken Tasche seines weißen Umhangs befand. Dann nahm er eine Anabasis-Maschine aus der rechten Tasche, drehte an den Rädchen und verschwand.

TEIL EINS
ABWESENHEITEN

KAPITEL EINS

Die Walküre

Die Welt ist voller Wunder.

Ein Satz, der in seiner Einfachheit ebenso tiefsinnig wie wahr ist, auch wenn die meisten Menschen nicht daran glauben. Wie bedauerlich, dachte die Ärztin, denn Wunder scheinen mit beunruhigender Häufigkeit zu geschehen.

Dessen ungeachtet war ein Großteil der Menschheit immer noch der Meinung, dass sich alle wirklichen Wunder bereits zu einer Zeit ereignet hatten, als die Jahreszahlen auf ihren Kalendern noch nicht in dreistellige Bereiche vorgerückt waren. In Wahrheit geschahen die ganze Zeit über Wunder, es bemerkte nur keiner.

Zugegebenermaßen hatte auch die Ärztin einmal zur unaufgeklärten Masse gehört, vollkommen gleichgültig gegenüber der Tatsache, dass sich um sie herum Ereignisse von biblischen Ausmaßen abspielen mochten. Bis sie eines Tages selbst in den Einflussbereich eines solchen Phänomens geraten war. Wie das Schicksal so spielte, handelte es sich dabei nicht um ein Ereignis, das man leicht als Folge religiösen Wahns hätte abtun können, wie etwa den Stern von Bethlehem. Stattdessen war dieses Vorkommnis überhaupt nur im weitesten Sinne zur Kategorie Wunder zu zählen: eine Heilung durch Handauflegen, die als Zaubertrick getarnt war.

Danach war ihre Bereitschaft, an Wunder zu glauben, erheblich gestiegen. Seither schenkte sie ihrer Umwelt viel mehr Aufmerksamkeit und stellte fest, dass ihre Bemühungen nicht vergeblich waren: Wunder gab es überall. Leider hielten die wenigen Menschen, denen sie diese Erkenntnis mitteilte, ihre Definition von ›Wunder‹ für banal und führten ihren Enthusiasmus auf jenes bemerkenswerte Ereignis zurück, dessen Zeugin sie geworden war.

Die Ärztin konnte ihnen das nicht einmal verübeln. Schließlich ließen sich die ›Wunder‹, die sie überall wahrnahm, auch schlichtweg auf eine erhöhte Lebensfreude zurückführen. Allerdings behauptete sie ihrerseits, dass ihre Mitmenschen sie nur deshalb nicht verstanden, weil sie in einer übermäßig abgestumpften Gesellschaft lebten, die sich mehr für das Wenden von Dung interessierte als für die Blumen, die darunter sprossen.

Abgesehen von jener einen außergewöhnlichen Erfahrung hatte sie bisher kein Wunder von wahrhaft biblischem Ausmaß erlebt, nichts Klassisches, wie etwa das Teilen des Wassers oder die Verwandlung von Wasser in Wein – bis das Huhn auftauchte, jedenfalls.

Vor einigen Monaten, als sie zur Stellvertretenden Medizinischen Leiterin der Eidolon-Stiftung ernannt worden war, hatte sie ihren Wohnsitz von Wien nach Linz verlegt und sich auf eine durchaus interessante, gut bezahlte, sonst jedoch wenig bemerkenswerte Arbeit eingestellt.

Die Stiftung war in einer mittelalterlichen Burg untergebracht, die sich etwas außerhalb der Stadt befand. Diese ungewöhliche Gegend stellte jedoch den einzigen Unterschied zu anderen Verwaltungsposten auf mittlerer Ebene dar, und sie war damit zufrieden. Wenn man einmal von den möglichen Wundern absah, die man bei dieser Arbeit erleben konnte, brachte die ständige Beschäftigung mit Menschen, die sich mit letzter Kraft an den abfahrenden Zug der geistigen Gesundheit klammerten, auch ein gewisses Maß an Belastung mit sich. Die potenzielle Langeweile, die sich mit einer Arbeit in den weniger hektischen Bereichen dieses Bahnhofs verband, war ein Preis, den sie für ihren eigenen Erste-Klasse-Fahrschein gern bezahlte.

Während der ersten Woche in der Einrichtung wurden ihre Erwartungen jedoch völlig auf den Kopf gestellt, als ein Huhn forsch durch die Tür ihres Büros stolzierte und mit Schwung auf ihrem Schreibtisch landete.

Sie war so erschrocken über diese plötzliche Erscheinung, dass sie den erstbesten Gegenstand in ihrer Reichweite ergriff – eine Gipsbüste von Sigmund Freud – und das Huhn damit erschlug. Reumütig begrub sie es in einer abgelegenen Ecke auf dem Grundstück der Einrichtung und sprach dabei ein kurzes Gebet.

Drei Tage später sprach sie ein noch kürzeres Gebet – ›Gütiger Gott im Himmel!‹ –, als unter einer der Toilettenkabinen im Waschraum der Kopf eines Huhnes hervorlugte und neugierig zu ihr herüberblickte. Sie verbrachte etwa eine Stunde damit, das Tier einzufangen, bis sie versehentlich auf einer schmalen Treppe stolperte und es unter ihrem recht üppigen Hinterteil zerquetschte.

Sie begrub das Huhn, von dem sie zu diesem Zeitpunkt noch glaubte, dass es von einem der Bauernhöfe rund um das Gelände der Stiftung entlaufen war, in einem Loch neben dem ersten.

Die dritte Hühnererscheinung ereignete sich mehrere Wochen später, so dass sie das Vorkommnis nicht sofort mit den ersten beiden in Verbindung brachte. Dieses Mal ließ sie das Huhn von zwei Pflegern einfangen, die das aufgebrachte Federvieh ins nächstgelegene Dorf brachten und es dort (jedenfalls dem Bericht in den Akten zufolge) einem dankbaren Kind zurückgaben, das das vermisste Haustier vergeblich gesucht hatte. In Wahrheit genossen es die Pfleger mit einer Zitronen-Pfeffer-Kruste, Vollkornbrötchen und einem guten Weißwein.

Danach hatte das mysteriöse Eindringen von gefiederten Gästen in die Eidolon-Stiftung erst einmal ein Ende. Bis vor etwa vier Tagen das nächste Huhn aufgetaucht war.

Eines, nicht mehrere.

Zumindest am Anfang.

Wie zuvor spazierte das Huhn in das Büro der Ärztin und landete auf ihrem Schreibtisch. Wie zuvor schlug sie nach ihm. Dieses Mal jedoch überlebte das Tier und sie sperrte es in eine Orangenkiste in der Küche. Eine Stunde später war es wieder da.

Sie trug es in die Küche und hielt Ausschau nach einer zweiten Kiste, als ihr auffiel, dass die erste leer war. Keiner der wenigen Mitarbeiter schien etwas über das Tier zu wissen, selbst die beiden Pfleger nicht, die sich vergeblich mühten, den Korb mit Brötchen und Weißwein in der Schwestern-station zu verstecken. So nahm sie also an, das Huhn sei lediglich entflohen, setzte es wieder in die Kiste und gab sicher-heitshalber einer der Krankenschwestern den Auftrag, es im Auge zu behalten.

Zwanzig Minuten später kam die verblüffte Schwester in ihr Büro und behauptete, das Huhn sei vor ihren Augen ver-schwunden. Die Ärztin war erst bereit, dieser Erklärung Glau-ben zu schenken, als der Vogel sechzig Sekunden später unbekümmert in ihr Büro spazierte und sich auf dem ver-trauten Platz auf ihrem Schreibtisch niederließ.

Die Krankenschwester geriet in Panik, schlug mit einem Klemmbrett nach dem Tier und trennte ihm fein säuberlich den Kopf vom Rumpf. Sie schrie auf und stürzte aus dem Zimmer, während die Ärztin die nächsten Minuten damit verbrachte, den kopflosen Vogel einzufangen, der umherlief und hellrote Rorschach-Muster über seine Umgebung ver-sprühte.

Als das Tier schließlich zusammenbrach, folgte die Ärztin einer Eingebung und verstaute den Kadaver in einer Kiste, die sie genau in die Mitte ihres Schreibtisches stellte. Innerhalb einer Stunde war der Kadaver verschwunden.

Wenige Minuten später marschierte das Huhn – ohne Kopf – erneut in ihr Büro und lief mit verständlichen Schwierigkeiten auf ihren Schreibtisch zu.

Zunächst war die Ärztin der Meinung, das Ereignis sei metaphysischen Ursprungs. Möglicherweise war das Huhn ein Geist, der wieder und wieder von den Toten zurückkehrte. Damit ließe sich das Auftauchen und Verschwinden erklären. Diese Theorie erklärte jedoch nicht den offenbar materiellen Körper des Vogels, der noch immer vor Leben zuckte, oder die Tatsache, dass sie später an jenem Tag den Kopf des Huhns am Boden ihres Papierkorbs fand – fünf Minuten nachdem sie den zweiten, frischeren Kopf im Korridor gefunden hatte und eine Stunde bevor sie den dritten Kopf in der Küche finden sollte, den vierten im Waschraum und den fünften, sechsten, siebten und achten in dem von Mauern umgebenen Garten hinter dem Bürogebäude.

Am nächsten Tag wurde es noch schlimmer, als ein zweites kopfloses Huhn ihr Büro betrat und sich dem ersten anschloss, gefolgt von einem dritten und vierten. Erst da, als sie mehrere Kadaver miteinander vergleichen konnte, fiel ihr auf, dass es sich in Wirklichkeit um dasselbe Huhn handelte – oder die Tiere sich zumindest erstaunlich ähnlich sahen. Daraufhin verwarf sie die metaphysischen Theorien und konzentrierte sich stärker auf wissenschaftliche Mutmaßungen.

Allem Anschein nach handelte es sich um ein gewöhnliches Huhn. Es wies keinerlei Auffälligkeiten auf, auch wenn die Fähigkeit, grüne Eier zu legen, bei einem Huhn wohl durchaus bemerkenswert wäre; es hatte jedoch keine Möglichkeit mehr, dieses Talent unter Beweis zu stellen. Eigentlich war es nicht das Auftauchen der Hühner an sich, das so merkwürdig und beunruhigend war, sondern ihre Neigung, vor den Augen von Zeugen zu verschwinden.

Diese Eigenschaft und die Vielzahl von Doppelgängern ließen die Ärztin an ein Wunder denken, denn sie hatte schon einmal etwas Ähnliches erlebt.

Welche Rolle die Hühner selbst allerdings spielten, konnte sie sich nicht erklären.

Kurz darauf tauchten die Eier auf.

Sie war bereits einen Tag mit den Nachforschungen über das rätselhafte Huhn beschäftigt, als ihr der Direktor der Eidolon-Stiftung Anweisungen bezüglich eines neuen Patienten erteilte. Alle sonstigen Termine auf seinem Zeitplan sollten abgesagt werden, einschließlich seiner regulären Patientengespräche, damit er sich ganz um die bevorstehende Ankunft und die Behandlung des Neuzugangs kümmern konnte. Der Patient sollte mit noch größerer Sorgfalt als üblich beobachtet werden, doch war es seltsamerweise strengstens verboten, ein Gespräch mit ihm zu führen. Außer der Ärztin und einigen ausgewählten Pflegern während der Aufnahme durfte keiner der Mitarbeiter mit ihm in Kontakt kommen, es sei denn, um ihm seine Mahlzeiten zu bringen. Am ungewöhnlichsten war jedoch, dass er nur eine Woche in der Einrichtung bleiben sollte, und das war – soweit sie sich erinnerte – in der Stiftung noch nicht vorgekommen.

Ihres Wissens nach wurde in die Eidolon-Stiftung niemand nur vorübergehend zur Beobachtung eingeliefert. Die Patienten waren einmalig, unheilbar und blieben auf unbestimmte Zeit. Nur wenige wurden aufgenommen, entlassen wurde niemand. Um das Rätsel des neuen Patienten noch sonderbarer zu gestalten, traf die Patientenakte in einer pflaumenfarbenen Aktenmappe ein, und das bedeutete, dass er im Nordturm untergebracht werden würde.

Aus einem nicht näher bestimmten Grund kam nur sehr selten ein Patient in den Nordturm. Als die Ärztin ihren Dienst antrat, hielten sich dort gerade einmal vier Patienten auf, von denen einer angeblich schon vor der Gründung der Stiftung im Turm gewohnt hatte. Seit ihrer Ankunft war lediglich ein Patient hinzugekommen. Eine weitere Aufnahme wäre nicht nur ungewöhnlich, sie wäre geradezu erstaunlich. Und der betreffende Patient musste es ebenso sein.

Ungewöhnlich war auch die Bitte, dass sie während dieser Woche die regulären Patientengespräche im Turm übernehmen sollte. Offenbar verlangte es der Status des neuen Patienten, dass der Direktor nach seiner Rückkehr von einer Geschäftsreise seine Aufmerksamkeit ganz dem Neuankömmling widmete.

Normalerweise führte der Direktor persönlich die Gespräche mit den Patienten im Nordturm und kümmerte sich auch um ihre Krankenakten. Ihr eigener Kontakt zu diesen Patienten war nur sehr flüchtig gewesen. Sie sollte sich in der Stiftung vor allem um die Verwaltung kümmern, damit sich der Direktor statt auf Schreibarbeit auf die Behandlung der Patienten konzentrieren konnte. Das würde erklären, warum sie sich so sehr für das rätselhafte Huhn interessierte. Schreibtischjobs waren nie besonders spannend.

Laut Terminplan sollte der neue Patient am Ende ihrer ersten Runde von Gesprächen eintreffen. Da sie direkte Anweisung erhalten hatte, nicht mit ihm zu sprechen, konnte sie ihn nach der Aufnahme praktisch wieder vergessen und sich erneut der weit interessanteren Aufgabe widmen, das Hühner-Rätsel zu lösen. Außerdem würde er in einer Woche ohnehin wieder verschwunden sein. Ein Patient mehr, ob nun vorübergehend oder nicht, würde innerhalb von nur sieben Tagen ihre Welt wohl kaum wesentlich verändern.

Das erste Gespräch auf ihrem Terminplan sollte die Ärztin mit dem letzten Neuzugang führen, einem Patienten, der erst vor zwei Monaten eingeliefert worden war. Es handelte sich dabei um einen prominenten Herausgeber von Boulevardzeitungen, dessen geistiger Zustand vergleichsweise normal und ausgeglichen war – abgesehen von der Tatsache, dass er sich für zweitausend Jahre alt hielt und seit kurzem selbstmörderische Neigungen entwickelt hatte.

»›Messer, Gabel, Schere, Licht ...‹«, begann Corwin Maddox, »... jedes Kind kann diesen Reim zu Ende bringen. Und jeder, der einmal Opfer der Revolverpresse geworden ist, wird Ihnen sagen können, dass das nicht das Ende des Liedes ist – bei weitem nicht. Worte verletzen; Worte können sogar töten. Wenn man sie richtig benutzt, können Worte Karrieren ruinieren, Ehen kaputtmachen und Schicksale verändern. Worte können in die dunklen Ecken des menschlichen Daseins vordringen und ein gleißendes Licht auf die Geheimnisse werfen, die dort verborgen liegen. Jedenfalls theoretisch. Würde man eine Gruppe von Journalisten und Fotografen anheuern – und zwar solche, die für einen guten Artikel die Seele ihrer Großmutter verkaufen würden –, ihnen unbegrenzte Mittel zur Verfügung stellen, damit sie jede beliebige Story verfolgen könnten, und dies alles vor einem Publikum ausbreiten, das in die hunderte Millionen geht ... würde man all dies tun, so könnte jede Geschichte, die ein Mensch erleben kann – ob wahr oder erfunden –, früher oder später erzählt werden, wenn auch mit zehn Zentimeter großen Überschriften, Farbfotos und einem Text, der das Bild einer nackten Brünetten in einem Ferrari einrahmt.

Aus diesem Grund habe ich im letzten Jahr eine neue Boulevardzeitung ins Leben gerufen. Und vor zwei Jahren jene, die ihren Sitz in London hat. Und drei weitere im Jahr davor. Alle diese Zeitungen habe ich gegründet, um jedes ungewöhnliche Ereignis im menschlichen Dasein aufzuspüren und aufzuzeichnen, vom Bild der Heiligen Jungfrau, das jemand in einer Portion Pommes Frites gesehen haben will, bis zum liederlichen Liebesleben der US-amerikanischen Senatoren. Keine dieser Geschichten ist unter meiner Würde. Und früher oder später werde ich die eine Geschichte finden, die wahre Geschichte. Jene Geschichte, die mir nach über zweitausend Jahren endlich die letzte Ruhe verspricht.«

»Ist das Ihr Wunsch, Herr Maddox?«, fragte die Ärztin in routiniert mitfühlendem Tonfall. »Zu sterben?«

»Nach so vielen Jahren wird man einfach ein wenig müde.«

»Ist das der Grund, warum Sie ...«, sie hielt inne und blätterte in den Papieren auf ihrem Klemmbrett, »... warum Sie sich in der Türkei erhängen wollten?«

»Nein«, berichtigte er sie, »ich habe mich tatsächlich erhängt. Allerdings hat das nicht zum gewünschten Ergebnis geführt. Stattdessen habe ich fast einen ganzen Tag dort gebaumelt, bis irgendein wohlmeinender Samariter mich hinaufgezogen und die Behörden verständigt hat. Ich hatte schon nach etwa zwei Stunden festgestellt, dass es nicht funktionieren wird, aber es fehlte mir die Kraft, mich an dem sechs Meter langen Seil wieder hinaufzuziehen.«

»Sechs Meter? Erstaunlich, dass Sie sich nicht das Genick gebrochen haben.«

»Hmm. Das war der eigentliche Zweck des Unterfangens. Aber es hat nichts genützt. Das habe ich nun davon, dass ich dem Wort des Gottessohnes hinterherjage.«

»Nun, wenn Sie sich ohnehin umbringen wollen, was nützt es dann, nach ihm zu suchen?«

Maddox zuckte mit den Achseln. »Er ist bekannt dafür, dass er einem Wünsche erfüllt. Ich denke, wenn ich ihn nur aufrichtig genug bitte, wird er mich vielleicht erhören.«

»Und Sie hoffen, Jesus Christus aufzuspüren, indem Sie Nachrichten über ungewöhnliche Phänomene nachgehen?«

»Natürlich«, fuhr Maddox fort. »Schließlich hat es so angefangen – mit einer ungewöhnlichen Geschichte. Es heißt immer, die ganze Sache hätte mit dem Erscheinen eines sensationellen neuen Sterns begonnen – und der hat zugegebenermaßen auch eine Rolle gespielt. Wirklich aufmerksam wurden wir jedoch erst durch die Kaninchen, oder vielmehr durch deren Abwesenheit. In einem Gebiet im mittleren Osten, das ungefähr die Größe von Ohio hat, rotteten sich in jener schicksalshaften Nacht urplötzlich sämtliche Kaninchen zusammen und erhoben sich wie ein Schwarm pelziger Hornissen in die Lüfte. Ich meine, sie sind wirklich geflogen. Ich konnte zwar nicht genau feststellen, ob ihnen tatsächlich Flügel gewachsen waren, denn als ich auf das Phänomen aufmerksam wurde, hatten sie bereits eine ziemliche Höhe erreicht. Aber diese Viecher sind in den Himmel aufgestiegen, als sei das die natürlichste Sache der Welt! Gemeinsam mit anderen erstaunten Augenzeugen habe ich zugesehen, wie der schlappohrige Schwarm mit der Anmut fliegender Gänse Formation annahm, sich nach Osten wandte und schließlich aus unserem Blickfeld verschwand. Es blieb nicht die geringste Spur von ihnen, abgesehen von einem verräterischen Kügelchen auf dem einen oder anderen Hausdach. Natürlich haben irgendwelche Schäfer behauptet, ihnen seien Engel erschienen, und den Stern haben wir alle gesehen. Aber nur wenigen Glücklichen wurde die Geburt des Christkindes durch das Auftauchen fliegender Kaninchen verkündet.«

»Ich war Schreiber in einem der Tempel Jerusalems. Damals drehte sich das ganze Leben um die Ausübung der Religion, und so gab es nur sehr wenig, von dem meine Amtsbrüder und ich nicht erfuhren. Und dieser Sohn eines Zimmermanns aus Nazareth war von Anfang an in aller Munde. Wenn man sich im alten Jerusalem einen Namen machen wollte, musste man nur die Ältesten auf sich aufmerksam machen. Das tat man für gewöhnlich, indem man sie verärgerte, und das wiederum war am besten zu erreichen, indem man irgendeinen obskuren Aspekt der Lehre in Frage stellte oder ihnen eine hirnverbrannte Frage stellte, wie zum Beispiel, ob Moses einen zweiten Vornamen hatte. Wenn man sie jedoch wirklich wütend machen wollte, musste man nur behaupten, man hätte ein wahres Wunder erlebt, und zwar letzten Mittwoch.«

»Ich weiß, was Sie meinen«, sagte die Ärztin.

»Die Ältesten hielten Wunder für etwas, das den alten Völkern widerfahren war, angezettelt von den Propheten. Mit der Gegenwart hatten diese Wunder wenig zu tun, außer dass man sie als Lehrstücke verwenden konnte. Der Himmel bewahre jeden, der versuchte, dem klassischen Repertoire eine neue Geschichte hinzuzufügen.«

»Natürlich«, fuhr Maddox in vertraulichem Tonfall fort, »rührte ihre elitäre Empfindlichkeit zum größten Teil daher, dass keiner von ihnen jemals wirklich Zeuge eines Wunders geworden war, geschweige denn eines vollbracht hätte. Außerdem hätte keiner von ihnen dies mit der Tatsache in Verbindung gebracht, dass sie sich den halben Morgen lang mit nackten ›Priesterinnen‹ im Bett räkelten.«

»So wie Ihre Mädchen auf Seite drei?«

»Nein«, erwiderte Maddox und schüttelte den Kopf. »Ich gehe nicht mit Models ins Bett. Jedenfalls – um auf Jesus zurückzukommen – war es ein Skandal, dass der Sohn eines Zimmermanns, der mit seinen Eltern in die Stadt gekommen war, sich anmaßte, die Lehrer belehren zu wollen. Als dann auch noch bekannt wurde, dass seine Worte wohl durchdacht und einleuchtend waren, zog das die Aufmerksamkeit der falschen Leute auf sich. So machte man sich also in den folgenden Jahren, als die Gerüchte von Wundern die Ältesten zu erreichen begannen, zunehmend Gedanken darüber, wie mit diesem jungen Emporkömmling zu verfahren sei. Schlimm genug, dass diese ›Gleichnisse‹ die Runde machten, doch wenn eine ständig wachsende Anzahl von Menschen behauptete, selbst von den Broten und Fischen gegessen zu haben, nun, das konnte man auf Dauer nicht dulden. Etwas musste getan werden. Also grübelten die Ältesten noch ein paar Jahrzehnte und taten schließlich das, was jemand bereits beim ersten Erscheinen Jesu im Tempel vorgeschlagen hatte: Sie brachten ihn um.«

»Fühlen Sie sich deswegen schuldig?«

Er blickte sie von der Seite an und lachte. »Der typische Fehler eines Psychologen. Sie richten sich zu sehr nach Freud, dabei sollten Sie sich einmal mit Joseph Campbell befassen.«

»Ich glaube trotzdem nicht, dass ich Unrecht habe – jedenfalls nicht vollkommen. Sie fühlen sich wegen irgendetwas schuldig, nicht wahr?«

Er hielt inne, schwieg einen Augenblick und schien seine Gedanken zu ordnen. Als er erneut das Wort ergriff, hatte seine Stimme einen anderen Klang und sein Auftreten war entschlossener.

»Sie haben ihn gefangen genommen, dort am Strand. Aber er ist ihnen entkommen, so wie in dieser alten Folge von *The Twilight Zone*, erinnern Sie sich? In der Mönche in Kutten einen tobenden Mann gefangen halten, der schließlich von einem unvorsichtigen, ungläubigen Reisenden befreit wird? Er entkommt immer.«

»Sie sprechen nicht mehr über Jesus, oder?«

Er kicherte heiser. »Nein. Das tue ich nicht.«

»Wer ist ›er‹, Herr Maddox?«

»Satan«, erwiderte er sachlich. »Er ist Satan. Vielleicht weniger vom Namen her als hinsichtlich seiner Bestimmung, aber er ist Satan.«

»Ich verstehe«, sagte die Ärztin. »Haben Sie Angst vor ihm?«

»Angst? Nein. Nicht vor ihm – eher vor dem, was er anrichten könnte und vor der Rolle, die ich dabei spielen werde. Man hat mich gewarnt – aber ich habe nicht zugehört. Und als ich meinen Fehler bemerkte, war es längst zu spät. Derjenige, der mir den Rat gegeben hatte, war nicht mehr am Leben. Er hatte den Kopf verloren, buchstäblich übrigens.«

»Wer war das?«

»Stiefelchen. Sein Name war Stiefelchen.«

***

Bei ihrem zweiten Patientengespräch, oder besser gesagt dem zweiten Eintrag auf dem Klemmbrett, handelte es sich um den geheimnisvollen Herrn Schwan, der die Schatten im hinteren Teil seines Raumes im obersten Stockwerk des Turms niemals verließ. Er schenkte Besuchern keinerlei Beachtung, und seiner Patientenakte zufolge war er länger in der Einrichtung als jeder andere, einschließlich der Mitarbeiter. Es gab sogar das alberne Gerücht, dass man ihn mit der Burg übernommen hatte und er ebenso zu ihrem Inventar gehörte wie das Pförtnerhäuschen oder die Ställe.

Soweit die Ärztin wusste, hatte seit ihrer Ankunft in der Burg niemand – nicht einmal der Direktor – mehr als einen flüchtigen Blick auf ihn erhaschen können. Die Tabletts mit Essen und Medikamenten wurden durch einen Schlitz im unteren Bereich der Tür hindurchgeschoben und gegen Abend leer in Empfang genommen.

Sie blieb an der Tür stehen und schauderte unwillkürlich. Dann machte sie einen Haken in dem Kästchen neben Herrn Schwans Namen und ging weiter.

***

»Von Essen, Unterkunft, Wasser und Luft abgesehen, brauchen die Menschen zum Überleben anscheinend vor allem ein Gefühl von Ordnung – einen angeborenen Glauben, dass der Lauf der Welt von unumstößlichen, unerschütterlichen Gesetzen bestimmt wird. Sie brauchen den Glauben, dass das Gute über das Böse siegen wird, dass Unrecht schließlich

wieder gutgemacht wird und dass die schreckliche Ober-
flächlichkeit, mit der die meisten Menschen ihr Leben ver-
bringen, lediglich den Umständen entspringt und nicht die
Regel ist. Außerdem ist regelmäßiger Sex von Vorteil.«

Das letzte Patientengespräch wurde gemeinschaftlich
durchgeführt, hauptsächlich weil die drei Patienten die gleichen Geschichten und Beschwerden hatten. Alle drei waren
früher an der Universität Wien angestellt gewesen, und alle
drei behaupteten, von zwanzigtausend Jahre alten atlantischen
Magiern besessen zu sein. Man hatte sie vor allem deshalb im
selben Raum untergebracht, weil sie in ausgedehnte Diskus-
sionen über alle erdenklichen Themen zu verfallen neigten
und deshalb genauere Beobachtungen möglich machten.
Irgendjemand hatte die Theorie aufgestellt, dass sie unter
einer Art kollektiver Wahnvorstellung litten und dass alle drei
irgendwie auf den gleichen psychologischen Pfaden – vermutlich genetisch verankerter – Erinnerungen wandelten.
Andererseits war ein weiterer Universitätsmitarbeiter von
einem der Magier besessen gewesen, bis das Wesen seinen
Wirtskörper verlassen und sich ein neues Opfer gesucht hatte,
und dem Mann ging es den Berichten zufolge gut.

Einer der Patienten war der ehemalige Leiter des Instituts
für Katholische Theologie, der zweite dagegen ein Vizerektor,
der dem Institut für Protestantische Theologie vorgestanden
hatte, und der dritte ein Professor der Sozialwissenschaften,
der dem Mormonentum zugeneigt war. Diese Kombination
sorgte für einige überaus ungewöhnliche Gespräche, die von
den Mitarbeitern der Klinik fleißig aufgezeichnet wurden.
Innerhalb eines knappen Jahres waren die Akten der drei
Patienten derart angewachsen, dass sie fünfundneunzig Pro-
zent des verfügbaren Lagerraumes in den Büros der Stiftung
einnahmen.

»Bei euch Mormonen geht es wohl immer nur um Sex,
was?«, schnaubte einer der Magier, den die Ärztin Peter
getauft hatte. »Das ist das A und O eures Lebens.«

»Nun, erstens«, gab der Magier mit dem Spitznamen Monty zurück, »ist Sex das A und O in unser aller Leben. Und zweitens halte ich es für dumm, sich auf einen Aspekt einer Religion zu konzentrieren, der auf jedermann zutrifft, und ihn für einmalig zu erklären.«

Der protestantische Magier, der in den Unterlagen als Lex geführt wurde, nickte energisch. »Ohne Sex wäre keiner von uns hier.«

»Außer durch die Gnade Gottes«, konterte Peter.

»Und Sex«, fügte Monty hinzu.

»Monty, glauben Sie, dass Sex im Katholizismus eine ebenso große Rolle spielt wie im Mormonentum?«, fragte die Ärztin.

»Die Frage ist unerheblich«, sagte Monty. »Sex ist für jedermann so wichtig, dass er in einer Diskussion wie dieser keine Rolle spielen sollte.«

»Wie kann er keine Rolle spielen?«, fragte Peter. »Du hast zehn Ehefrauen.«

»Also gut«, erwiderte Monty ein wenig hitzig. »Erstens haben Mormonen nicht mehrere Frauen. Darüber sind wir schon im vorigen Jahrhundert hinweggekommen. Und zweitens, wenn du mich persönlich meinst, ich hatte acht Frauen und nicht zehn. Aber das ist in Atlantis gewesen, vor über zwanzigtausend Jahren. Also, vergiss es einfach, Herrgott nochmal.«

»Bitte keine Gotteslästerungen!«, sagte Peter.

»Tut mir Leid«, sagte Monty.

»Wisst ihr«, meldete sich Lex zu Wort, »manche vertreten die Ansicht, dass das Leben selbst nur eine durch Geschlechtsverkehr übertragene Krankheit ist, die unweigerlich tödlich endet.«

»Wirklich?«, sagte die Ärztin. »Eine interessante Betrachtungsweise.«

»Darin sind die Protestanten Meister«, sagte Monty. »Die Katholiken fühlen sich wegen allem schuldig. Die Mormonen wegen gar nichts. Und die Protestanten fühlen sich schuldig, wissen aber nicht, weswegen, weil sie ständig die Definitionen ändern.«

»Wissen Sie«, wandte sich Lex mit einem tiefen Seufzen an die Ärztin, »es war wirklich sehr viel einfacher, als wir nur Magier in Atlantis waren. Wir waren Herren über die Erde und auf dem besten Wege, die Natur selbst zu besiegen. Wissenschaftliche Forschung war das Einzige, was zählte. Mit diesem ganzen moralischen Kram hatten wir nichts am Hut. Man konnte heiraten, wen man wollte, schlafen, mit wem man wollte, selbst wenn diejenige schon mit jemand anderem verlobt ...«

»Hüte deine Zunge«, sagte Monty.

»Also«, sagte die Ärztin, »wenn das Leben dort so schön war, warum haben Sie sich dann die Mühe gemacht, in die Körper dreier Männer mit so offensichtlich unterschiedlichen Lebensgeschichten und Ansichten zu schlüpfen?«

»Wegen der Streitgespräche natürlich«, sagte Lex. »Schließlich sind wir seit zwanzigtausend Jahren tot, und trotz der kleinen Unannehmlichkeiten ist es immer noch weitaus besser, ein lebender Christ zu sein – egal welcher Anschauung – als ein toter heidnischer Zauberer.«

Der neue Patient war eingetroffen, während die Ärztin das Gespräch mit den Magiern geführt hatte. Die Sitzung dauerte länger als erwartet, denn die Diskussion kam auf das Thema Verhütung. Peter schlug nach Monty, und ein ganzer Schwarm Pfleger stürzte herbei, um der Prügelei Herr zu werden. Derweil wurde der neue Patient offenbar ohne Zwischenfälle in seinem Zimmer untergebracht. Nachdem die Ärztin einen kurzen Abstecher in ihr Büro gemacht hatte, um die Papierbündel abzuladen, die sie im Laufe der Patientengespräche voll geschrieben hatte, ging sie den langen Steinkorridor hinunter zur Tür im Erdgeschoss des Turms, wo für den Patienten ein Zimmer hergerichtet worden war.

Seine pflaumenfarbene Patientenakte war reichlich nichts sagend, und aufgrund des Gesprächsverbots, das der Direktor verhängt hatte, würde dies wahrscheinlich auch so bleiben. Dennoch hatte man ihr nicht verboten, eine erste Beurteilung seines Zustandes vorzunehmen, und ihre Neugier war bereits derart angewachsen, dass ein solches Verbot wohl ohnehin zwecklos gewesen wäre.

Während sie noch unschlüssig vor der Tür stand, bat sie einen der Pfleger um die Aufnahmeakte des Patienten, nur um zu erfahren, dass diese in das Büro des Direktors geschickt worden war.

»Auf seine Anweisung hin?«

»Jawohl.«

»Hmm, das ist merkwürdig.« Sie zögerte noch einen Augenblick, um ihre Gedanken zu ordnen. Dann suchte sie den Schlüssel zu dem weißen Raum an ihrem Schlüsselbund, schloss auf, trat hinein und zog die Tür hinter sich zu.

Ihr zuckte der Gedanke durch den Kopf, dass sie einen oder mehrere Pfleger zur Begleitung hätte mitnehmen sollen, denn sie erkannte den Mann im selben Augenblick, als sie den Raum betrat.

In der vorangegangenen Nacht hatte er vor hunderten von Augenzeugen einen Mann ermordet. Da er ein international bekannter Musiker und Gelehrter war, berichteten die Medien in aller Welt über den Vorfall. Wie die meisten Zuschauer hatte die Ärztin angenommen, dass man ihn ins Gefängnis stecken würde. Zweifel an seiner geistigen Gesundheit lagen nahe, doch warum wurde er nicht in eine renommiertere oder zumindest näher gelegene Klinik eingeliefert? Der Vorfall hatte sich in Deutschland ereignet. Warum brachte man ihn nach Österreich, in die Obhut der Eidolon-Stiftung? Und was noch entscheidender war: Wer hatte die Befugnis, dergleichen in die Wege zu leiten?

Der Patient saß auf dem schmalen Bett. Er trug immer noch eine Zwangsjacke, hatte sich jedoch anscheinend beruhigt. Er war groß und stattlich, gut gekleidet, wenn auch ein wenig zerzaust. Sie setzte sich auf einen Stuhl gegenüber des Bettes und sah ihn gelassen an. Sein Blick war klar, doch etwas unstet. Er schien nicht erregt oder gefährlich zu sein, aber der Schein trog. Die Ereignisse der letzten Nacht hatten das bewiesen.

Sie atmete tief ein und sprach ihn an. Dabei achtete sie darauf, ihn mit seinem Vornamen anzureden, um ihn nicht zu beunruhigen. »Hallo Mikaal. Ich bin Doktor Kapelson.«

Seine Augen kamen für einen Moment zur Ruhe.

Dann sah er auf und begegnete ihrem Blick. »Ich kenne Sie.«

»Sie können mich nicht kennen, Mikaal. Wir sind uns gerade zum ersten Mal begegnet. Ich möchte nur kurz mit Ihnen reden, dann lasse ich Sie in Frieden. Kann ich Ihnen irgendetwas bringen? Wasser vielleicht?«

Er ignorierte ihre Fragen. »Ich kenne Sie. Ich habe Sie schon einmal gesehen.«

Sie schüttelte bedächtig den Kopf. Eine solche Wendung des Gesprächs hatte sie nicht vorausgesehen, und bei dem Gedanken an die Vorgeschichte des Patienten schaute sie sich unwillkürlich nach den nicht vorhandenen Pflegern um. »Mikaal ...«, setzte sie an.

»Mein Name ist nicht Mikaal.«

Unvermittelt stand er auf und die Ärztin schnappte nach Luft. Er stellte nicht unbedingt eine Bedrohung dar, doch inzwischen wünschte sie sich, sie hätte sich strikter an die Anweisungen des Direktors gehalten.

»Mein Name ist nicht Mikaal«, wiederholte er. »Wer sind Sie?«

»Ich heiße Doktor Kapelson«, sagte sie noch einmal.

»Nein«, widersprach er. »Wie lautet Ihr Vorname, Ihr wahrer Name?«

Sie zögerte, doch er wirkte nicht aufgebracht. Er schien lediglich neugierig zu sein. »Ich heiße Marisa.«

Seltsamerweise schien ihn diese Antwort nur zu verwirren. »Nein«, sagte er langsam. »Das ist nicht Ihr Name. Ich kenne Sie. Ich bin Ihnen schon einmal begegnet. Aber das ist nicht Ihr Name.«

Er sah blinzelnd zu ihr herüber, als läge zwischen ihnen dichter Nebel, und schien sein Gedächtnis zu durchforsten. »Ich ... ich kenne Sie, nicht wahr? Ich weiß ...«

Seine Gesichtszüge hellten sich mit einem Mal auf und er entspannte sich. »Ja – Kriemhild. Sie sind Kriemhild!«

Das war schlecht – ein sicheres Zeichen dafür, dass sie ihn nicht in ihre Realität hinüberzog, sondern er sie vielmehr mit zunehmender Geschwindigkeit in seine eigenen Wahnvorstellungen eingliederte. Sie ignorierte seine Feststellung und kehrte zu der Frage nach seiner Identität zurück. Sie wollte das Gesprächsthema unbedingt von sich selbst ablenken. »Sie sagten, Ihr Name sei nicht Mikaal – vielleicht können Sie mir sagen, wie Sie heißen? Wie Ihr wahrer Name lautet?«

Ein breites Lächeln erschien auf seinem Gesicht. »Mein Name«, sagte der Mann und richtete sich zu seiner vollen Größe auf, »ist Hagen von Tronje.«

KAPITEL ZWEI

Das Rätsel

Ihren eigentlichen Sitz hatte die Eidolon-Stiftung in einem unauffälligen Bürogebäude in der Stadt Linz. Doch die Forschungseinrichtung, in der Doktor Kapelson arbeitete, befand sich mehrere Kilometer außerhalb der Stadt, auf dem Gelände eines historischen Gebäudes, das als Schloss Hagenberg bekannt war.

Seit Februar 1989 war die mittelalterliche Burg, die fünfundzwanzig Kilometer von Linz entfernt inmitten des Mühlviertels lag, umgebaut worden und beherbergte nun das Forschungsinstitut für Symbolisches Rechnen, ein modernes Informatikinstitut. Die geniale Weise, in der die historische Grundstruktur des Gebäudes mit der modernen wissenschaftlichen Einrichtung verbunden worden war, brachte den Architekten internationale Anerkennnung ein und machte die Burg zu einer der originellsten Arbeitsstätten der Welt.

RISC-Linz, wie das Institut genannt wurde, war 1987 von Professor Bruno Buchberger ins Leben gerufen worden. Unter seiner Leitung gründete und verwaltete RISC auch den *Software-Park Hagenberg* und wurde zur treibenden Kraft hinter der Einrichtung der Fachhochschule Hagenberg und dem *Software Competence Center Hagenberg*. Unter Wissenschaftlern begann der Witz die Runde zu machen, man könne finanzielle Unterstützung für jedes beliebige Forschungsprojekt erhalten, wenn man dem zuständigen Professor eine Kiste Chablis schickte und ein Programm, dessen Überschrift mit dem Wort ›Hagenberg‹ endete.

Am Rand des Geländes befand sich ein eher unbedeutender Komplex von Nebengebäuden, die am nördlichen und südlichen Ende von Türmen flankiert wurden. Diese Gebäude beherbergten die Eidolon-Stiftung. Einer der stillen Teilhaber der Stiftung unterstützte auch die Forschung am RISC-Linz durch großzügige Spenden – Beträge, die sich um das zehnfache erhöhten, als der Stiftung gestattet wurde, die ungenutzten Gebäude auf dem Gelände zu beziehen.

Nur zwei Pfleger, zwei der Schwestern und der Direktor hatten ihren Wohnsitz im nahe gelegenen Dorf. Doktor Kapelson und die übrigen Mitarbeiter kamen jeden Tag aus Linz angereist. Für sie war der Wechsel von der recht modernen Stadt zu den mittelalterlichen Gebäuden vermutlich noch eindrucksvoller als für die Mitarbeiter, die vor Ort wohnten.

Die Anachronismen waren überall sichtbar: Modemkabel verliefen an Steinmauern, die lange vor Kolumbus' Zeiten errichtet worden waren; in den archaischen Wandleuchtern befanden sich Halogenlampen; die eingebaute Zentralheizung hatte ihren Abzug in den gewaltigen Kaminen. All das hätte ausgereicht, um einen Verrückten davon zu überzeugen, dass er den Verstand verloren hatte – allerdings verließen die Verrückten ihre Räume nur selten, und diese waren modernisiert worden, die Wände verputzt und weiß getüncht.

Der hauptsächlich den Patienten und ihrer medizinischen Versorgung zugedachte Teil der Einrichtung erstreckte sich über die fünf Etagen des Südturms und drei Etagen des Nordturms. Die Patientenzimmer zweigten wie Speichen eines Rades von der Haupttreppe ab. Abgesehen von den Krankenschwestern und Pflegern, die ihren Pflichten nachgingen, waren die Treppen für gewöhnlich leer, doch an diesem Abend hatten die Mitarbeiter bei Schichtende auf den Treppenabsätzen ungewöhnliche Verzierungen vorgefunden. Als hätte sich ein Lebensmittellieferant einen kleinen Scherz erlaubt, befand sich auf jedem Absatz ein wohl geformtes, ovales, grünes Ei.

Die Entdeckung beunruhigte die Mitarbeiter, faszinierte Doktor Kapelson und blieb den Patienten vollkommen gleichgültig. Diese interessierten sich mehr für den plötzlichen Wetterwechsel: Parallel zu den ungewöhnlichen Ereignissen, welche die Ankunft des neuen Patienten begleitet hatten, hatte es an diesem Morgen angefangen zu schneien.

Der medizinische Leiter der Eidolon-Stiftung war ein agiler, scharfsinniger, älterer Engländer namens Doktor Syntax. Er fühlte sich eher der Forschung verpflichtet als der Leitung einer Organisation und benötigte daher jemanden wie Doktor Kapelson, die die Räder am Laufen hielt, während er sich mit der Feinarbeit beschäftigte.

Vor zwei Tagen war er zu einer Konsultation gerufen worden und hatte Doktor Kapelson und ihren Mitarbeitern Anweisungen hinterlassen, wie mit dem neuen Status quo zu verfahren sei. Die Ärztin fand es äußerst ungewöhnlich, dass er sich durch eine Konsultation von einem so wichtigen Ereignis wie der Aufnahme eines neuen Patienten im Nordturm abhalten ließ, besonders angesichts seiner üblichen Geheimnistuerei, was die Patienten dort betraf. Dennoch hätte er ihr nicht die Verantwortung übertragen, wäre er nicht von ihren Fähigkeiten überzeugt gewesen – so überzeugt, dass er sie vor einem knappen Jahr eingestellt hatte, ohne sie persönlich zu kennen; so überzeugt, dass er sie vor einigen Monaten – ihrer tatsächlichen Erfahrung um Jahre voraus – zur Stellvertretenden Leiterin befördert hatte.

Doktor Kapelson war von dunkler Schönheit und ein wenig rundlich. Außerdem ging sie mit einem leichten Hinken, was jedoch kaum auffiel. Das Hinken war einmal sehr viel stärker gewesen, und wenn sie daran dachte, musste sie lächeln.

Sie ging den langen Korridor zu den Büros hinunter, die sich in dem Anbau mit den hohen Räumen den Ställen gegenüber befanden. Ihr eigenes Büro lag auf der rechten Seite in östlicher Richtung und grenzte an die Schwesternstation und den Pausenraum der Pfleger an. Das Büro des Direktors auf der linken Seite nahm die restliche Fläche des Anbaus ein.

Doktor Kapelson klopfte leise an die solide Eichentür, bevor sie sie öffnete. »Doktor Syntax? Ich bin's, Marisa. Haben Sie einen Augenblick Zeit?«

»Ah, Marisa, meine Liebe«, sagte er und winkte sie herein, ohne von seinen Notizen aufzublicken. »Ja, bitte, kommen Sie nur herein.«

»Wie war Ihre Reise?«

»Nicht vollkommen zufrieden stellend, aber auch kein Fehlschlag«, sagte er gleichmütig. »Ich finde solche Konsultationen stets etwas ermüdend. Die Leute ziehen einen zu Rate, damit man ihnen das sagt, was sie bereits wissen, sich jedoch nicht einzugestehen wagen. Also bestätige ich ihre Befürchtungen und rede Klartext mit ihnen, gebe dann meine Empfehlungen und wiederhole schließlich noch einmal, was ich ihnen gesagt habe. Und wenn dies alles gesagt und getan ist, beschweren sie sich trotzdem, weil sie gehofft hatten, ich würde ihnen statt des Offensichtlichen etwas Neues erzählen.«

»Das tut mir Leid«, sagte sie mitfühlend.

»Wie liefen Ihre Gespräche im Nordturm?«

»Überraschend gut«, sagte Marisa. »Ich habe mich recht schnell wieder in die Rolle der Therapeutin hineingefunden – besonders mit Herrn Maddox.«

Doktor Syntax grinste und schrieb weiter, während er sprach. »Das habe ich mir gedacht. Er ist sehr, äh, gesprächig. Wie lief es mit den anderen?«

»Ganz gut, außer ...«

Er blickte sie von der Seite her an, einen verständnisvollen Ausdruck im Gesicht. »Außer mit Herrn Schwan? Ich würde mir keine Gedanken darüber machen. Er redet normalerweise nicht viel. Schließlich«, fügte er hinzu, »muss irgendjemand in diesem Universum einen Ausgleich für Herrn Maddox herstellen, nicht wahr? ... Nun gut, ich nehme an, das alles wird in Ihrem Bericht stehen, richtig? Also, worüber wollten Sie mit mir sprechen?«

Marisa schluckte. »Ich möchte mit Ihnen über Hagen von Tronje sprechen.«

Doktor Syntax blickte unvermittelt auf. »Wie bitte?«

Sie wurde rot. »Tut mir Leid – ich meinte Mikaal. Mikaal Gunnar-Galen.«

Der Direktor schloss die Aktenmappe, an der er gearbeitet hatte, und lehnte sich in seinem Stuhl zurück. »Ah. Sie haben ihn also schon besucht, ja? Ich dachte, ich hätte Anweisungen erteilt, keine Gespräche mit ihm zu führen.«

»Ich wusste nicht, ob das auch die Erstuntersuchung einschloss«, erklärte sie. »Davon abgesehen habe ich kaum fünf Minuten mit ihm verbracht.«

Doktor Syntax kicherte. »Lange genug, um herauszufinden, dass er sich Hagen nennt. Egal. Es ist mein Fehler.« Er tippte sich mit dem Kugelschreiber gegen die Wange. »Ich hätte mich genauer ausdrücken und so höflich sein sollen, Sie persönlich zu informieren, statt Ihnen schriftliche Anweisungen zu geben. Wäre ich früher von meiner Reise zurückgekehrt, hätte ich mich selbst um ihn kümmern können, statt die ganze Sache Ihnen zu überlassen.«

»Es tut mir Leid«, entschuldigte sie sich noch einmal. »Ich hätte warten sollen, bis Sie zurückgekehrt sind.«

»Nein, nein«, widersprach er. »Ihr wichtigstes Anliegen war der Patient und so sollte es auch sein. Also gut, da Sie ihn jetzt gesehen haben: Wie ist Ihr erster Eindruck?«

»Ich bin mir nicht sicher. Wie gesagt, ich war nicht lange bei ihm. Auf jeden Fall befindet er sich mitten in einem psychischen Zusammenbruch. Sein Beharren auf den Namen ›Hagen‹ weist auf eine gespaltene Persönlichkeit hin. Außerdem behauptete er, mich zu kennen, und schien ärgerlich zu werden, als ich ihm sagte, mein Name sei Marisa. Er sagte, er würde mich unter einem anderen Namen kennen.«

Der Direktor hörte auf zu schreiben und warf ihr über den Rand seiner Lesebrille einen Blick zu. »Die geistige Störung, unter der er leidet, geht normalerweise auch mit Gedächtnisverlust einher«, sagte er ernst. »Er kann unmöglich geglaubt haben, Sie zu kennen.«

»Tatsächlich?«, rief Marisa aus. »Was kann das für eine Krankheit sein, die ihn so sehr durcheinander bringt, dass er zwar sprechen kann, aber die Leute in seiner Umgebung nicht mehr erkennt?«

»Es ist nicht so, dass er sich zu seiner Umwelt nicht in Beziehung setzen kann«, erwiderte der Arzt. »Aber er leidet unter einer eigenartigen Wahrnehmungsverschiebung, die es ihm praktisch unmöglich macht, irgendjemanden zu erkennen.«

»Mich schien er jedenfalls erkannt zu haben«, sagte sie. »Er behauptete sogar, meinen Namen zu kennen – er hat mich ›Kriemhild‹ genannt.«

Doktor Syntax ließ seinen Kugelschreiber fallen, der mit lautem Poltern auf dem Boden aufschlug. »Das ist nicht möglich.«

»Oh, ich weiß«, sagte Marisa als Antwort auf die Frage, die sie seiner fassungslosen Bemerkung entnommen hatte. »Ich habe ihn so schnell wie möglich auf ein anderes Thema gebracht.«

»Ich verstehe«, sagte der Direktor, der seine Beherrschung wiedergewonnen hatte. »Und worauf deutet diese Fehlidentifizierung Ihrer Meinung nach hin?«

»Dass er glaubt, die ihn umgebenden Menschen sind nicht das, was sie zu sein behaupten? Leichte Paranoia, würde ich sagen. Wenn auch vielleicht in weniger schwerem Stadium als jene, die das Vorkommnis der vorletzten Nacht verursacht hat.«

»Was wissen Sie darüber?«

»Nicht viel – ich kenne sein Gesicht und seinen Namen und ich weiß, dass man ihn mit einem Mord in Verbindung bringt.«

Doktor Syntax beugte sich vor und griff in einen fleckigen, grünen Aktenkarton. »Hier. Das ist ein Ausschnitt aus der Zeitung von gestern, in dem über die Hintergründe des Ereignisses berichtet wird. Einiges davon ist Ihnen sicher schon geläufig.«

Doktor Syntax reichte ihr einen kleinen, rechteckigen Zeitungsausschnitt, vergrub sich dann wieder in seine Arbeit und warf ihr nur hin und wieder einen neugierigen Seitenblick zu. Sie ließ sich in dem Ledersessel gegenüber seines Schreibtischs nieder und begann zu lesen.

(DPA) Meldung der Deutschen Presseagentur – 27. August

BAYREUTH – Ein brutaler Mord brachte in der vergangenen Nacht die jährlichen Wagnerfestspiele in Bayreuth zu einem abrupten Ende, nachdem zwei Männer während der Aufführung der *Götterdämmerung*, der vierten Oper des *Ring*-Zyklus, die Bühne des Festspielhauses gestürmt hatten. Während einer Szene sprang der Rektor der Universität Wien, Mikaal Gunnar-Galen, auf die Bühne und begann mit dem Vortrag der improvisierten Version einer – wie Zeugen behaupten – unorthodoxen Variante der Oper. Plötzlich zog er ein Schwert und durchbohrte das Opfer, das ebenfalls auf die Bühne gesprungen war und Szenen aus der Oper rezitierte. Bei dem Opfer, das später als Michael Langbein identifiziert wurde, handelt es sich um einen Gastprofessor für Literatur an der Universität Wien, der, wie Untersuchungen ergaben, gerade die Nachricht von seiner Entlassung erhalten hatte. Vermutungen der Ermittler zufolge könnte dies den Konflikt zwischen den beiden Männern ausgelöst haben. Es ist noch immer ungeklärt, warum sich beide im Festspielhaus aufhielten oder welche Rolle eine neue Fassung von Wagners Oper bei dem Vorfall gespielt haben könnte. Nach Augenzeugenberichten spielte Langbein anscheinend die Rolle des Siegfried und Gunnar-Galen die Rolle des Hagen – ein weiterführendes Verdachtsmoment, da der Abschnitt der Oper, den sie übernommen hatten, die Ermordung Siegfrieds durch Hagen beinhaltete. Ein Ärzteteam traf nur Minuten nach dem Vorfall ein, doch alle Bemühungen um eine Wiederbelebung Langbeins blieben erfolglos. Er wurde noch am Tatort für tot erklärt. Die Behörden nahmen Gunnar-Galen fest und verhörten ihn, doch er redete wirr und verhielt sich irrational. Es wurde festgestellt, dass er einen psychischen Zusammenbruch erlitten hatte, und man übergab ihn zur weiteren Beurteilung in die Obhut einer privaten psychiatrischen Einrichtung. Die verbleibenden zwei Tage des Festivals wurden abgesagt und sämtliche damit zusammenhängende Veranstaltungen bis zum Ausgang der Ermittlungen eingestellt.

Marisa blickte von dem Zeitungsausschnitt auf. »Ist Herr Gunnar-Galen auf direktem Wege hierher gebracht worden?«

»Nein«, erwiderte Doktor Syntax. »Er wurde in eine Klinik in der Nähe von Bayreuth eingeliefert, und ich habe veranlasst, dass er hierher verlegt wird.«

»Und in welche Klinik wird er als Nächstes überführt werden? Wenn diese Woche vorbei ist, meine ich.«

Der Direktor blickte sie ruhig an. »Er wird nirgendwohin überführt werden. Ich bin der festen Überzeugung, ihn am Ende der Woche entlassen zu können.«

Marisa blickte ihren Arbeitgeber einen Augenblick lang überrascht an, bevor sie antwortete. »Das kann nicht Ihr Ernst sein.«

»Oh doch.«

»Sie glauben, er kann in weniger als sieben Tagen geheilt werden?«

»Nein«, erwiderte der Direktor. »Ich glaube, dass sich innerhalb von sieben Tagen die Parameter seiner Krankheit solcherart verändert haben werden, dass man ihn nicht mehr länger als verrückt betrachten kann.«

Marisa schwankte. »Ich verstehe nicht.«

»Das habe ich erwartet. Und das ist einer der Gründe, warum ich jegliche Gespräche mit dem Mann untersagt habe.«

»Es wird keine therapeutischen Gespräche geben?«

»Nein, keine. Ich werde die ganze Sache völlig nach meinem eigenen Ermessen handhaben. Nehmen Sie es nicht persönlich«, fügte er hinzu, als er ihren Gesichtsausdruck bemerkte. »Das hat nichts mit Ihnen zu tun, sondern mit den Besonderheiten dieses Falls – und ich fürchte, ich muss meine früheren Anordnungen noch einmal betonen: Sie dürfen keinerlei Kontakt zu Mikaal Gunnar-Galen haben.«

»Das habe ich schon beim ersten Mal verstanden«, sagte Marisa verärgert und ein wenig verlegen, dass sie seine Wünsche nicht strikter befolgt hatte. »Warum sagen Sie mir das jetzt noch einmal?«

»Weil«, erwiderte Doktor Syntax, »ich wegen Ihres Gesprächs mit ihm meine Pläne über seine mögliche Behandlung revidieren musste. Ich befürchte, dass Ihr Zusammentreffen, wenn es auch nur kurz war, die Parameter seiner Wahnvorstellungen verändert haben könnte.«

»Wie das?«

»Weil er Sie als ›Kriemhild‹ identifiziert hat. Lassen Sie mich Ihnen eine Frage stellen.« Er erhob sich von seinem Stuhl. »Was wissen Sie über den Hintergrund des Ereignisses in Bayreuth? Über den *Ring*-Zyklus oder Wagner?«

»Ich habe ein wenig über Wagner und das Nibelungenlied in der Schule gelernt, aber ich fürchte, ich weiß nicht viel über das Festival selbst«, gab Marisa zu.

»Ich vergesse immer wieder, dass deutsche Epen in Madrid wahrscheinlich nicht ganz oben auf dem Lehrplan stehen, habe ich Recht?«

»Ja«, erwiderte sie, »allerdings sind sie mir nicht gänzlich fremd. Ich habe in Madrid studiert, weil mir mein Vater ein Stipendium besorgen konnte. Aber meine Eltern haben sich in Wien kennen gelernt. Dort bin ich auch aufgewachsen.«

»Und Ihr Vater hat mit Ihnen wahrscheinlich lange Spaziergänge durch die Wiesen des Wienerwalds unternommen, in der Nähe des Wasserfalls?«, sagte Doktor Syntax mit einem Funkeln in den Augen.

»Ja«, sagte sie überrascht. »Woher um alles in der Welt wissen Sie das?«

»Hmm? Ach, das stand in Ihrer Akte. Schon gut. Also zurück zum *Ring* und den Wagner-Festspielen. Wie steht es mit Ihren Kenntnissen des Alt-Isländischen?«

»Alt-Isländisch? Davon habe ich nicht den blassesten Schimmer.«

»Nun, das ist keine Hindernis«, verkündete der Direktor, »denn ich besitze ohnehin kein Original des Buches. Allerdings habe ich das hier«, schloss er und ließ ein dickes, in pflaumenfarbenes Papier gehülltes Paket auf den Tisch fallen. »Dieses Buch ist nicht unbedingt schuld an Herrn Gunnar-Galens Zustand, aber es könnte ihn durchaus mit verursacht haben. Möglicherweise wird es zu einem späteren Zeitpunkt nötig sein, dass Sie es lesen, um besser mit den Umständen vertraut zu sein, die zu dem besagten Vorkommnis geführt haben. Damit sollten Sie in der Lage sind, den Fall, wenn nötig, mit mir zu diskutieren.«

Marisa nahm das Paket vom Schreibtisch. »Das ist schwer. Worum handelt es sich?«

»Es ist die Übersetzung eines Buches, das die Ur-Edda genannt wird. Sie enthält unter anderem eine alternative Variante der Geschichte, die in Wagners *Ring*-Opern dargestellt wird.«

»Die Variante, die Galen rezitiert hat, als er die Festivalbühne stürmte?«

»Vielleicht – vielleicht aber auch nicht«, sagte der Direktor und streckte die Hand aus, um das Paket wieder an sich zu nehmen. »Das ist eine der Fragen, die ich mit ihm in dieser Woche besprechen werde, während Sie die anderen Patientengespräche führen.«

»Sie wollen, dass ich die Gespräche im Nordturm fortführe?«, sagte Marisa überrascht. »Ich hatte angenommen, Sie würden sie bei Ihrer Rückkehr wieder persönlich übernehmen.«

Doktor Syntax schüttelte den Kopf. »Unabhängig von meinen anderen Plänen hatte ich vor, Ihnen in der nächsten

Zeit die Patientengespräche zu überlassen. Während Herrn Gunnar-Galens Anwesenheit hier werde ich vollauf mit ihm beschäftigt sein, und ich zähle darauf, dass Sie die kontinuierliche Therapie mit den Patienten im Nordturm fortführen. Die anderen Mitarbeiter kommen mit den restlichen Patienten ohne weitere Anleitung zurecht, und Sie sind die einzige Ärztin der Stiftung, der ich so weit vertraue, um Ihnen die Verantwortung für den Nordturm zu übertragen. Oder habe ich mich da geirrt?«

»Keineswegs«, erwiderte sie und unterdrückte mühsam ein freudiges Erröten über das unausgesprochene Kompliment. »Ich komme mit den Gesprächen gut zurecht, und ich danke Ihnen für Ihr Vertrauen in meine Fähigkeiten.«

»Gut, gut«, sagte Doktor Syntax und erhob sich, um sie zur Tür zu geleiten. »Eine tägliche schriftliche Zusammenfassung der Patientengespräche sollte für die Zeit, in der ich mit Hagen arbeite, zu meiner Information vollauf genügen. Lassen Sie mich wissen, wenn ich Ihnen in irgendeiner Weise behilflich sein soll.«

»Ich werde zurechtkommen, Doktor Syntax. Vielen Dank.«

»Ich danke *Ihnen*, Marisa.«

Die Tür schloss sich hinter ihr, und sie stand im Korridor und ließ sich das Gesagte noch einmal durch den Kopf gehen. Irgendetwas störte sie an dem Gespräch mit dem Direktor, doch sie konnte nicht genau sagen, was es war. Plötzlich fiel es ihr ein.

Hagen. Doktor Syntax hatte ihn Hagen genannt.

Es war für einen Psychologen ein ausgesprochener Fauxpas, einen Patienten mit Wahnvorstellungen bei seinem imaginären Namen zu nennen. Schlimmstenfalls war es schlecht für die Therapie. Wenn es vor Kollegen geschah und nicht in Hörweite des Patienten, konnte man es bestenfalls als schlechtes Benehmen bezeichnen. Ihrer Erfahrung nach mangelte es Doktor Syntax jedoch weder an Berufsethos noch an Etikette, und daher konnte sie sich diesen Ausrutscher nicht erklären.

Sie dachte noch einen Augenblick nach und ging dann in ihr Büro, um die Patientenakten zu holen. Schließlich machte sie sich, immer noch beunruhigt, auf den Weg in den Nordturm, um mit den täglichen Gesprächen zu beginnen.

»Der Schnee fällt immer dichter«, stellte Corwin Maddox fest. »Natürlich kümmert mich das im Augenblick wenig. Es sei denn, mir droht eine baldige Entlassung?«

»Wohl kaum«, sagte Doktor Kapelson. »Tut mir Leid.«

»Das ist nicht Ihre Schuld«, sagte Maddox mit einem Seufzen. »›Je mehr sich die Welt verändert, desto mehr bleibt alles beim Alten.‹ Das ist von mir. Der Spruch über Messer, Schere, Gabel und Licht übrigens auch.«

»Der war gut.«

»Vielen Dank«, sagte Maddox. »Ich habe mir natürlich auch haufenweise schlechte Sprüche ausgedacht. Allerdings haben zweitausend Lebensjahre den Vorteil, dass die Menschen die weniger intelligenten Äußerungen irgendwann vergessen oder einfach sterben. Gelungene Sprüche muss man einfach nur so lange wiederholen, bis sie sich dem kollektiven Gedächtnis einprägen. Und manchmal muss man sich nicht einmal selbst darum kümmern, wie im Fall von John Lennons Bemerkung, die Beatles seien ›... populärer als Jesus‹. Als ich Lennon das sagen hörte, ist es mir genauso kalt den Rücken hinuntergelaufen wie damals, als jemand zum ersten Mal diesen Sohn eines Zimmermanns als ›den Gottessohn‹ bezeichnet hat.«

»Sie haben John Lennon wirklich gekannt?«

»›Wer die Fehler der Vergangenheit nicht kennt, wird sie

wiederholen.‹ Dieser Satz ist nicht von mir, aber irgendjemand hätte ihn Lennon hinter die Ohren schreiben sollen.«

»Das war es auch, was mich anfangs zu dem Nazarener hin-
gezogen hat – die Geschichte über diese Brotlaibe und Fische
meine ich. Die fällt natürlich in die gleiche Kategorie wie die
fliegenden Kaninchen, aber nachdem ich dieses Wunder mit
eigenen Augen gesehen hatte, konnte ich die hunderte von
Menschen, die behaupteten, von den Brotlaiben und Fischen
gegessen zu haben, nicht einfach ignorieren. Ich folgte dem
Nazarener und zeichnete pflichtbewusst alle Geschichten auf,
die ich über ihn hörte. Und glauben Sie mir, das war alles
klassisches Material. Der Renner waren die spontanen
Heilungen: Er hat mich berührt, er hat mich gesegnet, sein
Schatten fiel auf mich – suchen Sie es sich aus. Ganz gleich,
welche Art von Kontakt – man konnte sich darauf verlassen,
dass jemand hinterher behaupten würde, von irgendetwas
geheilt worden zu sein.«
    »Sie glauben nicht an spontane Heilungen?«
    Maddox schüttelte den Kopf. »Ich glaube den ganzen Be-
richten nicht und schon gar nicht den bekanntesten. Ist eine
Geschichte zu glatt, dann ist sie wahrscheinlich erfunden. Die
etwas schmutzigeren Geschichten schienen mir immer am
glaubwürdigsten zu sein, aber die hat die Kirche natürlich
herausgestrichen.«
    »Tatsächlich«, sagte Doktor Kapelson.
    »Das liegt doch auf der Hand«, sagte Maddox. »In der Bibel
scheißt niemand – und glauben Sie mir, Scheiße war damals
allgegenwärtig. Es gab eine ziemlich gute Geschichte über
einen Pharisäer, dem angeblich eine fehlende Gliedmaße
nachgewachsen war, nachdem er sich an der Stelle auf dem
Boden gewälzt hatte, wo der Nazarener und seine Jünger
Wasser gelassen hatten. Sie machte die Runde, und irgend-

jemand fragte schließlich Jesus, ob sie der Wahrheit entsprach. Wie es seine Gewohnheit war, verfiel er sogleich in eine Lektion darüber, wie wichtig es sei, stets alles Unreine aus dem Körper auszuscheiden. Ich weiß nicht, ob die Sache mit dem Pharisäer stimmt oder nicht, aber ich persönlich glaube, das ›Blasengleichnis‹ hätte eine ausgezeichnete Ergänzung des Neuen Testaments abgegeben. Es gab noch weitaus haarsträubendere Geschichten über ihn: Man hielt ihn für den Anführer eines Prostitutionsringes und glaubte, ihm würde ein zweiter Kopf aus dem Nabel wachsen; manch einer behauptete, er würde gar keinen Nabel besitzen, sondern stattdessen eine Art hermaphroditische Körperöffnung und wolle die Welt mit Feuer reinigen, um sie anschließend in eigener Regie wiederzubevölkern; es hieß, er hätte einen Zwillingsbruder, der von einer ägyptischen Pyramide in den Himmel hinaufgetragen worden sei und so weiter und so fort. Und das waren nur die Gerüchte, die sich die Ältesten erzählten. Diese Geschichten hatten jedoch eines gemeinsam: Sie folgten Jesus auf dem Fuße, wie eine Seuche. Man brauchte nur der Spur der Geschichten zu folgen, um ihn selbst zu finden – das zumindest war meine Absicht. Ich wollte ihn treffen, und sei es nur, um mich zu vergewissern, dass es ihn wirklich gab. Schwindler und Scharlatane waren in der damaligen Gesellschaft genauso zahlreich wie heute. Mit großer Wahrscheinlichkeit war auch er nur ein ganz normaler Mensch, der zufälligerweise über eine besondere Ausstrahlung verfügte und spannende Geschichten erzählen konnte. Aus irgendeinem Grund neigte ich dazu, den Gerüchten über ihn Glauben zu schenken. Allerdings schienen auch eine Menge anderer Menschen diese Geschichten zu glauben, und dadurch kam er in den Ruf, mehr als nur ein einfacher Lehrer zu sein. Kurz gesagt, er war ein Volksverhetzer, und in einer Gesellschaft, die von modrigen Traditionen beherrscht wurde, konnte man dies unmöglich dulden. Die Mächtigen taten also das Einzige, was ihnen ihrer Meinung nach übrig blieb: Sie gaben den schwarzen Peter weiter und stifteten die Regierung dazu an, ihn umzubringen.«

***

»Warum glauben Sie an Satan, Corwin?«

»Aus zwei Gründen«, sagte Maddox und lehnte sich gelassen auf seinem Stuhl zurück. »Erstens glaube ich an ein Gleichgewicht im Universum. Für jeden Jesus Christus muss es eine gleiche Anzahl von Gegenspielern geben. Und zweitens glaube ich an ihn, weil ich ihm begegnet bin.«

»Wie sind Sie ihm begegnet?«

»Nun«, sagte Maddox sachlich, »ich habe zweitausend Jahre auf die Rückkehr des Heilands gewartet und bin für meine Geduld nur wenig belohnt worden. Ich dachte also, ich hätte nichts zu verlieren, wenn ich einmal zur Abwechselung eine Zeit lang nach einem anderen bedeutenden Mann suchen würde.«

»Sie glauben, Satan ist ebenso bedeutend wie Jesus?«

»Nun, wenn nicht er, wer dann?«, sagte Maddox. »Ich habe aus persönlichen Gründen nach ihm gesucht und nicht, um eine Titelstory über ihn zu schreiben. Außerdem halte ich mich an das Gebot: ›Richtet nicht, so werdet ihr auch nicht gerichtet.‹«

»Sie würden Satan nicht verurteilen?«

»Ich gebe Boulevardzeitungen heraus. Ich kenne die schwärzesten Abgründe des Lebens. Dem Mythos zufolge ist Satan einer der ›Ersten unter den Herren des Himmels‹ gewesen, und selbst nach seinem angeblichen Fall mangelt es mir an empirischen Beweisen, um den Burschen zu verurteilen.«

»Obwohl ihm in den meisten Kulturen die Schuld am Bösen in der Welt zugeschrieben wird?«

»Gerade deswegen. Das sind Gerüchte und Andeutungen. Sagen Sie mir, Frau Doktor – glauben Sie, es gibt Menschen, die Satan anbeten?«

»Ja.«

»Wie oft haben Sie gehört, dass diese Menschen jemanden in seinem Namen umgebracht haben?«

»Einige dutzend Male, glaube ich«, sagte Doktor Kapelson. »Aber viele dieser Fälle lassen sich wohl auf eine Geisteskrankheit zurückführen.«

»Also gut. Und wie oft haben Sie schon gehört, dass ein Christ einen anderen umgebracht hat, im Namen des Gottes, zu dem sich beide bekennen?«

Doktor Kapelson blinzelte. Sie wusste nicht, was sie darauf hätte erwidern können.

»Ja, Frau Doktor«, sagte Maddox und beugte sich vor. »Millionen Mal. Also lassen wir die Unwägbarkeiten aus dem Spiel, in Ordnung? Jedes Gespräch hat seine Untiefen. Ich habe nach ihm gesucht. Ich habe ihn gefunden. Ich bin unter seinen Einfluss geraten und habe den finsteren Hurensohn befreit.«

»Vor vielen Jahren auf einer Reise durch die Ukraine habe ich in einer Bar einen Mann namens Stiefelchen kennen gelernt. Er hatte sich nach kurzer Ehe gerade von einer jungen Frau getrennt und machte seiner Trauer und Reue über den Verlust Luft, indem er jeden verprügelte, der nicht mit ihm trinken wollte. Kaum jemand weigerte sich. Aus reiner Neugier lehnte ich sein Angebot ab. Er schlug nach mir und ich haute ihm im Gegenzug eine runter – wir wurden umgehend Freunde. Ebenso wie ich interessierte er sich für phantastische Geschichten, und wir beschlossen, zusammen weiterzureisen. Ich wünschte, ich wäre bei ihm geblieben – er führte ein sehr anständiges Leben. Außerdem hätte ich meine Zeitungen mit seinem Schatz an urbanen Mythen mehrere Generationen lang füllen können. Es hätte mir auch eine Menge Kummer erspart. Und vielleicht hätte ich seinen Warnungen vor Saturn dann mehr Beachtung geschenkt.«

»Wann haben sich Ihre Wege getrennt?«

»Etwa sechs Jahre nachdem wir uns kennen gelernt hatten. Er wollte sich auf die Suche nach seiner alten Flamme begeben – sie hatte anscheinend irgendetwas von ihm gestohlen –, und ich wollte nach Amerika fahren. Ironischerweise ist er schließlich auch dort gelandet, in einem Ort namens Silvertown. Aber wie ich schon sagte, wurde er ermordet, bevor ich ihn wegen des großen Fehlers, den ich begangen hatte, um Rat fragen konnte.«

»Hmm«, meinte Doktor Kapelson. »Und Sie haben diesen ›Saturn‹ dort in Silvertown freigelassen?«

Maddox zuckte zusammen, als hätte ihn dieser Name erschreckt. »Satan. Ich habe mich vorhin versprochen. Nein, eigentlich ist das in der Nähe einer kleinen Stadt in Deutschland namens Bingen geschehen. Als ich schließlich nach Silvertown zurückkehren konnte, um Stiefelchen um Rat zu bitten, war er bereits tot. Er hatte mich gewarnt, nicht nach Satan zu suchen, und mir Geschichten über die möglichen Folgen meines Vorhabens erzählt, doch ich habe ihm nicht geglaubt. Immerhin hat er mir eine magische Waffe anvertraut, die ich immer noch benutzen kann, wenn ich auch nicht genau weiß, auf welche Weise.«

»Und was wäre das?«

Maddox ließ den Kopf auf die Brust sinken und lächelte.

»Nein, Frau Doktor«, sagte er schließlich. »Für den Fall, dass ich eines Tages entlassen werde, ist dies das Einzige, das ich Ihnen nicht verraten kann.«

Er hielt inne, drehte sich um und blickte aus dem Fenster. »Der Schnee«, grübelte er. »Ich frage mich ...« Er überlegte noch einen Augenblick und schüttelte dann den Kopf. »Das ist albern. Das Wetter hat nichts mit der Geschichte zu tun und ein Kälteeinbruch nichts mit Magie. Es spielt keine Rolle.«

Während Maddox das Wetter als meteorologisches Phänomen betrachtete, hielten es die drei besessenen Professoren für ein schlechtes Omen.

»Das sieht nicht gut aus«, sagte Monty.

»Schlecht, sehr schlecht«, stimmte Peter zu.

»Wirklich sehr schlecht«, wiederholte Lex. »Und ich muss es wissen, schließlich bin ich in Atlantis Experte für Wetterkontrolle gewesen.«

»Sie meinen, Sie konnten das Wetter beeinflussen?«, fragte Doktor Kapelson.

»Wetter beeinflussen«, sagte Monty kichernd. »Das ist gut.«

»Hey, ich war nahe dran«, gab Lex zurück. »Zumindest habe ich mich mit seriöser wissenschaftlicher Forschung beschäftigt.«

»Willst du mich ärgern?«, fragte Peter. »Ich glaube, du willst mich ärgern.«

»Warum?«, fragte Doktor Kapelson. »Was sind Sie von Beruf gewesen?«

»Erzähl es ihr«, sagte Lex zu Peter.

»Ja, erzähl es ihr«, stimmte Monty ein.

»Ich werde gar nichts sagen«, gab Peter zurück.

»Dann werde *ich* es erzählen«, sagten Monty und Lex im Chor.

»Er ist Bauer gewesen«, sagte Monty, und Lex schenkte Peter ein Grinsen.

»Ha!«, sagte Peter. »Ihr Protestanten müsst immer alles vereinfachen. In Wahrheit bin ich der führende Puterologe von Atlantis gewesen.«

»Ein Bauer«, wiederholte Monty.

»Halt die Klappe«, zischte Peter.

»Puterologe«, sagte Doktor Kapelson. »Hat das irgendetwas mit Puten zu tun?«

»Irgendetwas?«, sagte Peter mit gespielter Verwunderung. »Verehrteste, ich wusste alles über Puten. Ich war der Beste im Geschäft.«

»Tatsächlich?«, sagte Lex. »Wie war das bei der Messe in Atlantis, als deine preisgekrönte Pute den dritten Platz belegt hat, nach zwei Tieren aus Kalto Ruhrs Stall?«

Peter machte eine wegwerfende Handbewegung. »Kalto Ruhr hat geschummelt. Er hat einen Aufplusterer verwendet. Das habe ich meinen Puten nie angetan. Ich habe meinen Ruf auf ehrliche Weise gewonnen.«

»Ein drittklassiger, putenzüchtender Bauer«, sagte Monty.

»Halt die Klappe«, sagte Peter.

»Was waren Sie von Beruf, Monty?«, fragte Doktor Kapelson.

»Ich war ein Lehrmeister der tantrischen Künste«, sagte Monty und streckte die Brust heraus.

»Ein Gigolo«, sagte Peter.

»Halt die Klappe«, zischte Monty. »Lex' Verlobte hat sich jedenfalls nie beschwert.«

»Zwanzigtausend Jahre«, jammerte Lex, »und immer noch muss er mir unter die Nase reiben, dass er als Erster mit ihr geschlafen hat.«

»Sie haben Sex zum Beruf gemacht?«

»Ist das ein Mormonenwitz?«, fragte Monty. »Das war ein Mormonenwitz, oder?«

»Nein«, sagte Doktor Kapelson. »Es hat mich nur interessiert.«

»Das war kein Mormonenwitz«, sagte Peter. »Das war ein Witz über atlantische Zauberer. Hey, Lex?«

»Ja, Peter?«

»Mit wie vielen Frauen muss ein atlantischer Zauberer ins Bett gehen, um ein Erdbeben auszulösen?«

»Keine Ahnung – frag Monty«, sagte Lex.

»Ach, kommt schon«, beschwerte sich Monty. »Das war Zufall, reiner Zufall.«

»Die Strafe Gottes«, sagte Peter. »Wegen deiner riesigen Orgie hat er Atlantis zerstört.«

»Es war eine Party und keine Orgie. Außerdem haben wir damals noch nicht an Gott geglaubt, erinnerst du dich?«

»Das beweist nur, dass wir nicht allwissend waren.«

»Wenn meine Orgie, ähm, Party der Grund dafür gewesen ist, dass du Atlantis versenkt hast, Gott«, sagte Monty und hob die Augen gen Himmel, »dann gib uns bitte ein Zeichen.«

In der gesamten Einrichtung gingen die Lichter aus.

»Ich hab's doch gewusst!«, sagte Peter.

»Verdammt«, sagte Monty.

»Nicht fluchen, bitte«, sagte Lex.

»Ich glaube nicht, dass das ein Zeichen ist«, meinte Doktor Kapelson. »Wahrscheinlich hat der Schneesturm den Strom unterbrochen.«

»Schöne neue Welt«, sagte Monty. »In Atlantis hatten wir nie Probleme mit Stromausfällen. Wir haben uns nämlich auf die gute alte wissenschaftliche Zauberei verlassen, statt auf diesen elektrischen Mist.«

»Ach ja?«, sagte Doktor Kapelson. »Dann können Sie also die Lichter wieder zum Leuchten bringen?«

»Klar«, sagte Lex. »Jeder von uns kann das. Sind Sie Jungfrau?«

Sie errötete heftig und war froh über die schützende Dunkelheit. »Was hat das damit zu tun?«

»Alles«, sagte Monty. »Beinahe jeder gute Zauber beginnt mit der Opferung einer Jungfrau.«

»Ja«, sagte Peter. »Geben Sie uns ein scharfes Messer und fünf Minuten Zeit, und wir lassen das ganze Haus leuchten wie einen Weihnachtsbaum.«

»Tut mir Leid«, sagte Doktor Kapelson. »Ich werde mich nicht für ein paar Lampen opfern.«

»Ich wusste es«, sagte Monty. »Sie sind gar keine Jungfrau mehr, oder?«

»Metze«, sagte Lex höhnisch.

»Wollen Sie, dass ich Ihre Badezeit einschränke?«, fragte Doktor Kapelson streng.

»'Tschuldigung«, sagte Lex.

Auf dem Weg die Treppe hinunter machte Doktor Kapelson einen Umweg, um bei Herrn Schwan vorbeizuschauen. Wie der Rest der Einrichtung war auch sein Zimmer in Dunkelheit getaucht.

»Herr Schwan?«, rief sie leise. »Geht es Ihnen gut?«

Es kam keine Antwort, aber das hatte sie auch nicht erwartet. »Ich wollte Ihnen nur Bescheid sagen, dass der Strom ausgefallen ist und ich mich darum kümmern werde. Es gibt keinen Grund zur Beunruhigung, okay?«

Immer noch keine Antwort, obwohl sie in den Schatten eine Bewegung wahrzunehmen glaubte. Langsam wich sie von der Tür zurück.

Nachdem sie noch einen Augenblick nachgedacht hatte und zu dem Schluss gekommen war, dass tintenschwarze Dunkelheit und Stille zumindest für diesen Patienten die Normalität darstellten, machte sie sich vorsichtig auf den Rückweg.

Sie drückte sich gegen die Wand und stieg weiter die Treppen hinunter. Der plötzliche Wetterwechsel ließ sie frösteln.

Sie brauchte mehrere Minuten, um in der Finsternis zum Erdgeschoss des Turms zu gelangen, und einige weitere, um den Weg zum Korridor zu finden, der zum Büroanbau führte.

Als sie in den Korridor eingebogen war, kam sie bedeutend leichter voran, denn von seinem anderen Ende drang Licht herüber. Einer der Pfleger hatte in den umgebauten Ställen eine Kiste mit Petroleumlampen gefunden und verteilte diese an die Mitarbeiter. Alle waren sich einig, dass es ein zu großes Brandrisiko darstellte, die Lampen an die Patienten zu verteilen, und Doktor Kapelson wies mehrere Krankenschwestern an, sie in regelmäßigen Abständen auf den Treppen zu verteilen, damit zumindest ein wenig gedämpftes Licht in die Zimmer fiel.

»Eine ausgezeichnete Idee, Marisa«, sagte der Direktor, der mit einer Lampe aus seinem Büro trat. »Stets auf das Wohl der Patienten bedacht. Sehr gut.«

»Doktor Syntax – Gott sei Dank. Was geht hier vor?«

Er reinigte seine Brille und blickte sie nachdenklich an. »Wir haben es anscheinend mit einem plötzlichen Kälteeinbruch zu tun. Die Temperaturen sind gefallen, es schneit heftig und auf den Straßen bildet sich Eis. Alles ist im wahrsten Sinne des Wortes eingefroren.«

»Das gesamte Land?«

»Die gesamte Welt.«

Marisa blinzelte. »Wie ist das möglich?«

Doktor Syntax zuckte mit den Achseln. »Vielleicht ist es eine neue Eiszeit. Es sollte ohnehin bald wieder eine fällig sein – plus oder minus ein paar Jahrhunderte.«

»Ist der Strom im gesamten Komplex ausgefallen?«

Er nickte. »Ja. RISC liegt ebenfalls im Dunkeln.«

»Gibt es keine Notstrom-Aggregate?«

»Das ist das Merkwürdige daran«, sagte Doktor Syntax. »Es gibt mehrere Ersatzsysteme, die die Stromversorgung aufrechterhalten sollen, aber die funktionieren ebenfalls nicht.«

»Und im Dorf?«

»Meine Liebe«, sagte der Direktor sanft, »schauen Sie aus dem Fenster. Ich kann das Dorf noch nicht einmal sehen.«

»Haben Sie versucht, die Büros in Linz anzurufen?«

Einer der Pfleger meldete sich zu Wort. »Ich habe es versucht. Bevor ich jedoch etwas herausfinden konnte, wurde die Verbindung unterbrochen. Die meisten Leitungen sind tot – es ist nicht einmal ein Freizeichen zu hören. Alle anderen übertragen nur Informationen, wir könnten also immer noch Faxe oder E-Mails verschicken, vorausgesetzt, wir bekommen einen Computer zum Laufen.«

»Nun«, sagte Marisa unbeirrt, »wir sollten lieber sofort alle hier herausschaffen, bevor die Straßen ...«

Sie hielt inne, als sie in dem flackernden Lampenlicht den Ausdruck auf den Gesichtern der anderen bemerkte.

»Dazu wollten wir gerade kommen, Marisa«, sagte Doktor Syntax. »Die Straße nach Linz ist blockiert. Wir sind vollkommen eingeschlossen.«

Nachdem mehrere Pfleger mit Lampen und Petroleum überall in der Klinik Stellung bezogen hatten, richteten sich die restlichen Mitarbeiter in den vielen ungenutzten Räumen in den Türmen und im Anbau Schlafplätze ein. Marisa holte Decken und ein Feldbett aus dem Lager und stellte es in ihrem Büro auf. Dabei musste sie mehrere Eier aus dem Weg räumen.

Eier – doch das rätselhafte Huhn blieb verschwunden. Schlau, dachte sie. Bei diesem Wetter war es vermutlich besser, als Ei aufzutauchen. Ziemlich gerissen für ein Gespenst. Dennoch war sie mit zu vielen Fragen beschäftigt, um tatsächlich zur Ruhe zu kommen. Es war schwierig genug, sich mit den Krankengeschichten mehrerer Patienten vertraut zu machen, mit denen sie erst zweimal gesprochen hatte. Darüber hinaus wollte sie sich so schnell wie möglich über alles informieren, das auch nur entfernt mit dem Fall Mikaal Gunnar-Galen in Beziehung stand. Er war bereits einen Tag bei ihnen. Es blieben also sechs, vielleicht sogar weniger, bis er sie wieder verlassen würde – unfassbarerweise geheilt, wie Doktor Syntax erklärt hatte. Und das bedeutete mehrere lange Nächte, die sie mit Nachforschungen zubringen würde. Der direkte Kontakt zu dem Patient mochte ihr untersagt sein, aber ihr blieb immer noch der Zugriff auf die Datenbank und die Archive der Stiftung, um so viel wie möglich in Erfahrung zu bringen. Zunächst einmal benötigte sie jedoch Schlaf. Morgen würde noch genug Zeit sein, um sich mit den seltsamen Vorgängen auseinander zu setzen, die sich wie ein Wirbelsturm um sie herum zu verdichten schienen.

Marisa drehte die kleine Petroleumlampe neben ihrem Schreibtisch herunter, wickelte sich in die Decken ihres improvisierten Bettes und fiel rasch in einen tiefen, traumlosen Schlaf.

KAPITEL DREI

Die Eiszeit

Im Licht des grauen, blassen Morgens wurde sichtbar, dass das Schneetreiben und die angewachsene Eisdecke die Straßen nahezu unpassierbar gemacht hatten. Diese Tatsache hätte sicher für Gesprächsstoff unter den Mitarbeitern gesorgt, hätten sie nicht außerdem entdeckt, dass ihre Autos über Nacht verschwunden waren. Es fanden sich keinerlei Spuren, obwohl diese im Schnee leicht hätten erkennbar sein müssen. Nur einige verstreute Fußabdrücke waren zu sehen, doch die Pfleger waren der Ansicht, dass die Diebe diese absichtlich hinterlassen hatten, um ihre Fährte zu verwischen. Rund um den Parkplatz wurden außerdem Flecken einer rostroten Flüssigkeit entdeckt, die die Pfleger für Getriebeflüssigkeit hielten. Marisa hegte daran jedoch gewisse Zweifel.

»Ich ebenfalls«, sagte Maddox brüsk. »Irgendjemand stattet einer eingeschneiten Nervenklinik einen Besuch ab, stiehlt zwei Dutzend Fahrzeuge, beschädigt sämtliche Getriebe, löst sich in Luft auf – und das alles mitten in einem Schneesturm, ohne Aufsehen zu erregen? Und Sie halten *mich* für verrückt?«

»Es ist eine ungewöhnliche Nacht gewesen«, stimmte Doktor Kapelson mit einem Nicken zu.

»Das ist eine verdammte Untertreibung«, schnaubte Maddox. »Allerdings hätte ich gern ein Interview mit demjenigen geführt, der die ganze Sache durchgezogen hat. Das gäbe einen ausgezeichneten Beitrag im Anschluss an einen Artikel über Kornkreise.«

»Führen Sie all Ihre Interviews selbst?«

»Die wichtigsten. Und alle, bei denen mehr als ein oder

zwei Tatsachen überprüft werden müssen. Der Rest ist nur Füllmaterial.«

»Wie finden Sie heraus, welche der Storys wichtig sind?«

Maddox zuckte die Achseln. »Hauptsächlich durch Instinkt. Allerdings entwickeln sich die Geschichten nicht immer meinen Erwartungen entsprechend, und manchmal kommt kompletter Unfug dabei heraus.«

»Das drittschlimmste Interview meiner Laufbahn habe ich im vierzehnten Jahrhundert mit einem Spanier namens Gorca geführt. Er sollte angeblich die Erbin einer argentinischen Goldmine entführt und ermordet haben, weil sie sich geweigert hatte, ihn zu heiraten. Ich war gerade mit Recherchen für eine ganz andere Geschichte beschäftigt, als ich seine Bekanntschaft machte. Und nachdem ich erst einmal sein Vertrauen gewonnen hatte, kam die ganze skandalöse Geschichte heraus, einschließlich seiner Flucht vor dem Gesetz, den angeblich falschen Anschuldigungen gegen ihn und der Rache des wütenden Vaters. Zwei Dinge hielten mich allerdings davon ab, seiner Geschichte Glauben zu schenken: Erstens konnte er mir nicht in die Augen sehen, wann immer von der vermissten Frau die Rede war, und zweitens wollte er mir nicht den Ursprung der Steaks verraten, die wir verspeisten, während er seine Geschichte erzählte.«

»Das ist widerlich«, sagte Doktor Kapelson.

»Das können Sie laut sagen. So etwas sollte Hitchcock-Filmen vorbehalten bleiben und südamerikanischen Fußballmannschaften, die irgendwo abgestürzt sind.«

»Sie sagen, das sei das drittschlimmste Interview gewesen. Was steht an zweiter Stelle?«

»Nun«, fuhr Maddox fort, der langsam in Schwung kam, »das zweitschlimmste Interview meiner Laufbahn habe ich 1974 in Las Vegas geführt. Elvis Presley hatte sich nach einer

Show in seinen Umkleideraum zurückgezogen, und mir wurden zwanzig Minuten gewährt, um ihm dort ein paar Fragen zu stellen. Aus den zwanzig Minuten wurden drei Stunden Geschwafel über Gott und die Welt, während deren wir zwei Flaschen Single Malt Whisky und eine ganze Handvoll Drogen ungewisser Herkunft in uns hineinschütteten. Die nächste Stunde sah ich ihm beim Reihern zu. Kurz darauf erlitt er einen Herzstillstand. Die Herzdruckmassage war zu dieser Zeit noch nicht so recht in Mode, ich habe mich aber trotzdem daran versucht. Alleine wäre es mir allerdings nicht gelungen, ihn wieder zum Leben zu erwecken. Er hätte mit Sicherheit das Zeitliche gesegnet, hätte nicht in meinem Wohnwagen draußen auf dem Parkplatz Jim Morrison ein Nickerchen gehalten.«

»Was hatte Jim Morrison in Ihrem Wohnwagen zu suchen?«

»Sie würden es mir nicht glauben, wenn ich es Ihnen erzähle. Und in Anbetracht unserer derzeitigen Beziehung zueinander wäre dies auch nicht in meinem Interesse. Ich meine, ich ziehe es vor, mich an die wirklich glaubwürdigen Dinge zu halten.«

»Ich verstehe. So wie die fliegenden Kaninchen?«

»Sarkasmus«, sagte Maddox. »Ich bin sicher, das war Sarkasmus.«

»Tut mir Leid«, sagte Doktor Kapelson.

»Schon gut. Das schlimmste Interview meiner Laufbahn, ein Ereignis, das mich bis in meine Albträume verfolgt hat und das mich in der Tat immer noch verfolgt, bestand eigentlich aus zwei kurzen Gesprächen. Der Nazarener sollte gekreuzigt werden. Zuvor wollte man ihn – wie es in allen guten Bürokratien üblich ist – noch ein wenig der Folter unterziehen, der körperlichen wie der seelischen. Ich hatte das gesamte Leben dieses Mannes mitverfolgt, von den ungewöhnlichen Ereignissen, die seine Geburt angekündigt hatten, bis zu dem Tag, an dem er sterben sollte. Ehrlich gesagt war mir schon klar gewesen, dass er früher oder später hingerichtet werden würde – bei all den Wundern, die er ständig vollbrachte! Allerdings hatte ich nicht erwartet, dass es so bald geschehen würde. Und ich hatte nie Gelegenheit gehabt, ihn kennen zu lernen oder ihn gar mit eigener Hand zu berühren. Der Tag, an dem ich ihm endlich von Angesicht zu Angesicht gegenüber stand, sollte sein letzter sein. Wollte ich noch mit ihm sprechen oder ihn berühren, so musste ich handeln oder ich würde es den Rest meines Lebens bereuen.

Die Römer sperrten die Straße zu dem Hügel ab, auf dem die Kreuzigungen stattfanden. Niemand aus dem Pöbel durfte nahe genug herankommen, um die Verurteilten zu betrauern – oder zu bespucken. Eine Reihe von Bettlern leistete jedoch verschiedene Hilfsarbeiten für die Soldaten, und mit einer kleinen Bestechung brachte ich einen von ihnen dazu, mir seinen Platz zu überlassen. Ich hatte nicht erwartet, dass mir die Aufgabe zuteil würde, dem geschundenen und blutüberströmten Jesus die Gewänder auszuziehen. Eine Gelegenheit ist jedoch besser als keine, und während die Soldaten mit der Vorbereitung des Kreuzes beschäftigt waren, begann ich den Nazarener langsam zu entkleiden und beugte mich dabei nahe an ihn heran.

›Seid Ihr tatsächlich der Sohn Gottes?‹, flüsterte ich ihm zu.

Er blickte mit matten Augen zu mir hoch. ›Warum willst du das wissen?‹

Ich zuckte mit den Schultern und arbeitete weiter, während ich ein Auge auf die Soldaten gerichtet hielt. ›Ich will es einfach nur wissen. Ich habe viel über Euch gehört und mich immer gefragt, wie viel davon wahr ist.‹

›Und wenn nun alles wahr ist oder alles falsch, oder nur einiges wahr und anderes falsch?‹

Ich hielt inne und blickte ihn an. ›Ich ... ich weiß nicht. Ich glaube, ich will es einfach nur wissen ... Ich wollte Euch berühren, wie andere es getan haben.‹

Er wies auf die Bündel, die ich in den Händen hielt. ›Du hast mein Gewand berührt. Du hast mein Fleisch berührt und mein Blut. Und, hat es dich verändert, so wie die anderen?‹

›Ähm, nein ... eigentlich nicht ...‹

Sein Kopf sank ein wenig herab, doch er blickte mir weiterhin in die Augen. ›Warum erwartest du dann, dass meine Worte eine Wirkung haben werden, wenn Leben und Tod, Wahrheit und Lüge dir nicht mehr bedeuten als der Lauf der Zeit?‹

Ich dachte noch über eine mögliche Antwort nach, als einer der römischen Soldaten mit einer Peitsche nach ihm schlug. Sie schoben mich brutal zur Seite, packten Jesus und nagelten ihn an das Holz. Benommen stand ich da und sah zu, wie sie das Kreuz aufrichteten. Ich bemerkte kaum, wie irgendjemand mir die Gewänder aus den Händen nahm, um sie zu verkaufen, und mir später meinen Anteil am Gewinn, eine einzelne Silbermünze, in die Tasche steckte. Ich sah zu, wie die Leute sich ihm nähern durften, um zu trauern, um Vergebung zu bitten oder gar um ihn mit der Spitze eines Speeres zu verletzen. Schließlich nahm ich meine letzte Kraft zusammen und ging zum Kreuz. Ich blickte zu ihm hoch, und zu meinem ewigen Bedauern fragte ich noch einmal: ›Ich kann keinen Frieden finden, bevor ich es nicht weiß. Seid Ihr der Sohn Gottes?‹

Er blickte zu mir herab. In seinem Blick lag unendliche Trauer und mehr Barmherzigkeit, als ich verdient hatte. Einen Augenblick später antwortete er mir.

›Wenn du die Antwort darauf nicht selbst findest, werden meine Worte sinnlos sein. Jeder Mensch wählt seinen eigenen Frieden, und ich habe gewählt. Ich werde mich zur Ruhe begeben. Du jedoch wirst wandern ohne zu ruhen. Du sollst in dieser Welt verweilen, bis ich wiederkehre.‹

Das war alles, was er mir zu sagen hatte.

Dann starb er.«

»Wie laufen die Gespräche?«, fragte Doktor Syntax. Er trat gerade aus Galens Zimmer, als Marisa die Treppe von dem Stockwerk herunterkam, in dem Maddox untergebracht war. Rasch schloss er die Tür hinter sich und blickte Marisa erwartungsvoll an.

»Ganz gut – sie waren recht ungewöhnlich. Die Gespräche mit Corwin Maddox kreisen entweder um christliche oder um urbane, kulturelle Mythen. Beidem liegt jedoch die Befürchtung zugrunde, dass er den wahrhaftigen Satan gefunden und aus dem Kerker freigelassen haben könnte.«

»Hmm. Das klingt, als könne er sich nicht entscheiden, auf wessen Seite er steht.«

»Oh, er empfindet auf jeden Fall Reue«, sagte Marisa. »Aber ich glaube, die Geschichte über die Befreiung des Teufels ist einfach eine Variation der anderen, in der es um seine Ohnmacht angesichts der Kreuzigung Jesu geht. In beiden Geschichten drückt sich ein enormes Schuldgefühl aus. Maddox ist ziemlich besessen von diesem Thema, das beweist seine Kenntnis sehr spezieller und obskurer Einzelheiten. Darüber will er jedoch nicht reden, deshalb kommt es nur zum Vorschein, wenn er über etwas anderes spricht. Allerdings frage ich mich, inwieweit das Ganze mit seinem Satan-Komplex in Beziehung steht, denn es hat auch etwas mit einem Freund namens ›Stiefelchen‹ zu tun.«

»Beeindruckend«, sagte Doktor Syntax. »Während der ganzen Zeit, in der ich mit ihm Gespräche geführt habe, bin ich nicht so weit vorangekommen.«

»Stiefelchen ist eine stark idealisierte Figur«, erwiderte Marisa. »Ich bezweifle, dass er mehr ist als eine von Maddox' Spezialitäten: eine Spielart eines urbanen Mythos.«

»Die Tatsache, dass er diesen ›Stiefelchen‹ idealisiert, ist genau das, was mich daran interessiert.«

»Warum fasziniert Sie gerade dieses Stück Folklore?«

»Wenn es etwas mit diesem Ort Silvertown zu tun hat, handelt es sich dabei vielleicht um mehr als Folklore«, sagte

Doktor Syntax finster. »Ich habe mich mit Hilfe von Maddox'
eigenen Aufzeichnungen über Silvertown informiert. Die
urbanen Mythen dieses Ortes scheinen ungewöhnlich viele
Bezeichnungen zu enthalten, die ihren Ursprung nicht in
der zeitgenössischen Kultur des Landstriches haben. Und all
diese Sagen lassen sich auf eine einzige Quelle zurückführen:
einen Geschichtenerzähler namens Wasily Strugatski, auch
bekannt unter dem Namen ›Stiefelchen‹. Die Kinder in der
Gegend, besonders die Landstreicher, erzählen Geschichten
über Orte mit Namen wie Wals Höhle, Ass Garten oder Niefels Heim. Woran erinnern Sie diese Namen?«

Marisa biss sich nachdenklich auf die Lippe. Plötzlich
durchflutete sie die Erkenntnis, ihre Augen weiteten sich vor
Erstaunen und ihr Kinn klappte herunter. »Walhalla, Asgard
und ...«

»Nifelheim«, sagte Doktor Syntax. »Das Totenreich in den
alten Mythologien.«

»Die nordischen Mythologien und ...«

»Die eddischen Mythologien, richtig. Dieselbe Mythen-
sammlung, auf der auch Wagners *Ring*-Zyklus beruht und die
unseren neuen Patienten zu uns gebracht hat.«

»Aus psychologischer Sicht ist das unglaublich«, sagte Marisa.
»Aber können Sie tatsächlich eine Verbindung herstellen, die
auf mehr beruht als Zufall?«

»Ja, das kann ich«, sagte Doktor Syntax und wedelte lässig
mit einem Fax. »Heute Morgen, bevor die Telefonleitungen
endgültig unterbrochen wurden, habe ich eine Reihe von
Meldungen über die sich verschlechternde Situation auf der
ganzen Welt erhalten, in denen es vor allem um die neue
Eiszeit geht, die allem Anschein nach angebrochen ist. Unter
diesen Meldungen befand sich auch ein unbestätigter
Bericht darüber, dass der größte Teil von Ontario in Kanada
von einem tropischen Dschungel überwuchert wurde, wie
man ihn in dieser Region seit Tausenden, wenn nicht gar
Millionen von Jahren nicht mehr gesehen hat. Und diese

Entwicklung hatte ihren Ursprung im Hafen gegenüber von Silvertown – genau dort, wo sich laut Maddox' Aufzeichnungen über urbane Mythen Niefels Heim befinden soll.«

»Das ist unglaublich.«

»Und das ist noch nicht alles – Sie sagten, Maddox hätte sich versprochen und Satan als ›Saturn‹ bezeichnet?«

»Ja.«

»Als historische Figur ist Satan relativ jung. Er tauchte erst mit der Verbreitung des Christentums auf. Saturn ist jedoch sehr viel älter und besaß in der Frühzeit der germanischen Überlieferung einen anderen Namen: Loki. Saturn ist nur ein anderer Name für den altnordischen Lügengott.«

Die plötzliche Klimaveränderung mit ihren arktischen Temperaturen bereitete den Mitarbeitern ebenso großes Unbehagen wie die damit einhergehenden Ärgernisse: das Versagen der elektrischen und technischen Geräte, die zwangsläufige Rückkehr zu Bleistift und Papier bei Arbeiten, die längst mit Hilfe von Computern erledigt wurden. Während sich Marisa noch auf diese neue Situation einzustellen versuchte, wurden die täglichen Patientengespräche für sie zu einem Anker, an den sie sich klammern konnte: die übersprudelnden, phantasievollen Geschichten, die Maddox sich ausdachte; Herr Schwans unerschütterliches Schweigen. Und darüber hinaus die Stunden des amüsanten Schlagabtauschs zwischen den drei Professoren von der Universität Wien.

Die drei glaubten zwar, von atlantischen Magiern besessen zu sein. Die meiste Zeit über entsprachen sie allerdings eher dem Bild, das sich die Ärzte der Eidolon-Stiftung von ihnen gemacht hatten: drei vertrocknete, alte Akademiker, die in einer recht originellen kollektiven Wahnvorstellung eine neue Möglichkeit gefunden hatten, über ihre Meinungsverschiedenheiten zu streiten.

Die Geister atlantischer Magier zu beschwören, war ein weit verbreiteter Trick unter Spiritisten und Jahrmarktswahrsagern, um dem weniger intelligenten Teil der Bevölkerung das Geld aus den Taschen zu ziehen. Besessenheit vorzutäuschen, um über die feinen Unterschiede zwischen Mormonentum und Luthertum diskutieren zu können, war bei weitem origineller, wenn auch weniger profitabel.

Selbst die Spitznamen, die man den dreien gegeben hatte und die sie bereitwillig akzeptierten, zeugten von einer gewissen Originalität und grundlegenden Sympathie. Bei Monty, dem Namen des Sozialwissenschaftlers, der dem Mormonentum zugeneigt war, handelte es sich um eine gekürzte und abgewandelte Variante eines Namens aus dem Buch Mormon – Mahonrimoriankimer, oder der Bruder Jareds, wie er häufig genannt wurde. Der Name Peter für einen Katholiken war weniger genial und weitaus offensichtlicher. Und der dritte Professor, der Leiter des Instituts für Protestantische Theologie, handelte sich den Spitznamen Lex ein, als er sich zur lutherischen Konfession bekannte. Hinzu kam, dass er so kahl war wie ein Kürbis.

In den Berichten vieler Monate hatte Doktor Kapelson keinen einzigen Hinweis auf einen Konflikt zwischen den dreien gefunden, der über kleinere Handgreiflichkeiten hinausgegangen wäre. In den vergangenen drei Tagen war es jedoch zu einer ganzen Reihe von Faustkämpfen gekommen, von denen einer sogar in eine ausgewachsene Schlägerei auszuarten drohte. Das war ein deutlicher Verhaltenswandel, und sie fragte sich, ob hier ein Zusammenhang zu den zahlreichen Bemerkungen über Totenmagie bestand, insbesondere jene, die die Opferung einer Jungfrau erforderte.

Eines kam ihr beim Lesen der Akten außerdem in den Sinn, das sie ohne gewisse persönliche Erfahrungen vielleicht niemals in Erwägung gezogen hätte: die Möglichkeit, dass die drei die Wahrheit sagten.

Wenn sie nun nicht bloß phantasierende Theologie-

Professoren waren, die glaubten, von längst verstorbenen atlantischen Magiern besessen zu sein, sondern tatsächlich Magier, die von drei normalen Menschen Besitz ergriffen hatten?

Ursprünglich hatte sie sich die Krankengeschichten der drei vorgenommen, um nach Anhaltspunkten darüber zu suchen, wie es zu der plötzlichen kollektiven Wahnvorstellung gekommen war. Wenn sie an diesem Nachmittag auch etwas unorthodoxe Möglichkeiten in Erwägung zog, dann nur um nicht selbst den Verstand zu verlieren.

An diesem Tag war das Gespräch auf Wunsch der Professoren verschoben worden, da sie den Rest des Tages mit Schreiben zubringen wollten. Sie hatten ihre Bitte so freundlich und höflich vorgetragen, dass die Ärztin zugestimmt hatte. Sie hoffte, dass sich entweder eine Verbesserung ihres Zustandes andeutete oder zumindest eine neue interessante Wende eintrat.

Das war ein Fehler gewesen. Erst zwei Stunden später fiel ihr ein, dass die drei über keinerlei Schreibmaterial verfügten, denn dieses wurde aus Sicherheitsgründen von den Patienten fern gehalten.

In Begleitung von zwei mit Elektroschockern und Reizgas bewaffneten Pflegern eilte sie zum Zimmer des Trios, die sich durch ihre Ankunft jedoch nicht bei ihrer Arbeit stören ließen.

Ein jeder von ihnen kritzelte eifrig an einer Wand des Raumes. Sie benutzten ihre Finger als Schreibgerät und jegliches Material, das ihnen als Tinte dienen konnte. Dazu schien ihnen, den Spuren an den Wänden nach zu urteilen, nicht nur Urin und Kot geeignet, sondern auch Sperma und Blut.

Merkwürdigerweise handelte es sich dabei offenbar nicht um ihr eigenes Blut, denn keiner der drei wies einen Kratzer oder irgendeine Wunde auf. Dennoch waren die Wände mit einer solchen Menge an Blut bedeckt, dass es unmöglich von einem einzelnen Menschen stammen konnte.

Die nackten Männer leisteten keinen Widerstand, als die

Pfleger sie an ihre Betten fesselten und an der Tür Stellung bezogen, noch immer mit den Elektroschockern bewaffnet. Doktor Kapelson versuchte zwanzig Minuten lang, die Männer über die Herkunft des Blutes zu befragen, erntete jedoch nur hysterisches Kichern und trotziges Schweigen. Die Anordnung der Ärztin, dass sich von diesem Zeitpunkt an alle Mitarbeiter stündlich in Doktor Syntax' Büro melden sollten, wurde von den dreien gleichmütig aufgenommen.

Erst als Doktor Syntax persönlich den Raum betrat, um sich das Gekritzel anzusehen, veränderte sich der Gesichtsausdruck der Professoren. Ihre Augen glänzten vor Erwartung, als hofften sie, dass er die Genialität ihres Werkes erkennen, es als Beweis für ihre geistige Gesundheit betrachten und sie entlassen würde. Der Glanz in ihren Augen verschwand auch dann nicht, als Doktor Syntax schweigend die Wände betrachtete, sich schließlich auf dem Absatz umdrehte und den Raum verließ.

Weder die drei Magier noch Doktor Syntax verloren ein Wort darüber, was die Schrift an den Wänden bedeutete, die nur aus einem einzigen, wieder und wieder hingekritzelten Satz bestand:

Der Erlkönig ist tot – lang lebe der Erlkönig.

Hatten sich am Tag bereits merkwürdige Dinge ereignet, so wurde die Nacht um einiges schlimmer. Mit Einbruch der Dunkelheit drangen aus dem Wald rund um das Schloss seltsame Geräusche herüber, die während der gesamten Nacht anhielten. Geräusche von etwas ... das sich bewegte. Große, massige Ungeheuer, die sich einen Weg durch Dickicht und Gestrüpp bahnten. Hin und wieder wurden die Geräusche von etwas unterbrochen, das wie ein Schrei klang.

Dann war ein Schmatzen zu hören.

Und schließlich wieder Stille.

»Sie müssen zugeben, dass Jesus der Traum jedes Presseagenten war«, sagte Maddox. »Selbst der Tod konnte die Geschichten, die über das Leben dieses Mannes erzählt wurden, nicht bezwingen. Bereits drei Tage nach seiner Kreuzigung kamen Gerüchte auf, er sei aus dem Grab auferstanden, hätte sich in Visionen seinen Jüngern gezeigt und sei auch Völkern auf anderen Kontinenten erschienen. Von fliegenden Kaninchen habe ich allerdings nichts mehr gehört. Die meisten dieser Geschichten sind mir auch erst später zu Ohren gekommen, denn zu jener Zeit befand ich mich an Bord eines Schiffes, unterwegs zu den heutigen britischen Inseln. Dort wollte ich mein Leben in Abgeschiedenheit beschließen, auf der Flucht vor der Erinnerung an die Augen des Nazareners, die sich Nacht für Nacht in mein Gehirn brannte. Nach drei Jahren hatten die Erinnerungen immer noch nicht nachgelassen und ebenso wenig nach dreißig. Nach hundert Jahren wurde mir bewusst, dass ich die Frage, ob er der Sohn Gottes war, längst beantwortet hatte und viele andere ebenfalls. Ich wünschte, ich könnte ihm das mitteilen.«

»Glauben Sie nicht an die Kraft des Gebets?«

»Doch – mein Problem ist nur, dass er mir womöglich antworten könnte.«

»Wieso ist das ein Problem?«

»Weil ich dann niemals hier herauskommen werde. Wenn jemand mit Gott redet, wird das Gebet genannt und gilt als Zeichen eines starken Charakters – wenn Gott einem jedoch antwortet, ist das ein sicheres Zeichen für Schizophrenie.«

»An dem Morgen, als ich eingeliefert wurde«, fuhr Maddox fort, »kamen mehr als sechzig Geschichten mit übernatürlichen oder religiösen Elementen über die Presseagentur herein. Elf davon hatten Marienerscheinungen und verschiedene Nahrungsmittel zum Thema, bei neun ging es um die außerirdischen Ursprünge Gottes und der Schöpfung, weitere vierzehn beschrieben das Zusammentreffen mit verschiedenen verstorbenen Berühmtheiten, in einer Reihe von Reinkarnationen, und mindestens sieben aus allen Teilen der Welt handelten von der Wiedergeburt des Erlösers der einen oder anderen Religion. Die meisten dieser Geschichten werden einfach an die einschlägigen Zeitungen verschickt, die den meisten Platz zu füllen haben. Bei einigen der Geschichten hat möglicherweise sogar schon jemand Recherchen angestellt, bevor ich sie in meinen Zeitungen zusammen mit computermanipulierten Fotos veröffentliche. Was die wenigen Storys angeht, die glaubwürdig sein könnten – nun, die überprüfe ich persönlich. Das geht heute schneller als damals, als ich noch auf Kamele oder ähnliche Transportmittel angewiesen war. Die Geschichten sind jedoch die Gleichen geblieben. Und früher oder später wird sich eine von ihnen als wahr erweisen.

Er hat gesagt, dass er zurückkehren wird, und nach zweitausend Jahren habe ich gute Gründe, seinen Worten Glauben zu schenken. Ich beobachte weiterhin die Sterne und halte Ausschau nach Schweinen, die Latein deklamieren, oder Vulkanen, die schwarzen Tee ausspeien, denn das sind die Geschichten, die mich zu ihm führen werden. Und wenn ich ihn gefunden habe, kann ich ihm endlich sagen, dass ich die Frage beantwortet habe.«

»Und wenn Sie ihn wirklich finden?«

Maddox dachte einen Moment mit gesenktem Blick nach, dann sah er sie an, lächelte und zuckte mit den Schultern. »Ich werde ihm wohl auch die Silbermünze geben – schließlich bin ich ihm das schuldig.«

Während der Mittagspause schaute Doktor Kapelson noch einmal in ihrem Büro vorbei und setzte dann das Gespräch mit Maddox fort. Eine der Krankenschwestern – jene, die am Abend zuvor den Patienten im Nordturm das Abendessen gebracht hatte – war verschwunden.

»Erzählen Sie mir mehr über Stiefelchen.«

»Gerne. Was wollen Sie denn wissen?«

»Sie sagten, er hätte Sie davor gewarnt, nach Satan zu suchen«, sagte Doktor Kapelson. »Können Sie mir mehr darüber erzählen?«

Maddox schwieg unsicher. »Ich weiß nicht, ob ich das kann«, erwiderte er zögernd und blickte die Ärztin unruhig an. »Stiefelchen wusste selbst nicht sehr viel über ihn. Das Einzige, was er mir geben konnte, war dieser Schutzzauber – für den Fall, dass meine Suche erfolgreich wäre. Es ist jedoch noch eine andere Person an der Sache beteiligt, über die ich eigentlich nicht reden darf. Auch wenn ich persönlich ein wenig an ihrer Existenz zweifle, hat Stiefelchen mich davor gewarnt, über sie zu sprechen.«

»Sie können mir vertrauen, Corwin. Ich werde es niemandem verraten.«

Er sah sie skeptisch an. »Geheimnisse, die man verrät, verlieren ihre Kraft.«

Doktor Kapelson beugte sich vor. »Und wenn ich Ihnen im Gegenzug auch ein Geheimnis verrate?«, fragte sie. »Wenn ich Ihnen etwas verrate, das sonst niemand weiß? Auf diese Weise hätten Sie auch gegen mich etwas in der Hand.«

»Also gut. Schießen Sie los.«

»In dieser Stiftung wohnt ein Schutzengel, der über jeden wacht, der hier lebt und arbeitet. Wissen Sie, woher ich das weiß?«

»Woher?«

»Weil«, sagte Doktor Kapelson und griff in ihre Tasche, »der Engel jeden Tag irgendwo im Schloss ein Ei hinterlässt, und wenn ich es finde, dann weiß ich, dass der Engel auf mich aufgepasst hat.« Sie zog ein kleines grünes Ei hervor.

Maddox blickte sie an. Sein Gesichtsausdruck verriet Verwirrung, dann Ärger, der sich schließlich in Belustigung verwandelte. »Sie sollten für meine Zeitungen schreiben«, sagte er grinsend. »Sie haben ein Talent dafür, unglaubliche Ereignisse mit komplettem Blödsinn zu kombinieren.«

Noch immer lächelnd griff er unter sein Bett und zog vorsichtig ein Bündel hervor, dass in ein schmutziges T-Shirt gewickelt war. Darin befanden sich dreizehn grüne Eier.

Doktor Kapelson warf einen Blick auf das Bündel, dann in Maddox' Gesicht und brach ebenfalls in Gelächter aus.

Maddox dachte noch einen Augenblick nach und fasste dann einen Entschluss. Er rückte näher an die Ärztin heran und begann in vertraulichem Tonfall zu erzählen. »Ich werde Ihnen alles sagen, was ich weiß. Sie ist magisch und wunderschön und sie ist außergewöhnlich und unwahrscheinlich intelligent. Außerdem ist sie unglaublich alt und will nicht, dass die Leute das erfahren – darin gleicht sie vollkommen den sterblichen Frauen. Und sie misstraut den Männern, deshalb muss ich aufpassen, was ich über sie erzähle, und deshalb habe ich auch Ihrem Chef nichts von ihr gesagt.«

»Warum misstraut sie den Männern?«

»Weil ihr Mann ihr vor langer Zeit einige furchtbare Dinge angetan hat und sie deswegen fliehen musste. Seitdem lebt sie im Verborgenen, und nur wenige kennen ihre geheime Geschichte.«

»Sind Sie ihr je begegnet?«

»Nein.«

Seine Stimme klang überzeugend, doch das kurze Zögern und der abgewandte Blick sagten ihr, dass er log.

»Stiefelchen hat mir ein Lied vorgetragen«, sagte Maddox, der ihrem Blick immer noch auswich. »Er wollte, dass ich es im Gedächtnis behalte, egal was geschieht. Die Melodie ist ein wenig primitiv – ich glaube, es war einmal für Kinder gedacht –, aber die Sprache ist sehr aussagekräftig:

Am Anfang gab es nichts,
weder Sand noch Meer,
noch kühlende Wellen.
Die Erde war Ödnis,
und der Himmel droben
kannte nur Engel und Könige.

Dann kam der Wütende
und die Engel flohen zur Erde,
die Könige verbargen sich
unter dem Fels
und die Königin des Himmels
schlief an des Meeres Ufer.

Nun ist der Wütende frei
und die Könige kehren zurück,
doch nach allen Türen,
eh' du ins Haus trittst,
sollst scharf du schauen;
denn nie kannst du wissen,
ob Feinde nicht warten
im Hause auf dich.

Wenn Dunkelheit einbricht
im Kerzenlicht,
ruf meinen Namen
und ich werde erscheinen
um dich zu beschützen,
bis Engel und Könige wieder regier'n.«

71

Maddox errötete leicht und schaute sich ängstlich um. Dann sank er schließlich froh und erleichtert in seinen Stuhl zurück. »Ich habe beinahe erwartet, von einem Blitz getroffen zu werden.«

»Der Blitz ist die Strafe für Blasphemie.«

»Da gibt es keinen Unterschied«, sagte Maddox.

»Diese Beschützerin, von der er gesprochen hat – kennt er ihren Namen? Ihren geheimen Namen?«, fragte Doktor Syntax, während er Marisas Bericht durchsah.

Die Ärztin dachte einen Augenblick nach. »Ich glaube schon. Sein Berater ›Stiefelchen‹ hat ihm gesagt, sie könne ihm nur dann helfen, wenn er ihren wahren Namen ruft – den sonst niemand kennt. Ohne dieses Wissen kann er also auch nicht auf ihre Hilfe hoffen.«

»Das stimmt so nicht ganz«, sagte Doktor Syntax. »Verschiedene Geschichten in seinen Akten – seine urbanen Mythen – weisen Übereinstimmungen mit Legenden aus elf anderen Städten aus aller Welt auf.«

»Und? Diese Legenden werden einfach von Generation zu Generation weiterverbreitet.«

»Zu diesem Schluss wäre ich auch gelangt«, sagte Doktor Syntax. »Allerdings stammten die Geschichten aus Phönix, London, Rio De Janeiro und anderen Städten von Waisenkindern.«

»Wieder Stiefelchen?«

»Vielleicht – oder Maddox selbst, wenn er tatsächlich so weit gereist ist, wie er behauptet. Die Kinder, die diese Geschichten erzählen, sind einander sicher niemals begegnet. Und das bedeutet, dass diese Geschichte über eine Schutzgöttin, die erscheint, wenn man ihren geheimen Namen ruft, keineswegs neu ist, sondern sehr sehr alt.«

»Mittelalterlichen Ursprungs?«

»Ich glaube, dass sie in einem noch früheren Zeitalter entstanden sein könnte. Betrachten wir die Wurzeln anderer Teile seiner Geschichten – die altnordischen Mythen —, dann können wir eine Beziehung zu den Legenden über die Nornen herstellen.«

»Die Frauen, die die Zukunft vorhersagen konnten?«

»Und die Vergangenheit«, fügte Doktor Syntax geheimnisvoll hinzu. »Ein Geheimbund von Frauen, deren Worte ganze Weltreiche aufsteigen lassen und zu Fall bringen konnten.«

Sie nickte. »Das könnte zu dem passen, was er mir über diese Göttin erzählt hat – wie immer auch ihr Name ist.«

»Hat er jemals ihren Namen erwähnt?«

»Nein.«

Doktor Syntax blätterte in der dicken, pflaumenfarbenen Akte. »Anfangs ließen wir ihn durch eine Krankenschwester beobachten, mit Hilfe eines Spiegels, der von einer Seite durchsichtig war. Kurz darauf bekam Maddox einen Panikanfall, den er für eine Art Angriff dämonischer Kräfte hielt, und um sich zu schützen, hat er einen Namen gerufen.«

»Was hat er gesagt? Wie lautet der Name?«

»Idun«, sagte Doktor Syntax, und in seiner Stimme schwang aufrichtiger Respekt und vielleicht ein wenig Furcht mit. »Ihr Name ist Idun.«

KAPITEL VIER

Die Wende

Die wissenschaftliche Arbeit eines Psychologen beginnt mit dem Lösen von Rätseln. Das *Wo, Was, Wann* und *Wie* sind meist Tatsachen, die sich leicht herausfinden lassen oder von weniger qualifizierten Mitarbeitern ermittelt werden können. Das *Warum* ist die Frage, bei der der Psychologe die Fäden in die Hand nimmt und sie zu einem aussagekräftigen Ganzen zu weben versucht.

Leider schienen die Fäden, über die Doktor Kapelson verfügte, zu verschiedenartig zu sein, um sich jemals zu irgendetwas verbinden zu wollen. Sie glaubte, dass sie im Laufe der Zeit ein Muster entdecken würde. Bestenfalls könnte sie dann die Umrisse eines der Puzzleteile ausmachen, die sich schließlich zu einem mosaikartigen Ganzen zusammenfügen würden. Und mit jedem Tag wuchs ihre Gewissheit, dass es mit der Lösung eines einzelnen Rätsels nicht getan sein würde.

Doktor Syntax war seinem Vorsatz treu geblieben und hatte über den Zustand Mikaal Gunnar-Galens kein Wort mehr verloren. Auch die Ur-Edda hatte er Marisa nicht zum Lesen gegeben. Die mythologischen Bezüge, die er in Maddox' Fall entdeckt hatte, übten keinen sichtbaren Einfluss auf seine Arbeitsweise aus. Sie vermutete allerdings, dass sie in seinen Überlegungen eine viel größere Rolle spielten, als er ihr gegenüber zugeben wollte.

Bislang hatte sie zwischen den Patienten im Nordturm keine Gemeinsamkeiten feststellen können – abgesehen von den spärlichen Bezügen zu altnordischer Mythologie. Aber wenn dies nun die Verbindung war? Galen war unter merkwürdigen Umständen in Doktor Syntax' Obhut gelangt, und die einzige Gemeinsamkeit mit den anderen Patienten waren diese Kindergeschichten – oder?

Doktor Kapelson ging in Gedanken die Gespräche der letzten drei Tage durch. Gab es noch andere Hinweise auf altnordische Mythologie? Wahrscheinlich nicht. Es sprach jedoch nichts dagegen, ihre Nachforschungen für den Rest der Woche in diese Richtung fortzusetzen. Zumindest hätte sie dann etwas zu tun, das sie von der Kälte ablenkte.

Die Straßen waren noch immer unpassierbar, doch von der allgemein zunehmenden Beunruhigung abgesehen, bestand keine direkte Gefahr für die Menschen in der Stiftung. Die Pfleger hatten das funktionsuntüchtige Heizungssystem demontiert, damit die alten Kamine wieder ihrer wahren Bestimmung zugeführt werden konnten, und in den Ställen fand sich ein ansehnlicher Vorrat an trockenem Brennholz. Auf dem Grundstück gab es einen Brunnen, der beheizt werden konnte, um ihn vor dem Einfrieren zu bewahren; aus ihm konnte das Wasser per Hand hochgezogen werden. Nahrungsmittel würden ebenfalls kein Problem darstellen. Als Doktor Kapelson an diesem Morgen ihre Bürotür öffnete, brach wie aus dem überfüllten Spind eines Schulmädchens eine ganze Lawine auf sie nieder.

Ehrlich gesagt überraschte es sie nur wenig, dass ihr Büro bis an die Decke mit Hühnern vollgestopft war, und noch weniger, dass die Tiere mausetot waren. Es gab ihr jedoch zu denken, dass die Hühner allesamt blau waren.

Blaue Federn, blaues Fleisch, blaues Blut – doch Marisa war alles andere als eine Kostverächterin.

Zur Mittagszeit stellte sich heraus, dass ein Pfleger namens Burke verschwunden war. Es wurde vermutet, er habe sich aus dem Staub gemacht, um sich allein nach Linz durchzuschlagen. Doktor Kapelson kam jedoch ein anderer Verdacht, als sie bei den drei Magiern vorbeischaute, die immer noch an ihre Betten gefesselt waren, und feststellte, dass ihre Münder mit frischem Blut verkrustet waren.

Die drei leugneten, etwas über den Pfleger zu wissen, und ihre Behauptungen wurden bestätigt, als zwei Mitarbeiter eine Reihe von Fußabdrücken im Schnee fanden, die in Richtung Dorf führten. Etwa dreihundert Meter von den Gebäuden entfernt endete die Spur abrupt in einem breiten Kreis aus rot gefärbtem Schnee. Eine unvorstellbare Gewalttat musste sich an diesem Ort ereignet haben, und das mit einer purpurnen Schicht überzogene Eis war der einzige Hinweis darauf, dass sich hier einmal ein lebendes menschliches Wesen befunden hatte.

Nach dieser Entdeckung wagte sich keiner der Mitarbeiter mehr aus dem Gebäude – auch wenn sie das auf die extreme Kälte schoben.

Um Viertel nach eins wurde der Oberkörper einer der Krankenschwestern auf dem Dachboden des Südturms gefunden. Ihre Todesursache blieb ungeklärt.

Als die drei Magier die Neuigkeit vernahmen, grinsten sie nur dümmlich.

Doktor Kapelson beschloss, ihre privaten Nachforschungen zunächst auf das lohnendste Ziel zu richten: Mikaal Gunnar-Galen. Das bedeutete, dass sie sich auf Wagner konzentrieren musste. Sie hatte keinen Zugriff auf die offiziellen Akten, doch Doktor Syntax hatte angedeutet, dass die Wagnerfestspiele eine Rolle bei dem Ereignis gespielt hatten, das Galen in die Klinik gebracht hatte. Die Erwähnung der Ur-Edda war ebenfalls ein Anhaltspunkt. Doch sie wollte sich vor allem Klarheit darüber verschaffen, was ein bestimmter Vorfall zu bedeuten hatte. Etwas, an das sie die ganze Woche nicht mehr gedacht hatte: Galen hatte sie mit einer mythischen Gestalt verwechselt.

›Ich hätte diesem Vorfall mehr Beachtung schenken sollen‹, dachte sie und unterdrückte ein Schaudern. Die Person, die Galen als Letztes in dieser Weise verwechselt hatte, war eines gewaltsamen, blutigen Todes gestorben. Und Marisa war ohne Begleitung in seinen Raum gegangen!

Nachdem sie den Schwestern Anweisung gegeben hatte, das Abendessen zu verteilen und die Petroleumlampen nachzufüllen, zog sie sich zum Lesen in ihr Arbeitszimmer zurück.

Doktor Kapelson näherte sich ihrem Thema systematisch, angefangen mit den Grundlagen: Wilhelm Richard Wagner wurde am 22. Mai 1813 in Leipzig geboren. Er starb nach einem Herzanfall am 13. Februar 1883 in Venedig. Für seine Opern ließ er ein eigenes Theater bauen, obwohl es über seine tatsächlichen Absichten in Bezug auf dieses Theater unterschiedlichste Meinungen gab. Es wurde in der deutschen Stadt Bayreuth erbaut und 1876 mit der ersten kompletten Aufführung des *Ring des Nibelungen* eingeweiht.

Nietzsche war ein enger Freund und Bewunderer Wagners, wurde später allerdings zu einem erbitterten Kritiker. Die einstige Freundschaft verwandelte sich in eine Art Hassliebe. Liszt gehörte ebenfalls zu Wagners Verehrern, und seine Tochter Cosima wurde Wagners zweite Frau. Sie war mit Hans von Bülow verheiratet, einem Komponisten, Dirigenten und Anhänger Wagners, als sie eine Affäre mit Wagner begann, und nach der Geburt ihres ersten Kindes verließ sie ihren Mann und heiratete Richard.

Ein wichtiger Mäzen Wagners war Ludwig II., der von 1864

bis 1886 König von Bayern war. Er bewunderte Wagners Opern, und als er mit 18 Jahren den Thron bestieg, rettete er Wagner vor dem Bankrott und unterstützte ihn den Rest seines Lebens. 1886 wurde er für geisteskrank erklärt, verlor die Krone und wurde drei Tage später gemeinsam mit seinem Psychiater tot in einem See aufgefunden.

Das Detail mit dem Psychiater berührte eine Saite in Marisa, die wie ein psychohistorisches Déjà-vu widerhallte. Sie nahm sich vor, darüber später noch etwas genauer nachzulesen.

Die Bibliothek der Stiftung bestand hauptsächlich aus medizinischen und wissenschaftlichen Büchern. Es gab auch einige Geschichtsbücher, von denen sich die meisten jedoch nur sehr oberflächlich mit dem Thema befassten, das Marisa interessierte.

Sie vermutete, dass RISC Linz über bessere Ressourcen verfügte, und beschloss deshalb, am nächsten Morgen einmal zu den Hauptgebäuden hinüberzugehen und nachzusehen.

Der Zeiger in ihrem Kopf rückte um eine Kerbe weiter. Morgen war bereits der fünfte Tag – sie musste sich beeilen.

Marisa stieg die Treppe im Nordturm hinauf, um vor Einbruch der Nacht noch ein letztes Mal bei den Patienten vorbeizuschauen. Dabei pfiff sie Passagen aus der *Walküre* vor sich hin, an die sie sich aus ihrer Kindheit erinnerte, als sie plötzlich eine leise Begleitung der Melodien vernahm, so leise, dass sie sie zunächst für Einbildung hielt.

»Keines der Opernhäuser in Deutschland verfügte über die Ausstattung oder das Personal, um Wagners Vision vom *Ring des Nibelungen* angemessen verwirklichen zu können«, sagte eine Stimme, die geisterhaft durch den Korridor schwebte. »Es blieb ihm also nur eines, um sein Ziel zu erreichen.«

Marisa erstarrte. Die Stimme war aus Herrn Schwans Raum

gedrungen. Sie zögerte mit einer Antwort. Sollte es sich tatsächlich um den einsiedlerischen Patienten handeln, so wusste sie nicht, ob ihn eine Antwort zu einer Erwiderung ermuntern oder eher davon abhalten würde. Sie dachte einen Augenblick darüber nach, und als kein weiterer Laut mehr zu hören war, beschloss sie, das Risiko einzugehen. »Was hat Wagner getan?«

»Was hat Wagner *nicht* getan«, erwiderte die Stimme augenblicklich, »um dieses überaus noble Ziel zu erreichen? Seine Schöpfung hatte ihn Mühe gekostet, doch all dies wäre umsonst gewesen, wenn sich kein angemessener Aufführungsort für den Zyklus gefunden hätte. Wagner gründete eine Aktiengesellschaft, deren Mitglieder den Titel Patron und einen Patronatsschein erhielten – eine Eintrittskarte für einen Zyklus von drei Aufführungen, die jede in vier Nächten das gesamte Drama präsentierten. Dieses Angebot fand so viel Anklang, dass die notwendigen finanziellen Mittel bald zusammenkamen und Wagner schließlich den Grundstein zu seinem großen Theater legen konnte.«

»In Bayreuth?«, rutschte es Marisa versehentlich heraus.

»Der Bau begann 1872 in Bayreuth«, fuhr die Stimme fort, als hätte sie ihre Frage nicht gehört. »Bauplan und Ausführung waren darauf angelegt, die gesamte Aufmerksamkeit des Publikums auf die Bühne zu konzentrieren. Der Zuschauerraum wurde in der Form eines Amphitheaters angelegt. An seinem höchsten Punkt befand sich die Galerie für den König, die sich direkt hinter der letzten Sitzreihe über die gesamte Breite des Raums erstreckte. Von der Galerie des Königs bis hin zur Bühne war der Zuschauerraum mit Sitzreihen gefüllt. Es gab keine Vorbühnenlogen, die die Aufmerksamkeit von der Aufführung hätten ablenken können. Der Raum wurde an beiden Seiten von korinthischen Säulen eingerahmt, die die Eingänge kennzeichneten. In deren Nähe hingen die Kronleuchter, die das Haus beleuchteten.

Das Orchester befand sich unterhalb der Bühne in einem

Graben, der ein verkleinertes Abbild des Zuschauerraums darstellte. Der Dirigent saß an seinem höchsten Punkt, den Musikern zugewandt. Von dieser Vorbühne führten zwei Gänge in den Zuschauerraum. Die beiden Teile des Raumes waren durch einen braun-grau gestreiften, mit einer Goldkante versehenen Vorhang voneinander getrennt. Wenn die Vorstellung begann, wurde dieser Vorhang zur Seite und dann hoch gezogen, um den Eindruck zu erwecken, unsichtbare Hände würden ihn anmutig beiseite schieben. Die gesamte Inneneinrichtung des Gebäudes war in denselben Farben gehalten wie der Vorhang und sollte die Patrone der Wagner-Stiftung mit einem düsteren Gefühl der Vorahnung erfüllen, das nur schwer zu zerstreuen war. Das Äußere des Gebäudes mit seiner Fassade aus Backstein und Holz war dagegen weniger eindrucksvoll. Sein wahres Wesen offenbarte es erst in seinem Inneren.

Das Orchester bestand in erster Linie aus Konzertmeistern, Professoren, Virtuosen und Hofmusikern, die ihre Dienste für eine geringe Aufwandsentschädigung zur Verfügung stellten. Deshalb fanden die Aufführungen im Spätsommer statt, wenn die Musiker an den großen Opernhäusern Urlaub hatten und Wagners Ruf folgen konnten.

Die Proben begannen am 3. Juni 1876 und endeten am 9. August. Am 13., 14., 15., und 16. dieses Monats fanden die ersten Aufführungen statt, eine Woche später die zweiten und in der darauf folgenden Woche die dritten und letzten. Ich habe sie alle besucht, von der ersten Probe bis zum letzten Schließen des Vorhangs.«

Die Stimme hielt inne, als warte sie auf Marisas Zustimmung, um fortfahren zu können. Marisa setzte sich auf die Treppe und die Stimme nahm die Erzählung augenblicklich wieder auf. »Von den drei Aufführungen war die zweite die beste – es sollten nicht die ersten und auch nicht die letzten Arien sein ...«

Herr Schwan erzählte die ganze Nacht hindurch bis zum Anbruch der Morgendämmerung, die sich eher am schwindenden Licht von Marisas Laterne bemerkbar machte als an dem matten Grau, das sich draußen auszubreiten begann. Sie hatte kein einziges Wort mehr gesagt, während er ihr von seinen Erinnerungen an die vier Aufführungen erzählte, und als er geendet hatte, vermochte auch ihr vorsichtiges Nachhaken ihn nicht mehr aus der Reserve zu locken. Er hatte seine Geschichte erzählt – mehr würde sie von ihm nicht erfahren.

Statt ihre Fragen zu beantworten, hatte Herr Schwans Redefluss nur noch mehr Fragen aufgeworfen: Warum hatte er sich nach so langem Schweigen dazu entschlossen, mit ihr zu sprechen? Warum die Geschichte über den *Ring*-Zyklus, ganz gleich, ob er nun tatsächlich die ersten Aufführungen besucht hatte, wie er behauptete? Und wieso hatte er ihr die Geschichte zu einem Zeitpunkt erzählt, da mehrere Vorfälle in der Einrichtung eine geheimnisvolle Verbindung zu wagnerischen Mythen vermuten ließen?

Sie lächelte bitter. Die Aufführung, von der Herr Schwan gesprochen hatte, war erst vor kurzem zu einer herben Enttäuschung für Wagner-Liebhaber geworden, ganz zu schweigen von ...

Sie hielt erschrocken inne, als ihr plötzlich die Verbindung bewusst wurde, und beinahe hätte sie ihre Laterne fallen lassen.

Die Aufführung war weder für Galen, den Rektor der Universität Wien, noch für sein Opfer Michael Langbein besonders gut verlaufen ... der an derselben Universität Professor gewesen war.

Ebenso wie die drei Magier im Nordturm.

Es erstaunte und beschämte Marisa ein wenig, dass sie den Zusammenhang nicht eher erkannt hatte. Noch mehr beunruhigte sie, dass Doktor Syntax ihn wohl kaum übersehen hatte. Je länger sie darüber nachdachte, desto überzeugter war sie, dass sie Recht hatte: Einer der Gründe, warum Galen in die Klinik gebracht worden war, war seine Verbindung mit den Magiern. Aber was bedeutete das?

Sie schritt den Korridor hinunter, der die Türme mit dem Hauptkomplex verband, und beschloss, den Direktor über die ganze Sache zur Rede zu stellen, sobald er ihr über den Weg lief. Wie sich herausstellte, kam er bereits zwanzig Sekunden später durch die Tür am anderen Ende des Korridors gestürzt. Er hielt etwas gegen seine Brust gedrückt und griff mit dem freien Arm nach einem Eichenholzbrett, das in der Ecke neben dem Eingang an der Wand lehnte. »Schnell«, rief er mit aschfahlem Gesicht, an dem Schweißtropfen hinabliefen. »Um Himmels willen, helfen Sie mir, die Tür zu verriegeln!«

Marisa stellte die Laterne ab, eilte zu ihm hinüber und half ihm, das große Brett in die Eisenhaken zu schieben. Sie fragte sich, warum er nicht die modernen Metallbolzen benutzte, die als Schließmechanismus an den Türen angebracht worden waren, als ein kräftiger Schlag von der anderen Seite ihre Frage beantwortete. Die Wucht des Schlages ließ sie zusammenfahren, während vom Türrahmen Staub herabrieselte. Den Direktor schien dies nicht weiter zu beunruhigen.

»Hmm«, meinte Doktor Syntax. »Das sollte genügen. Ich habe immer gesagt, wir hätten im gesamten Komplex die Originaltüren behalten sollen, aber nein, auf mich hat ja wieder einmal niemand gehört ...«

»Doktor Syntax«, sagte Marisa und trat einige Schritte von der Tür zurück, als das geheimnisvolle Wesen auf der anderen Seite erneut dagegen schlug. »Was ist dort draußen?«

Doktor Syntax blickte sie argwöhnisch an. »Wie bitte? Wo sind Sie denn die ganze Nacht gewesen? Auf dem Mond?«

»Nein, ich war hier im Nordturm. Herr Schwan ist endlich gesprächig geworden, und ich wusste nicht, ob ich noch einmal die Gelegenheit haben würde, ihn sprechen zu hören.

Also bin ich hier geblieben, bis er seine Geschichte zu Ende erzählt hatte.«

»Schwan, was? Äußerst interessant«, sinnierte der Arzt und rieb sich das Kinn, während ein dritter Schlag die Tür traf und schließlich ein vierter. »Ich bin ebenfalls hier gewesen und habe mit Galen gesprochen. Allerdings habe ich mich gegen vier Uhr zurückgezogen, um Schreibarbeiten zu erledigen und mich auszuruhen. Etwa eine Stunde später hörte ich den ersten Alarm.«

»Alarm? Weswegen?«

»Unsere drei atlantischen Magier wurden zur intravenösen Ernährung in den Hauptkomplex gebracht. Da all die Todesfälle noch immer ungeklärt waren, hatte ich angeordnet, ihnen die Fesseln erst einmal nicht abzunehmen. Offenbar sind sie jedoch zu dem Schluss gekommen, sich nicht mehr länger einsperren zu lassen«, sagte er grimmig, »und ihre Therapie ab sofort selbst in die Hand zu nehmen.«

Marisa erstarrte und blickte ihm in die Augen. Was sie dort sah, teilte ihr eindeutig und unmissverständlich den Rest der Geschichte mit. Die Tatsache, dass im Hauptkomplex Alarm ausgelöst worden war und von allen Mitarbeitern nur der Direktor den nördlichen Anbau erreicht hatte – den ältesten und sichersten Teil der Klinik –, sprach für sich.

Als Erwiderung auf ihre unausgesprochene Frage nickte er. »Sie sind alle tot – sämtliche Mitarbeiter, soweit ich das beurteilen kann. Die Magier haben sehr früh zugeschlagen, als die meisten noch schliefen und die Übrigen von der Kälte wie gelähmt waren. Als ich den Komplex neben den Büros betrat, hatte ich das Gefühl, dass etwas nicht stimmte. Dann bemerkte ich plötzlich, dass die Wände rot waren. Bei der Menge an Blut, die ich gefunden habe, müssen bereits die meisten der Schwestern und Pfleger niedergemetzelt worden sein. Die Magier hatten einen der Lagerräume besetzt und waren gerade mit irgendeinem ...« Ein weiterer Schlag gegen die Tür, dieses Mal mit weniger Nachdruck. »... Beschwörungsritual beschäftigt«, schloss er. »Als sie mich bemerkten, habe ich die Beine in die Hand genommen.«

»Und Sie haben sonst niemanden gesehen?«, fragte Marisa mit zitternder Stimme.

»Jedenfalls keinen Menschen«, erwiderte Doktor Syntax, öffnete den Mantel und unter seinem linken Arm kam die Übersetzung der Ur-Edda und ein angsterfülltes blaues Huhn zum Vorschein. »Es ist mir jedoch gelungen, Henrietta zu retten.«

Der Tag verging wie im Fluge, und die darauf folgende Nacht wie der nächste Tag verliefen ereignislos.

Das geheimnisvolle Wesen, das an die Tür gehämmert hatte, verschwand irgendwann, wenngleich Marisa das Gefühl hatte, dass es nicht allzu weit entfernt auf der Lauer lag. Die Fenster waren beschlagen, doch sie vermochten nicht festzustellen, ob dies an dem plötzlichen Wetterumschwung lag oder ob magische Beschwörungen die Ursache waren. Sicherheitshalber verbarrikadierten Marisa und Doktor Syntax die Fenster entlang des Korridors so gut es ging. Sie waren hoch und schwer zu erreichen, doch abgesehen von der Tür waren sie der einzige Ein- oder Ausgang des Nordturms.

Kurz gesagt, sie saßen in der Falle. Offenbar sicher vor jeder Gefahr, aber dennoch in der Falle. Doktor Syntax hatte Marisa schließlich die Übersetzung der Ur-Edda gegeben. Ihre Gedanken waren jedoch so sehr mit anderen Dingen beschäftigt, dass sie bisher kaum eine Seite in dem dicken, pflaumenfarbenen Buch gelesen hatte.

Der Notvorrat an Nahrungs- und Arzneimitteln im Lagerraum bestand aus einigen Rationen Zwieback und Schmelzkäse sowie Spritzen mit Morphium und Adrenalin, mit denen man, wenn nötig, widerspenstige Patienten außer Gefecht setzen oder wieder zum Leben erwecken konnte.

Es gab genügend frisches Wasser für einen Monat. Marisa hoffte, dass sie in einer Woche immer noch davon trinken konnten und dass sie nicht alles würden verbrauchen müssen, bis irgendeine Art von Rettung einträfe. Allerdings müsste erst einmal jemand davon erfahren, dass sie in Schwierigkeiten waren, und da der Sturm das gesamte Strom- und Telefonnetz lahm gelegt hatte, gab es keine Möglichkeit, Hilfe zu rufen. Und selbst wenn sie dazu in der Lage gewesen wären, so war Marisa ziemlich sicher, dass die restliche Welt im Augenblick mit eigenen Problemen beschäftigt war.

Dieser Gedanke nagte an ihr, denn es gab eine Sache, die sie lieber nicht in Erwägung ziehen wollte: dass vielleicht keine Hilfe kommen würde. Dass sie auf sich allein gestellt waren. Wenn sie sich dies eingestand – so glaubte sie –, waren sie wirklich verloren.

Sie kamen überein, den restlichen Patienten im Nordturm nichts von den Ereignissen zu erzählen. Es hätte wenig Sinn und würde ihren Zustand möglicherweise nur noch verschlimmern.

Herr Schwan hatte sich wieder in sein übliches Schattendasein zurückgezogen. Maddox war in sich gekehrt und ängstlich, während Galen die meiste Zeit auf und ab ging und vor sich hin murmelte. Nur das Huhn hatte sich der Lage problemlos angepasst und sich in einer Ecke unter dem ersten Treppenabsatz ein gemütliches Nest gebaut.

»Warum haben Sie das Huhn Henrietta genannt?«, fragte Marisa.

»Ich habe ihm den Namen nicht gegeben«, sagte Doktor Syntax. »Es hieß schon so.«

»Woher wussten Sie, dass das Huhn einen Namen hatte?«

»Das tut nichts zur Sache.«

»Sie haben vollkommen Recht«, sagte Marisa und zuckte

mit den Achseln. »Wir sollten erst einmal entscheiden, ob wir es riskieren können, die Tür oder ein Fenster zu öffnen, um Hilfe zu holen.«

Der Direktor warf ihr einen merkwürdigen Blick zu, erwiderte jedoch nichts. Sie sah zu der Tür am anderen Ende des Korridors hinüber.

»Was ich mich gefragt habe ...«, begann Marisa. »Was glauben Sie, warum wir nicht direkt angegriffen werden? Worauf warten sie?«

Doktor Syntax lächelte bitter. »Sie haben in diesem Turm gewohnt und wissen so gut wie wir, dass es nur eine Tür gibt.«

»Vielleicht brauchen sie auch gar kein Blut mehr – was immer sie auch damit getan haben?«, fügte sie hoffnungsvoll hinzu.

»Nein«, erwiderte der Direktor. »Wahrscheinlicher ist, dass sie sich einen Weg durch die Teile der Klinik bahnen, die weniger gut verbarrikadiert sind ...«

Er verstummte – das erste Anzeichen von Verzweiflung, das er Marisa gegenüber jemals geäußert hatte. Sein unausgesprochener Gedanke war, dass die Magier in den Südturm gelangt waren, wo es eine ganze Reihe weiterer Patienten gab – die meisten von ihnen hilflos, manche gar ans Bett gefesselt –, die auf die Opferung warteten wie Rehe auf einer Schnellstraße. Opfer, denen sie nicht helfen konnten, ohne selbst zum Opfer zu werden.

Um ihre Gedanken von der übermächtig auf ihr lastenden Furcht abzulenken, stellte Marisa dem Direktor unablässig Fragen. Erstaunlicherweise war dieser sogar bereit, mit ihr über ihre Gedanken zu sprechen – selbst über jene, die Galen betrafen.

»Ich habe eine ganze Reihe von Zusammenhängen zwischen den Patienten im Nordturm entdeckt«, begann Marisa. »Manche, die ich nicht zu finden erwartet hatte, und einige, von denen Sie wohl nicht erwartet hatten, dass ich darauf stoßen könnte. Doch alle scheinen etwas mit Wagner und eddischen Mythen zu tun zu haben. Ich nehme deshalb an, dass die gegenwärtigen Ereignisse und Galens Anwesenheit hier nicht zufällig sind.«

»Richtig.«

»Und seine einwöchige Behandlung?«

»Ist beinahe abgeschlossen«, sagte Doktor Syntax und warf einen Blick auf eine unförmige Taschenuhr. »Irgendwann heute Nacht, um genau zu sein.«

»Aber«, sagte Marisa ungläubig, »Sie haben schon fast zwei Tage lang nicht mehr mit ihm gesprochen.«

»Richtig.«

»Und Sie sind trotzdem der Ansicht, dass er heute Nacht geheilt sein wird?«

»Ich bin davon überzeugt, dass er sein wahres Ich finden wird.«

Eine seltsam ausweichende und beunruhigende Antwort, dachte Marisa. »Und wie steht es mit den Magiern?«, fragte sie, um das Thema zu wechseln. »Anfangs schien es ein Witz zu sein, aber inzwischen tun Sie – tun wir – so, als seien sie tatsächlich atlantische Magier.«

»Das ist möglich – unwahrscheinlich zwar, aber dennoch möglich.«

»Machen Sie sich keine Gedanken darüber, was passieren wird, wenn es ihnen gelingt durchzubrechen?«

»Nein«, erwiderte Doktor Syntax. »Denn wenn diese Nacht vorüber ist, werden sie keine Gefahr mehr darstellen.«

»Warum? Wegen dem, was mit Galen passiert?«

»Nein«, sagte Doktor Syntax. »Wegen dem, was mit Hagen passiert.«

»Aber wie ...«, setzte Marisa an, als ihre Frage von einem gewaltigen Donnern unterbrochen wurde – das erste in dem Sturm, der nun schon eine Woche andauerte.

»Also, das ist ungewöhnlich«, sagte Doktor Syntax.

Das Donnern hielt den ganzen Abend über an. Als Marisa und Doktor Syntax durch eines der Fenster spähten, stellten sie fest, dass es sich um mehr als nur ein einfaches Unwetter handeln musste. Der Himmel über ihnen zuckte und brodelte, von einer unnatürlichen Energie erfüllt, und hin und wieder erhellten blaue Blitze das Wüten des Sturms.

Einmal glaubte Marisa in diesem Mahlstrom sogar die Umrisse von etwas Unheimlichem ausmachen zu können und hoffte inständig, dass dieses mysteriöse Etwas sie nicht bemerken würde.

»Äußerst sonderbar«, sagte Doktor Syntax. »Das ist nicht unbedingt das, was ich erwartet hatte.«

Marisa blickte ihn an. »Was Sie *erwartet* hatten? Was soll das heißen? Und warum haben Sie Galen vorhin Hagen genannt?«

»Alles zu seiner Zeit«, sagte Doktor Syntax und blickte noch einmal auf seine Uhr. »Es sollte bald vorbei sein.«

Nicht zum ersten Mal spürte Marisa ein angstvolles Schaudern ihren Rücken hinabgleiten. Sie setzte bereits zu einer neuen Frage an, als plötzlich ...

... die Welt den Atem anhielt.

Der Sturm legte sich nicht einfach, er hörte abrupt auf. Von einem Moment zum nächsten war er vorüber. Die Wolken hatten sich in Luft aufgelöst und mit ihnen auch Blitz und Donner. An einem hellen, klaren Himmel leuchteten die Sterne, und die Luft schien ein wenig wärmer zu sein.

Beinahe noch überraschender als das plötzliche Abklingen des Sturmes war das Geräusch der anspringenden Generatoren der Klinik. Einen Augenblick später gingen die Lichter wieder an, die ihnen nach einer Woche, die sie in fast vollkommener Finsternis verbracht hatten, grell in die Augen stachen.

Allerdings blieb ihnen keine Zeit, einen klaren Gedanken über die neue Entwicklung zu fassen, denn das nächste Geräusch, das an ihre Ohren drang, war das Splittern von

Holz, als die Tür zum Nordturm aus den Angeln gerissen wurde.

Die drei über und über mit Blut beschmierten Magier traten in den Korridor.

»Tut uns Leid«, sagte Monty. »Wir wollten nicht, dass ihr glaubt, wir hätten euch vergessen.«

Marisa sah sich um. Die Magier standen ihnen direkt gegenüber und versperrten den Ausgang. Die Tür am anderen Ende des Korridors, die zum Fuße des Turms führte, war etwa dreißig Meter entfernt. Um dorthin zu gelangen, würden sie einen äußerst schnellen Sprint hinlegen müssen. Die Aussichten waren also wenig ermutigend: Sie konnten versuchen, zur näher gelegenen Tür zu gelangen, und dabei riskieren, den Magiern in die Hände zu fallen, oder sie konnten in Richtung Turm laufen.

Ihnen blieb keine Wahl. Wenn sie aus dem Gebäude zu entkommen versuchten, würden sie die verbliebenen Patienten einem blutigen Schicksal überlassen.

»Ihr habt keine Wahl«, sagte Lex, als hätte er ihre Gedanken gelesen. »Wenn ihr versucht, die Tür zu erreichen, warten im Hauptkomplex drei Mantikore auf euch und zwölf weitere im Wald – gesetzt den Fall, dass wir euch nicht zuerst erwischen. Den Turm könntet ihr allerdings tatsächlich erreichen – zumindest hättet ihr eine gute Chance.«

»Eine Frage«, sagte Doktor Syntax und beugte sich vor, um Henrietta hochzuheben, die zu ihnen herübergelaufen war, um nachzusehen, was vor sich ging. »Wie habt ihr es geschafft, eine acht Zentimeter dicke Eichenholztür zu überwinden?«

»Mit einem Öffnungszauber«, sagte Monty und warf einen Blick auf seine blutigen Fingerknöchel. »Die Mantikore haben das gesamte Petroleum getrunken, und ein Lichtzauber erfordert die gleiche Zutat wie ein Öffnungzauber: die Opferung einer Jungfrau. Und da wir Licht benötigten, um den Öffnungszauber durchführen zu können, der das Holz brüchig machen sollte, mussten wir eben suchen, bis wir die richtige Zutat gefunden hatten.«

»Wir haben sämtliche Mitarbeiter und einen Großteil der Patienten aufgebraucht, bis wir endlich zwei Jungfrauen gefunden hatten«, sagte Peter ärgerlich. »Und bevor wir das erste Ritual durchführen konnten, gingen die Lichter von selbst wieder an. Also haben wir ein wenig Abrakadabra veranstaltet – und hier sind wir.«

»Warum seid ihr nicht einfach durch die Fenster hereingekommen?«

»Aus dem gleichen Grund, warum wir auch mit der Tür Schwierigkeiten hatten«, sagte Peter. »Eisen. Dagegen ist unsere Magie wirkungslos, und die Tür hat einen Metallrahmen. Das hat unsere Fähigkeiten und Kräfte sehr geschwächt. Aus dem gleichen Grund konnten auch die Mantikore nicht durchbrechen.«

»Und bei den Fenstern?«

»Die Gitter«, sagte Monty. »Sie sind zwar sehr dünn, aber ein Hindernis ist ein Hindernis, und mit Erdmetallen lässt sich nicht spaßen. Ehrlich gesagt hättet ihr uns mit diesen billigen Metallbolzen mehr Schwierigkeiten bereitet als mit dem riesigen Eichenbalken.«

Marisa und Doktor Syntax warfen einander einen Blick zu. Beide durchzuckte der gleiche Gedanke: Die Tür am Fuße des Turms, die erst vor kurzem im Zuge der Renovierungsarbeiten eingebaut worden war, war leicht, billig, nicht besonders stabil und bestand aus Aluminium.

Einen Versuch war es wert.

Lex erriet ihre Gedanken beinahe augenblicklich. »Mist«, rief er. »Haltet sie!«

Doktor Syntax, unter einem Arm das Huhn und unter dem anderen die Übersetzung der Ur-Edda, stürmte mit einer Geschwindigkeit los, die Marisa ihm niemals zugetraut hätte und schon gar nicht nachmachen konnte. Er hatte bereits die Hälfte des Korridors hinter sich gelassen, bevor die Magier sich auch nur in Bewegung gesetzt hatten.

Die weniger flinke Marisa hatte sich zunächst unbeholfen umgedreht, und als sie schließlich loslief, hatte Monty bereits ihren Ärmel zu fassen bekommen. In Windeseile schlüpfte sie aus ihrem Kittel, ehe er sie fester packen konnte, und hatte in wenigen Augenblicken die Tür erreicht. Doktor Syntax schlug die Tür hinter ihr zu und schob die Riegel vor, während die auf Deutsch, Englisch und Atlantisch fluchenden Magier mit großem Gepolter dagegen liefen.

»Guter Sprint«, sagte Doktor Syntax. »Es freut mich zu sehen, dass das Bein Ihnen so gute Dienste leistet.«

Marisa sah ihn an, und ihr Gesicht zeigte eine Mischung aus Furcht und aufkeimendem Ärger.

»Was haben Sie gesagt?«

»Was um Himmels willen geht dort draußen vor sich?«, unterbrach sie eine Stimme. »Könnte mir bitte jemand sagen, was passiert ist?«

Die Stimme gehörte dem Patienten in dem weißen Raum im Erdgeschoss – Galen.

Doktor Syntax ließ das Huhn fallen und lief rasch zu der Tür hinüber. »Woran erinnern Sie sich, Hagen? Sagen Sie es mir, schnell!«

»Hagen?«, erwiderte die Stimme verwirrt. »Ich ... ich weiß nicht ... ich war in meinem Büro in Wien ... Nein, das stimmt nicht. Ich war in ... Bayreuth. Ich bin in Bayreuth gewesen, nicht wahr?«

»Ja, das ist richtig«, sagte Doktor Syntax und öffnete die Tür. »Woran erinnern Sie sich noch?«

Galen kauerte mit schweißüberströmtem Gesicht in einer Ecke des Raums. Voller Verwunderung und Furcht blickte er zu den Ärzten auf.

»Ich ... ich erinnere mich an Blut und an einen ... Toten?«

»Es hat einen Toten gegeben, ja.«

»War ich das?«

»Natürlich nicht«, sagte Marisa. »Wie kommen Sie denn darauf?«

»Weil«, sagte Galen, »ich glaube, dass ich gestorben bin ... zumindest habe ich aufgehört zu existieren, und das ist doch das Gleiche wie sterben, oder?«

»Nicht ganz«, erwiderte Doktor Syntax leise. »Verdammt nochmal, irgendetwas stimmt hier nicht.«

Ohne dem Direktor Beachtung zu schenken, ging Marisa zu Galen hinüber. »Wie geht es Ihnen jetzt?«

»Mein Gott«, hauchte er. »Ich lebe noch? Wo bin ich?«

Sie blieb beunruhigt stehen. Sein Verhalten war von einer geistigen Klarheit geprägt, die sie an ihm noch nicht beobachtet hatte. Ob dies ein neuer Aspekt seines Wahnsinns war oder eine Besserung seines Zustandes, ließ sich erst feststellen, wenn er weitersprach.

»Sie sind in einem Krankenhaus, Hagen. An einem sicheren Ort.«

»W-wie haben Sie mich genannt?«

Sie zögerte und warf dem nachdenklichen und offenbar beunruhigten Direktor einen Blick zu, bevor sie antwortete. »Hagen. Ich habe Sie Hagen genannt.«

»Mein Name«, erwiderte er und erhob sich ungeschickt und langsam, »ist nicht Hagen. Wie Sie auf diesen Gedanken kommen, kann ich nicht ganz nachvollziehen. Zunächst einmal«, schloss er mit so viel Würde, wie ihm sein geschwächter Körper zugestand, »möchte ich eines klarstellen: Mein Name ist Mikaal Gunnar-Galen. Sie können mich Galen nennen.«

ZWISCHENSPIEL

Die Landmasse

Das war nicht der Ort, den er erwartet hatte. Jedenfalls nicht ganz. Geografisch betrachtet mochte er sich vielleicht in der Nähe des richtigen Ortes befinden. Mit großer Sicherheit handelte es sich jedoch nicht um die richtige Zeit.

Die kleine Sonne hing hoch am Himmel und warf weißliches Licht in die säuerlich riechende Luft. Der Horizont war glasklar und wolkenlos. Unter seinen Füßen, so weit das Auge reichte, und – wie er mit zunehmender Klarheit feststellte – höchstwahrscheinlich auf jedem Quadratmeter fruchtbaren Landes auf der ganzen Welt breitete sich ein dichter, wogender Farnteppich aus. Keine Bäume, kein Moos, kein wilder Wein, sondern einfach nur Farne.

Seine Augen verengten sich, während er nachdachte. Zum Teufel, in welcher Zeit befand er sich?

Auch früher – oder, aus seiner zeitlichen Perspektive betrachtet, später – war er bereits fehlgegangen, und deshalb war auf diese Situation nicht gänzlich unvorbereitet. Er öffnete einen kleinen Kalender, den Siebzehn angefertigt hatte und der umfangreiche Notizen über die genauen Einzelheiten historischer Unstimmigkeiten enthielt, die auf mögliche Endpunkte hinwiesen. Mit einem Lächeln bemerkte er, dass sich darunter auch die Fußabdrücke befanden, die er auf seiner Spritztour nach Südafrika vor etlichen tausend Jahren hinterlassen hatte. Siebzehn war die Gründlichkeit in Person. Während er die verschiedenen Kategorien durchblätterte, beschloss er nach allem Ausschau zu halten, das irgendeine Beziehung zu dem hervorstechendsten Merkmal der Landschaft hatte: den Farnen.

Während er las, schritt er inmitten der Grünfläche auf und ab und murmelte leise vor sich hin. Wenn er hin und wieder eines der merkwürdigen wirbellosen Tiere unter seinen Sandalen zerquetschte, kam ihm für einen kurzen Augenblick der Gedanke, ob er womöglich – wie in der Geschichte von Bradbury – mit jedem zertretenen Trilobiten ganze Kulturen vernichtete. Zwei Schritte nach rechts und Indien verschwand; ein Schritt nach links und Kaninchen würden die Erde beherrschen.

Plötzlich hatte er es gefunden. Er wusste nun ungefähr, an welchem Ort und Zeitpunkt er sich befand ... und stieß einen lauten Fluch aus. Als er hinabblickte und seinen Fuß anhob, sah er im Morast genau das, was später als Bild in den Kalender eingehen würde: der Abdruck einer Sandale auf einem zertretenen Trilobiten. Der versteinerte Fußabdruck auf dem Foto war in Utah entdeckt worden – und ganz sicher nicht in London – und auf ein Alter von etwa dreihundert Millionen Jahren geschätzt worden.

In dieser Zeit bestand das tierische Leben aus wenig mehr als Pfeilschwanzkrebsen und Kakerlaken; die Atmosphäre war kaum halb so alt wie der Planet selbst, und die Kontinente waren zu einer prähistorischen Landmasse zusammengeballt, die ein ganzes geologisches Zeitalter lang nur von Farnen bewachsen sein sollte: Pangäa.

Noch einmal stieß er einen Fluch aus. Er kam aus dem zweiundzwanzigsten Jahrhundert, von einem Endpunkt, der während der Wiedervereinigung Irlands aufgetreten war. Dass ihn der Bogen so weit zurück in die Vergangenheit befördert hatte, beunruhigte ihn zutiefst.

Einhunderttausend Jahre konnte man mit einem Sprung zurücklegen; fünfhunderttausend Jahre strapazierten bereits die Grenzen der Anabasis-Theorie; mit einer Million verließ er den Bereich der konventionellen Physik vollends; aber dreihundert Millionen? Das war selbst für eine historische Unstimmigkeit ungewöhnlich, und der Eintrag in dem Buch war vermutlich nur Siebzehns Liebe zur Vollständigkeit zu verdanken. Im Quorum herrschte Einigkeit darüber, dass eine Million Jahre die Grenze darstellte. Und wenn dem so war, wie kam er dann hierher?

Er warf erneut einen Blick auf seinen Fußabdruck und das entsprechende Bild im Kalender und langsam dämmerte es ihm.

Er war hier – war hierher gesprungen, zu diesem einen Augenblick in den Jugendjahren des Planeten, *weil* er hierher gesprungen war.

Der Augenblick seiner Ankunft stellte einen Endpunkt dar, und zwar einen, den seine Anwesenheit an diesem Ort erst erzeugt hatte. Er selbst hatte den Grund geliefert, der diesem Augenblick Bedeutung verlieh, und dadurch eine Kausalitätsschlaufe hervorgerufen, die ihn als Nullpunkt unbrauchbar machte.

Oder etwa doch nicht?

Der Punkt auf den Schlaufen, den er gesucht hatte, war ein bedeutender Endpunkt, der jedoch nicht als Nullpunkt eines Kalenderdurchlaufs verzeichnet war. Über eine solche Möglichkeit hatte es Spekulationen gegeben, aber man nahm an, dass jedes bedeutende Ereignis so beeinflusst werden konnte, dass es von einer starken Zeitschlaufe überschrieben wurde, die bereits in der Kairos-Zeit existierte, und nicht umgekehrt. Doch wenn diese Annahmen nun falsch waren? Wenn Ereignisse ihre eigene Bedeutung schufen und die Schlaufen, von denen sie erzeugt zu werden schienen, selbst erzeugten? Und wenn dem so war, warum sollte es dann überhaupt eine Grenze geben?

Konnte man einen Nullpunkt erschaffen?

Besonders dieser Gedanke blieb in seinem Geist hängen und hallte darin wider, bevor er ihn beiseite schob und sich wieder seiner derzeitigen Situation zuwandte. Darüber nachzudenken war sicher lohnenswert, allerdings nur, wenn er auch zurückkehren konnte. Bei dreihundert Millionen Jahren war er möglicherweise in eine vollkommen andere *Lange Rechnung* der Kairos-Zeit hineingesprungen, wie unwahrscheinlich dies auch erscheinen mochte. Und das wäre das Ende aller Zeitsprünge – zumindest für ihn.

Er holte die Anabasis-Maschine hervor und überschlug seine Möglichkeiten: die *Erste Offenbarung* kam aus offensichtlichen Gründen nicht in Frage. Wenn sich sein aufkeimender Verdacht bestätigen sollte, konnte er nicht noch einmal dorthin springen, ohne sich zuvor mit den anderen beraten zu haben. Die Wanaheim-Annäherung schied aus ähnlichen Gründen aus. Die *Zweite Offenbarung* war vielleicht der leichteste Sprung, da dieser Zeitpunkt auch als Ausgangsdatum seiner Anabasis-Maschine diente. Doch auch dieser Punkt war für einige der anderen unerreichbar, wenn nicht gar für alle, und jeder Zug, den er als Nächstes machte, erforderte die Zustimmung des Quorums.

Damit blieb ihm nur noch eine Möglichkeit: der eine wahre Nullpunkt, für den die Maschine bereits programmiert war.

Er stellte rasch die Rädchen ein, überflog die Ergebnisse auf der Kristallanzeige, nahm einige zusätzliche Korrekturen vor und verschwand in den Wirbeln der Zeit.

TEIL ZWEI

Die Architekten des Schicksals

KAPITEL FÜNF

Der Maestro

Mikaal Gunnar-Galen benötigte einige Zeit, um sich auf seine neue Situation einzustellen. Er erinnerte sich nur vage an die Geschehnisse der vorangegangenen Woche und an die Tage vor dem Ereignis, das zu seiner Einlieferung in die Klinik geführt hatte. Marisa füllte diese Lücke so behutsam wie möglich.

Dann saß sie mit dem Direktor einige Minuten lang schweigend da, während der große Mann, der Virtuose Wiens, weinte wie ein Kind.

Schließlich schoben sie das Rätsel von Galens wiederhergestellter Identität beiseite, um sich der dringenderen Frage zu widmen, ob sie vor ihren Angreifern tatsächlich sicher waren.

»Glauben Sie, dass wir sie uns vom Leib halten können?«, fragte Marisa zitternd. Wie auf ein Stichwort erhob sich Galen und bot ihr den leichten Pullover an, den er trug. Dankbar nahm sie ihn an. Wie ungewöhnlich, dachte sie, dass jemand, der noch wenige Augenblicke zuvor eine Mischung aus Furcht und Mitgefühl in ihr hervorgerufen hatte, so schnell in die Rolle des ritterlichen Beschützers schlüpfen konnte.

Doktor Syntax zuckte mit den Schultern. »Ich weiß es nicht. Ich nehme an, das hängt davon ab, ob sie tatsächlich von den Geistern atlantischer Magier besessen sind oder doch nur Universitätsprofessoren mit Wahnvorstellungen.«

»Sie haben ein ganzes Jahr lang Gespräche mit ihnen geführt«, gab Marisa zurück. »Was denken Sie?«

Er zuckte noch einmal mit den Schultern. »Die Chancen stehen fünfzig zu fünfzig.«

»Das ist nicht Ihr Ernst, oder?«, fragte Galen. »Die drei sind vollkommen verrückt. Ich erinnere mich daran, wie Räder sie hat abholen lassen.«

»Er meint es ziemlich ernst«, sagte Marisa und berichtete Galen von den Ereignissen der letzten Tage.

Als sie geendet hatte, konnte dieser nur ungläubig den Kopf schütteln.

»Erstaunlich«, sagte er. »Mir scheint, die ganze Welt ist verrückt geworden und ich bin der Einzige, der noch bei Verstand geblieben ist.«

»Es gibt verschiedene Definitionen von Normalität«, sagte Marisa düster. »Die drei Professoren sind zweifellos verrückt, aber sie stehen auch noch unter einem anderen Einfluss«, fuhr sie fort und wandte sich an ihren Arbeitgeber. »Und ich bin mir ziemlich sicher, dass Sie mehr über die ganze Sache wissen, als Sie mir verraten haben.«

»Da haben Sie mir einiges voraus«, sagte Galen. »Ich weiß nicht einmal, wer Sie sind.«

»Doktor Marisa Kapelson«, erwiderte sie und streckte ihm ihre Hand entgegen. »Und das ist ...«

»Der Direktor dieser Klinik«, unterbrach sie Doktor Syntax. »Es freut mich sehr, dass es Ihnen besser geht, Ha ... Herr Gunnar-Galen.«

»Nennen Sie mich Galen. Stimmt es, was sie gesagt hat?«

Doktor Syntax schien ein wenig zu schrumpfen, als Galen ihn mit einem ernsten und autoritätsgewohnten Blick musterte – als sei das Auto, dessen Steuer er bis zu diesem Zeitpunkt noch in der Hand hatte, ihm plötzlich entglitten und in unbekannte Regionen ausgeschert.

»Ja«, sagte er kleinlaut. »Ich weiß tatsächlich mehr, als ich ihr erzählt habe. Das geschah jedoch hauptsächlich deshalb, weil ich nicht wollte, dass sie sich allzu viele Gedanken über Dinge macht, die sie nicht ändern kann.«

»Was meinen Sie damit, dass sie sie ›nicht ändern‹ kann?«

Er zuckte mit den Achseln. »Bestimmte Ereignisse sind ins Spiel gebracht worden. Ich habe angenommen, dass sie ebenso unvermeidlich wie unwiderruflich seien. Anscheinend habe ich mich geirrt.«

»Bin ich eines der Dinge, die ins Spiel gebracht wurden?«, fragte Galen. »Ich muss sagen, ich habe das Gefühl, als sei mit mir ein Spiel getrieben worden – und als sei dieses Spiel längst nicht vorbei.«

»Sie sind nahe dran«, erwiderte Doktor Syntax. »Allerdings waren Sie eher der Auslöser, der alles in Gang gebracht hat. Sie und die Forschung, die Sie gemeinsam mit Ihrem Kollegen betrieben haben.«

Galen wirkte sichtlich erschüttert. »Welcher Kollege?«, fragte Marisa.

Galen sah sie an, und eine sonderbare Mischung aus Furcht, Trauer und Zorn flackerte über seine Gesichtszüge. »Jemand, dem ich vertraut habe, den ich beinahe geliebt habe und der – wie mir langsam klar wird – wahrscheinlich die Schuld trägt an meinem Wahnsinn, dem Tod meines Freundes und dem ganzen Chaos, das die Welt heimgesucht hat. Sein Name ist Juda.«

***

»Er kam als mathematisches Wunderkind an die Universität Wien, doch es stellte sich bald heraus, dass er viel mehr war. Wie sonst niemand hatte Juda ein Talent dafür, Verbindungen zwischen verschiedenen Disziplinen herzustellen. Das stellte ich fest, als er zwei Experten zusammenbrachte, deren Fachbereiche in keinerlei Beziehung zueinander standen, und sie enger aneinander band als Brüder, während sie sein ganz persönliches Ziel verfolgten.«

»Sie und Michael Langbein«, sagte Marisa.

»Ja«, erwiderte Galen nach einem Moment, den Blick gesenkt. »Juda weckte unsere Aufmerksamkeit mit einem uralten Manuskript, von dessen Echtheit er uns schließlich überzeugte.«

»Die Ur-Edda?«, fragte Marisa. »Wir haben sie hier.«

Galen sah überrascht auf, und der Direktor nickte.

»Zumindest Langbeins Übersetzung«, sagte er und wies zur anderen Seite des Raumes, wo sich Henrietta auf dem dicken Buch niedergelassen hatte, als wolle sie etwas ausbrüten.

Galens Augen verengten sich. »Haben Sie etwas mit dem Ganzen zu tun? Arbeiten Sie mit Juda zusammen?«

Doktor Syntax schüttelte den Kopf. »Ich hatte nie die Gelegenheit, den Mann, den Sie Juda nennen, kennen zu lernen. Als sich der Vorfall in Bayreuth ereignete, war ich rein zufällig zur Stelle, um meine Hilfe bei Ihrer Behandlung anzubieten.«

»Eine einwöchige Behandlung«, sagte Marisa. »Das kommt mir immer noch verdächtig vor.«

»Eine Woche?«, sagte Galen. »Ich verliere den Verstand und bringe jemanden um, und Sie wollten mich nur eine Woche lang hier behalten? Sollte ich an eine andere Klinik überwiesen werden?«

»Nein, sie sollten entlassen werden.«

»Sie sind verrückt«, sagte Galen. »Wie kann so etwas möglich sein?«

»Weil«, erwiderte Doktor Syntax, »sich die Welt während dieser Zeit verändert hat. Heute Nacht sollte dieser Wandel abgeschlossen sein. Wir hätten Sie entlassen können, weil Sie nicht mehr länger ›ein Fisch auf dem Trockenen‹ gewesen wären.«

»Sie haben von diesen Veränderungen schon vorher gewusst?«

»Nein – hinterher. Ich hoffte nur, an der richtigen Stelle zu sein, damit ich das Wissen, das ich besaß, auch nach dem Ereignis nicht verlieren würde.«

»Das ergibt keinen Sinn.«

Doktor Syntax zuckte mit den Achseln. »So ist Zen nun einmal.«

»Eines habe ich allerdings herausgefunden«, sagte Marisa. »Alles, was hier und – wie ich gehört habe – auf der ganzen restlichen Welt geschieht, dreht sich in irgendeiner Weise um Richard Wagner.«

»Damit hätte sich der Kreis geschlossen«, sagte Galen. »Denn Wagner stand im Mittelpunkt der Forschungen, die ich mit Langbein und Juda betrieben habe.«

»Wir sind beide Opfer der gleichen Leidenschaft geworden – eine Leidenschaft, die in dem Buch, das wir die Ur-Edda nannten, Gestalt angenommen hatte. Langbein verlockte die einmalige Gelegenheit, den wahrscheinlich bedeutendsten historischen Fund in der Geschichte der Geisteswissenschaften übersetzen zu können. Mich faszinierte die Möglichkeit, Wagners mutmaßliche Intentionen Wirklichkeit werden zu lassen und auf der Grundlage des ältesten existierenden Quellenmaterials eine historisch vollständige Fassung des *Ring*-Zyklus zu schreiben und aufführen zu können.«

»Sie wussten, dass Wagner damit begonnen hatte?«

»Ja. Der Text trug Anmerkungen in seiner Handschrift und war zuvor von seinem Freund und Mentor Franz Liszt bearbeitet worden. Langbein erhielt den Auftrag, die Edda zu übersetzen, während Juda mir eine Aufgabe übertrug, die beinahe ebenso wichtig war: Ich sollte herausfinden, wieso das Manuskript durch die Hände von Liszt und Wagner gegangen und danach spurlos verschwunden ist.«

Marisa nickte. »Er sollte den Inhalt überprüfen und Sie das Material selbst.«

»Ja. Wie Sie vielleicht wissen, bin ich ein erfahrener Musikwissenschaftler. Ich machte mich also auf die Suche nach möglichen Anhaltspunkten, die beweisen würden, dass das Buch tatsächlich war, wofür Juda es hielt. Es hatte sich offensichtlich in Wagners und Liszts Besitz befunden und war danach an jenen Ort gelangt, an dem Juda es gefunden haben wollte: die so genannte ›Bibliothek des Himmels‹ in einem Berg namens Meru in Tibet. Ich kam zu dem Schluss, dass Langbein besser geeignet war, sich mit der Überprüfung dieses Aspektes zu befassen, und konzentrierte mich deshalb auf Wagner und die Spuren, die das Buch möglicherweise in seinem Leben hinterlassen hatte.

Meine Suche begann bei seinen Theorien und Beweggründen. Ich wusste eine Menge über Wagner, glaubte jedoch, dass ich in dieser Angelegenheit detektivischen Spürsinn entwickeln musste, wenn ich herausfinden wollte, warum sich Wagner für ein solches Projekt interessiert haben könnte. Und den besten Ausgangspunkt bildete das größte seiner Werke, das eine direkte Verbindung zur Edda hat: Wagners Nibelungenlied, jenen Opernzyklus, den er den *Ring des Nibelungen* genannt hatte.

Als Erstes beschäftigte ich mich mit der Frage, was Wagner mit dieser Komposition beweisen oder erreichen wollte. Ich hatte einmal geglaubt, es ginge ihm nur darum zu zeigen, dass seine Vorstellungen von dramatischer Musik zutrafen. Oberflächlich betrachtet eine einfache Schlussfolgerung. Wenn man jedoch in Betracht zieht, dass Wagner zwanzig Jahre gebraucht hat, um seine Tetralogie zu komponieren und dass sein Publikum hauptsächlich aus Musikern und Kunstkritikern bestand, die sehr unterschiedliche Meinungen über seine Musik vertraten, verstehen Sie vielleicht meine Gefühle, als mir klar wurde, dass ich mich von dieser Vorstellung ebenso trennen musste wie von vielen anderen, die ich mir über diesen Mann gebildet hatte. Außerdem wurde mir das ungeheuerliche Ausmaß meiner Aufgabe bewusst: Ich stand im Begriff, Wagners Seele zu sezieren. Ich hoffte, dass ich dieses Unternehmens würdig war.

Sie müssen verstehen, dass die Grundsätze, nach denen alle Kunst – und besonders die schönen Künste – beurteilt wird, Wagners Zielen nicht gerecht werden. Er folgte nicht einfach nur den ausgetretenen Pfaden, sondern schuf eine vollkommen neue musikalische Tradition, und schon damit wusste damals niemand etwas anzufangen. Dass er sich noch weiter vorwagen sollte, konnte ich mir nur schwer vorstellen.

Die schönen Künste werden von einem Regelsystem definiert. Obwohl kein Künstler ohne diese Regeln auskommt, genügen sie allein nicht, um jemanden zum Künstler zu machen. Der einfache Kunsthandwerker mag sich damit zufrieden geben, die Forderung nach einer ausgefeilten Technik zu erfüllen – aber nicht so die Schöpfer der schönen Künste. Für sie ist die Technik nur ein Werkzeug, das dazu dienen kann, ein ideales Konzept umzusetzen. Die geistige Idee diktiert dem Künstler die Verwendung der Formen, mit deren Hilfe eine angemessene Darstellung ihres Inhalts erreicht werden kann.

Es genügt jedoch nicht, dass eine Idee oder Empfindung zur Quelle des künstlerischen Werks wird, sondern ihrem Ausdruck, der materiellen Form, die sie annimmt, muss eine natürliche Schönheit innewohnen, die durch das Zusammenwirken von Geist und Seele des Künstlers entsteht. Das gewöhnliche Konzert eines Folkmusikers oder einer Popsängerin wird die Bedürfnisse des Publikums nie vollends befriedigen, und dieses wendet sich schließlich anderer Unterhaltung zu, um den Abend abzurunden. Doch nach einer Oper von Mozart oder Beethoven, einer Aufführung von Händel oder Haydn – an denen sich der *Ring* ein Beispiel nimmt – wird selbst die gewöhnlichste Seele die Einsamkeit suchen, um über die gewonnenen Eindrücke nachzudenken. Bei Ersteren wurden nur die Sinne angesprochen, bei Letzteren die Seele selbst, die auf diese Weise der Möglichkeit geöffnet wird, höhere Wahrheit und Schönheit in sich aufzunehmen.«

»Aber ist das nicht subjektiv?«, fragte Marisa. »Würde das nicht eher vom Geschmack des Zuhörers abhängen als von der Qualität des Materials?«

»Vielleicht. Darüber richtet die Zeit«, sagte Galen. »Qualität setzt sich durch. Wahrheit setzt sich durch. Schönheit setzt sich durch. Und eine wahre künstlerische Leistung wird jede kurzlebige Mode überdauern. Das Modell eines Malers mag seine Attraktivität verlieren, doch Helena bleibt immer Helena. Tausend Schiffe werden stets zu ihrer Rettung in See stechen, ganz gleich, wie sich ihr Aussehen, oder die Auffassung davon, verändert.«

»Und Sie glauben, dass sich das auf alle Künste anwenden lässt?«

»Ja. Der Kunst kommt bei der Erhöhung der menschlichen Natur eine wichtige Aufgabe zu. Denken Sie nur an das bemerkenswerte Gefühl, wenn Sie vor einem gewaltigen architektonischen Bauwerk stehen, das uns eine Erhabenheit vermittelt, die größer ist als wir selbst. Betrachten Sie eine der großartigen fließenden Skulpturen Michelangelos und Sie fühlen sich erhöht und verwandelt. Sehen Sie sich ein Meisterwerk der Malerei an und Sie fühlen den Atem der Schöpfung selbst in den Pinselstrichen. Lauschen Sie der Dichtung eines Milton, Shakespeare oder Goethe ...«

Bei diesen Worten zuckte Doktor Syntax sichtlich zusammen, doch die beiden anderen bemerkten dies nicht. Er hielt den Atem an und hörte weiter aufmerksam zu.

»... und für einen Augenblick meinen Sie, der Schriftsteller selbst zu sein und die wundersame Quelle seines Werkes zu ergründen. Und mehr noch als die anderen Künste hat die Musik die Macht, uns aus der niederen materiellen Welt in eine göttliche zu führen, uns in das Reich des Himmels selbst zu heben. Doch Wagner war auch das nicht genug.«

Doktor Syntax räusperte sich. »Ich glaube, es wird Zeit, dass wir unsere Aufmerksamkeit wieder einmal der niederen materiellen Welt zuwenden und es uns etwas bequemer machen.«

Da die Generatoren ihre Arbeit wieder aufgenommen hatten, verfügten sie über Licht und Wärme, was ihnen das Warten in der Ungewissheit erträglicher machte. Von den Magiern war nichts mehr zu hören, abgesehen von einem gelegentlichen Funkenknistern, das von der anderen Seite der Aluminiumtür am Ende des Korridors herüberdrang. Marisa verteilte einige der Lebensmittel aus den Lagerräumen des Turms und sah nach Maddox und Herrn Schwan, die beide offenbar schliefen. Sie kehrte in den weißen Raum zurück, fütterte das blaue Huhn mit Zwiebackkrümeln und ließ sich schließlich auf einem Stuhl nieder, während Galen seine Geschichte fortsetzte.

»Wagner hatte es sich zur Aufgabe gemacht«, begann Galen, »in dem, was er das ›Drama der Zukunft‹ nannte, sämtliche Bereiche der schönen Künste miteinander zu vereinen: Architektur, Bildhauerei, Malerei, Dichtkunst und Musik, die noch in den Darstellungen des Altertums eine Einheit gebildet hatten.«

»Wollte er die Werke des Altertums wieder aufleben lassen?«, fragte Marisa. »War es das, was er in der Edda zu entdecken hoffte?«

Galen schüttelte den Kopf. »Zu diesem Entschluss war er gekommen, noch bevor er auf die Edda stieß. Seiner Ansicht nach konnten die künstlerischen Disziplinen nur zur Vollendung gebracht werden, wenn sie alle im Drama zusammenwirkten.«

»Wie meinen Sie das?«

»Wagner hielt die Vorstellung von der Musik als absolute Kunst für falsch. Sie benötigte die Dichtkunst zu ihrer Erklärung. Darüber hinaus glaubte er, dass die Musik ihre volle

Wirkung nur in Verbindung mit Bildern, Architektur und der Leistung der Sänger entfalten konnte. Für ihn war die Musik nur eine Untermalung der Dichtkunst. Er glaubte, dass es der Oper, wie sie zu seiner Zeit üblich war, an dramatischer Qualität mangelte. Sie vermittelte keine Ideen, weil der Komponist während des Komponierens keine damit verbunden hatte. Dramatische Handlung und Glaubwürdigkeit waren eher nebensächlich, der Sänger war die alles beherrschende Kraft. Wagner dagegen, mit seinen starken revolutionären Tendenzen, ließ den Sänger eher in den Hintergrund treten.«

»Müssten Sie an einer solchen Entwicklung nicht Anstoß nehmen?«, fragte Marisa. »In Anbetracht dessen, was Sie sind, meine ich.«

»Vielen Dank für das Kompliment, aber nein«, erwiderte Galen mit einem charmanten Lächeln. »Früher vielleicht einmal, doch als ich erst einmal Wagners Beweggründe verstanden hatte, fiel es mir nicht schwer, mich ihnen anzuschließen. Er stieß den Sänger als Mittelpunkt der Oper vom Thron und brach dabei mit allen Formen, die sich mit dieser Rolle verbanden. Anstelle von Sängern stellte er Schauspieler an. Vor dem endlosen Fließen der Melodien, die sich den Worten und der Handlung des Stückes anpassten, deklamierten diese singend ihre Texte und verhalfen dadurch der Dichtkunst zu ihrem höchsten Ausdruck. Für jede wichtige Situation und Figur erfand Wagner ein musikalisches Leitmotiv, das diese begleitete, wann immer sie auftauchten. Und dies alles wurde durch die übrigen Künste und ihre Ausdrucksformen ergänzt. Wagners musikalisches Drama der Zukunft war deshalb nicht einfach nur ein musikalisches Werk – im Gegenteil, jede Disziplin der Künste trug unter der Führung von Wagners Hand einen gleichermaßen bedeutsamen Teil zum Gesamtprodukt bei.

Was die Form der Dichtkunst angeht«, fuhr Galen fort, »so wählte Wagner die Alliteration. Jamben und Trocheen hielt er für ebenso unpassend für sein Nibelungenlied wie alle anderen alten und modernen Versmaße, abgesehen von der Alliteration, wie sie in der Älteren Edda und der Wölsungensaga verwendet wird, von denen der *Ring des Nibelungen* inspiriert ist. Nachdem er sozusagen den Rahmen festgelegt hatte, begann er an der inneren Substanz zu arbeiten, und die Geschichte nahm Gestalt an.«

»Das war die Idee, die ihm vorschwebte«, sagte Marisa nachdenklich.

»Davon bin ich überzeugt«, sagte Galen. »Er ging mit diesem Material sehr frei um, denn er wollte alle schönen Künste für die Ausgestaltung seines Projekts einsetzen. Alle vier Dramen, aus denen die Tetralogie besteht, werden jedoch von einer Idee beherrscht, die unverändert überliefert worden ist.«

»Der Fluch des Goldes«, sagte Marisa.

»Der Fluch des Goldes«, sagte Galen und nickte zustimmend. »Es zerstört alle, die danach streben – Götter, Riesen, Zwerge und Menschen. Das einleitende erste Drama enthält den Ausgangspunkt des Werks, bringt jedoch nur Götter, Riesen und Zwerge auf die Bühne – jene drei Geschlechter, die einander feindselig gesinnte Mächte darstellen. Die Götter, die in Walhalla wohnen; die Riesen, die in unzugänglichen Bergen und schneebedeckten Einöden leben; und die Zwerge, die geschäftig in den Eingeweiden der Erde wühlen – sie alle streben nach der Vorherrschaft, die ihrer Meinung nach das in den Fluten des Rheins verborgene Gold verheißt. Als Erstes gelangt das Rheingold in den Besitz der Zwerge. Die Götter rauben es ihnen, müssen es dann aber als Lösegeld den Riesen überlassen. Diese verlieren es schließlich an die Menschen. Der Fluch des Goldes bringt jedoch Zerstörung über jeden seiner Besitzer, und das Drama endete damit, dass das Gold wieder an der Stelle im Rhein versenkt wird, von der es ursprünglich stammte. Deshalb steht der Ring als Symbol für die gesamte Tetralogie – das Ende führt an den Anfang zurück.«

»Eine sehr scharfsinnige Analyse«, sagte Doktor Syntax.

»Das ist doch offensichtlich«, erwiderte Galen.

»Er versuchte also, die Form der Oper in der Geschichte selbst wieder aufzunehmen«, sagte Marisa.

»In der Tat. Es bestand eine grundsätzliche Trennung«, erläuterte Galen, »zwischen dem Theoretiker Wagner, der neue Regeln für die Komposition dramatischer Musik aufstellte, und dem Komponisten Wagner, der versuchte, diese Regeln im *Ring des Nibelungen* umzusetzen. Viele Jahre lang glaubte man, dass all diese Neuerungen Wagners genialem Geist entsprungen seien. Ich habe herausgefunden, dass das nicht stimmt – zumindest, was die ursprüngliche Quelle angeht.«

»Eine Quelle, die Sie gefunden zu haben glaubten«, sagte Marisa.

»Richtig. Seine Neuerungen hatten den gleichen Ursprung wie jene Mythologie, die buchstäblich älter ist als die Schrift selbst und die er in einem Buch in einem Kloster in Tibet entdeckt hatte – die Ur-Edda.«

»Der Komponist Wagner ist mit Rubens verglichen worden ...«

»Dem Maler?«, fragte Marisa.

»Ja«, erwiderte Galen. »Die beiden hatten eine Menge gemeinsam: die gleiche Meisterschaft im Umgang mit ihrem Material, die gleichen gigantischen Proportionen selbst der kleinsten Dinge. Wagner glaubte, mit der Ur-Edda einen Text gefunden zu haben, der seinem Streben nach großen Leistungen und künstlerischer Weiterentwicklung angemessen war.«

»Darin war Wagner auch Victor Hugo sehr ähnlich«, fügte Doktor Syntax hinzu, »nicht nur was das Talent anbelangte, sondern auch in seiner enormen Ichbezogenheit. Victor Hugo hielt sich für den besten Dichter seiner Zeit und gab sich große Mühe, die Franzosen davon zu überzeugen. Wagner war vom gleichen Wahnsinn besessen.«

»Würden Sie dem zustimmen?«, wandte sich Marisa an Galen.

Galen schürzte die Lippen und nickte. »Wagner war mit Sicherheit besessen. Es ging ihm jedoch um mehr, nicht nur um das Streben nach irdischem Ruhm. Er glaubte fest daran, dass er auf einen Text gestoßen war, mit dem er die Welt verändern konnte.«

»Es steht außer Frage, dass Rubens ein begnadeter Maler gewesen ist, Victor Hugo ein hervorragender Dichter und Wagner ein großer Musiker«, sagte Doktor Syntax. »Aber das war doch wohl eine Anmaßung, die an Blasphemie grenzte.«

»Wagner war ein Genie«, sagte Marisa.

»Zweifellos«, stimmte Galen zu. »Er war ein Genie. Die unvollendete Überarbeitung des *Ring des Nibelungen* zeigte jedoch mehr als Genie, sie trug das Zeichen des Göttlichen.«

»Das hat man von Beethoven auch behauptet«, sagte Marisa.

»Ein guter Vergleich, wenn auch in einem anderen Sinne«, sagte Galen. »Beethoven verlieh dem Orchester die Macht, die Sprache der Seele zu sprechen, bei Wagner sprach das Orchester zu den Sinnen. Beethovens Musik war spirituell, Wagners materiell. Doch in der Inszenierung der Musik übertraf er selbst noch den Meister.«

»Aber«, warf Marisa ein, »wenn Wagner dieses Konzept entwickelt hat, noch bevor er in den Besitz der Edda gelangt war, muss es dafür eine andere Quelle gegeben haben – vielleicht etwas, das ihm bereits in die Wiege gelegt war.«

»Sie sind gar nicht so weit von der Wahrheit entfernt«, ertönte eine Stimme aus dem Korridor, die sie alle erschrocken hochfahren ließ. »Man könnte sogar sagen, dass es ihm nicht nur angeboren war, sondern gottgegeben.«

Mit einem Lächeln betrat Maddox den Raum.

»Keine Sorge«, sagte er. »Ich bin kein verrückter Atlantide, sondern nur ein etwas griesgrämiger Jude.«

»Herr Maddox – wie sind Sie aus ihrem Zimmer gekommen?«, fragte Marisa, die heftig blinzelte und zu dem Direktor hinübersah. »Ich bin sicher, dass ich die Tür verriegelt habe.«

»Das haben Sie auch«, erwiderte Maddox fröhlich. »Aber wenn man über zweitausend Jahre alt ist, hat man einiges von der Welt gesehen. In einem meiner früheren Berufe bin ich Schlosser gewesen.«

Er grinste breit und ließ den Schließmechanismus zu Boden fallen. In die Seite war der Name und das Logo des Herstellers eingestanzt: Mad Dogs Schließanlagen.

»Das glaube ich nicht«, sagte Doktor Syntax.

»Nun ja, die Tatsachen sprechen für sich«, wandte Galen ein.

»Davon abgesehen«, sagte Marisa resigniert, »kann er wohl kaum eine größere Gefahr darstellen, als das, was dort draußen lauert – und selbst wenn, lohnt es sich nicht darüber nachzudenken, da ihn Schlösser offenbar nicht aufhalten.«

»Sie sprechen also über Wagner, ja?«, sagte Maddox.

»Woher wussten Sie das?«

»Wir befinden uns in einem Turm. Der Klang wird nach oben getragen. Ich konnte beinahe ihr ganzes Gespräch mitverfolgen, und ich glaube, mir wird langsam klar, warum man mich hierher gebracht hat. Es handelt sich hier nicht um eine neue Verschwörung – sie ist mindestens zweihundert Jahre alt, wenn nicht sogar noch älter. Und was ich heute gehört habe, hat einige Fragen beantwortet, die mich schon seit Jahrzehnten beschäftigen.«

»Hunderttausend Höllenhunde«, murmelte Doktor Syntax leise. »Die ganze Sache löst sich komplett in Wohlgefallen auf.«

»Und zu welchem Schluss sind Sie gekommen?«, fragte Galen.

»Nun, ich war immer der Meinung, ich sei derjenige, der nicht ins Bild passt«, sagte Maddox. »Sie und die Magier haben eine Beziehung zur Universität Wien. Ich hatte damit in letzter Zeit jedoch nichts zu schaffen. Und das bedeutete, dass die einzige mögliche Verbindung zwischen uns Wagner sein musste.«

»Stimmt das?«, fragte Marisa Doktor Syntax. »Ist das der Grund, warum er hier ist?«

Der Direktor seufzte schwer. »Ja, ja. Warum soll ich es weiter abstreiten? Aber nicht direkt – er steht durch Liszt mit Wagner in Verbindung.«

»Ha!«, schnaubte Maddox. »Das zeigt, wie wenig Sie wissen.«

»Was meinen Sie damit?«, fragte Marisa. »Kannten Sie Wagner?«

»Nicht so gut, wie ich ihn hätte kennen sollen, fürchte ich. Aber ich kannte Wagners Mutter.«

»Was?«, rief Galen. »Sie können unmöglich so alt sein, dass Sie ...«

»Ich bin zweitausend Jahre alt«, erwiderte Maddox und winkte ab. »Aber das spielt keine Rolle – jedenfalls nicht unmittelbar.« Er wandte sich wieder Marisa zu. »Jetzt kann ich Ihnen alles erzählen, denn mir wird langsam klar, was hier gespielt wird. Aber ich bin nicht sicher, ob ich mein Wissen mit Ihnen teilen sollte«, sagte er und blickte Galen an. »Denn ich will Ihnen nicht Ihre Geschichte verderben – ich habe sie so sehr genossen.«

»Was meinen Sie damit, meine Geschichte ›verderben‹?«

Maddox zwinkerte ihm zu. »Ich weiß, wie Wagner in den Besitz der Edda gelangt ist – oder genauer gesagt, woher Franz Liszt sie ihm beschafft hat. Ich weiß das, weil ich derjenige war, der Liszt den Hinweis gegeben hat, wo er das Buch finden könnte, und ich war auch derjenige, der ihn auf seiner Suche begleitet hat.«

»Warum hätte Liszt solche Mühe auf sich nehmen sollen?«

»Aus dem gleichen Grund wie ich: um dem gequälten Geist eines Mannes Ruhe zu schenken, den wir beide innig liebten – Richard Wagner.«

»Selbst wenn ich Ihnen glauben würde«, sagte Galen, »welchen Grund hätten Sie, sich so um Wagners Wohlergehen zu sorgen?«

»Weil«, sagte Maddox mit einem traurigen Lächeln, »ich sein Vater bin.«

KAPITEL SECHS

Die Sibylle

»Man hat nie eindeutig ermitteln können, wer Wagners wirklicher Vater war«, gab Galen zu. »Aber es galt als einigermaßen sicher, dass es der Polizeiaktuarius Friedrich Wagner gewesen ist, der Mann seiner Mutter. Auch wenn es Vermutungen gab, es könnte der Maler und Dichter Ludwig Geyer gewesen sein, den Wagners Mutter nach Friedrichs Tod geheiratet hat.«

»Das trifft es ganz gut«, sagte Maddox. »Auch wenn ich die Bezeichnung Schauspieler und Dichter vorgezogen habe, denn von der Malerei habe ich nie besonders viel verstanden.«

»*Sie* sind Geyer?«, sagte Galen. »Das ist lächerlich.«

»Sagt der Mann, der bis vor kurzem noch glaubte, er sei Hagen«, gab Maddox zurück.

»Ein Punkt für Sie«, erwiderte Galen verdrossen. »Dennoch enthält ihre Argumentation einen Fehler. Geyer soll gestorben sein, noch bevor Wagner sieben Jahre alt war.«

»Nun, wie Sie sehen, bin ich nicht gestorben.«

»Das sagen Sie!«

»Was wissen Sie über Geyer?«, fragte Marisa Galen. »Hat er in irgendeiner Weise eine Rolle gespielt?«

»Er war nicht unbedeutend. Über den direkten Einfluss, den er auf seinen Stiefsohn – oder Sohn, wenn Ihre Behauptung stimmt – ausgeübt hat, ist wenig bekannt. Er bemerkte schon sehr früh, dass der Junge künstlerisches Talent besaß, und wollte aus ihm einen Maler machen. Wagner war jedoch ein schwieriger Schüler.«

»Das kann man wohl sagen«, stimmte Maddox zu. »Er hat mit Vorliebe die Farben gegessen, und von dem Leinöl bekam er den schlimmsten Durchfall, den Sie sich vorstellen können.«

»Jedenfalls«, fuhr Galen fort und verzog angewidert das

Gesicht, »übte der Junge auch kleine Melodien auf dem Klavier, und es heißt, dass Geyer dies eines Tages hörte und der Mutter vorschlug, sein Talent zu fördern.«

»In der Tat«, stimmte Maddox zu. »Nachdem ich sie verlassen hatte, erzählte sie ihm oft, ich hätte aus ihm etwas machen wollen.«

»Warum haben Sie sie verlassen?«, fragte Marisa.

Maddox machte eine unverbindliche Geste. »Ich war hinter der Frau her. So herzlos das auch klingen mag – über das Kind habe ich mir keine großen Gedanken gemacht.«

»Das ist ziemlich kaltblütig.«

Maddox zuckte mit den Achseln. »Jeder Mensch, den ich kennen lerne, stirbt innerhalb weniger Jahrzehnte, oder spätestens nach einem Jahrhundert. Ich habe hundert Generationen durchlebt. Die einzigen Menschen, die mich wirklich interessieren, sind jene, die ebenso alt sind wie ich.«

»Aber wie war das mit Wagners Mutter? Wie haben Sie sie kennen gelernt?«

»Auf einer Reise durch Bayern begegnete ich einer Frau namens Johanna Pätz – Wagners Mutter. Ich habe mich augenblicklich in sie vernarrt und sie wusste sofort, dass ich ihr nachstellen würde. Doch mehr noch, sie schien zu wissen, wer ich wirklich war, und das führte zu einer heimlichen Romanze und einem Kind. Als ihr Mann starb, übernahm ich die Rolle des Ehemannes und Vaters für den Jungen.«

»Eine Zeit lang«, sagte Marisa.

»Ja, eine Zeit lang. Ich bin ihm über die Jahre immer näher gekommen und habe ihn am Ende schließlich wirklich kennen gelernt – aber eher als ein netter Bekannter denn als sein Vater. Nachdem er gestorben war, blieb ich noch über ein Jahrzehnt in jener Gegend. Es sollte jedoch über ein Jahrhundert dauern, bis ich etwas über die Mutter meines einzigen Kindes erfuhr, das mir buchstäblich die Augen öffnete. Ich fand heraus, was ich hätte tun können, um Wagner zu retten, doch dieses Wissen kam um ein Jahrhundert zu spät.«

»Was hätten Sie tun können?«

»Eins nach dem anderen«, erwiderte Maddox. »Ich glaube, wir müssen die Dinge in der richtigen Reihenfolge erzählen, wenn wir entwirren wollen, was hier vor sich geht.«

»Bitte«, wandte er sich an Galen, »fahren Sie mit Ihrem Bericht fort. Ich werde Ihre Geschichte ergänzen, wenn es mir angebracht erscheint.«

»Also gut«, stimmte Galen zu.

»Ursprünglich wollte Wagner München zum Zentrum seiner Musik machen. Am Ende des Jahres 1865 wurde ihm jedoch der direkte Kontakt zu Ludwig II. verwehrt, und er richtete seine Aufmerksamkeit von München auf Nürnberg, das ihm für die Aufführung der *Meistersänger* und seiner anderen Opern besonders geeignet erschien. Allerdings verwarf er Nürnberg, als er von Hans Richter erfuhr, dass es in Bayreuth ein ausgezeichnetes Opernhaus gäbe. Als es um die Frage zukünftiger Aufführungen ging, entschied sich Wagner daher für Bayreuth. 1864 hatte er aufgrund von Geldnöten die Aufführungsrechte für alle zukünftigen Opern an Ludwig II. verkauft. Der enthusiastische Wagnerverehrer Ludwig wollte Wagners Musik so oft wie möglich in München hören und sorgte schließlich dafür, dass *Das Rheingold* am zweiundzwanzigsten September 1869 in dieser Stadt uraufgeführt wurde – gegen Wagners Willen.«

»Warum hatte Wagner etwas dagegen?«

»Wegen des neuen Quellenmaterials«, sagte Maddox und Galen nickte zustimmend. »Eine Aufführung des *Rheingolds*, die starkes öffentliches Interesse weckte und noch dazu von Ludwig befürwortet wurde, machte es ihm beinahe unmöglich, eine Überarbeitung der Oper zu rechtfertigen.«

»Das kann ich mir vorstellen«, sagte Marisa.

»Und das war längst noch nicht alles«, fuhr Galen fort. »*Die*

Walküre näherte sich ebenfalls der Vollendung, und Ludwig wünschte, dass sie so bald wie möglich aufgeführt wurde. Zur gleichen Zeit wuchs jedoch Wagners Interesse an Bayreuth. München wurde seinem Vorhaben nicht mehr länger gerecht. 1870 weckte ein Zeitungsbericht über Bayreuth Wagners Aufmerksamkeit. In ihm wurde der Gedanke geäußert, der *Ring* könne im berühmten Opernhaus des Städtchens aufgeführt werden.«

»Kein Wunder, dass Wagner etwas gegen die Aufführung seiner Werke in München hatte.«

»In der Tat. Er schrieb eiligst einen Brief an Ludwigs Sekretär Lorenz von Düfflipp, in dem er sich auf Ludwigs Versprechen berief, er könne die *Ring*-Tetralogie nach seinen eigenen Wünschen aufführen. Der Brief sollte vergebens sein. *Die Walküre* wurde 1871 in der Münchner Hofoper uraufgeführt. Auf dem Weg nach Berlin stattete Wagner Bayreuth einen Besuch ab, um sich davon zu überzeugen, dass die Stadt seinen Ansprüchen genügen würde. Leider erwies sich das berühmte barocke Opernhaus in technischer Hinsicht als veraltet und konnte für Wagners Werke nicht benutzt werden, deren Bühnendekorationen eine umfangreiche Ausstattung erforderten. Er kam zu dem Schluss, dass in der Stadt ein vollkommen neues Opernhaus gebaut werden musste. Am zweiundzwanzigsten Mai 1872 wurde auf einer Anhöhe in der Nähe von Bayreuth der Grundstein gelegt. Wagner wurde jedoch bald klar, dass das Musikfestival noch nicht im darauf folgenden Jahr veranstaltet werden konnte. Es fehlte weiterhin an Geld. Außerdem musste der Bauplan des Opernhauses erneut überarbeitet und der letzte Teil der Tetralogie – *Die Götterdämmerung* – orchestriert werden. Das Festival konnte also frühestens im Jahr 1874 stattfinden.«

»Was hat Ludwig zu dem Ganzen gesagt?«, fragte Marisa.

»Ludwig hielt das Bayreuth-Vorhaben von Anfang an für absurd und unrealistisch. Wagner war sich dessen bewusst und hatte deshalb beschlossen, das Projekt ohne die Unterstützung eines Gönners voranzutreiben. Diesem Vorsatz konnte er jedoch nicht lange treu bleiben«, erwiderte Galen.

»Er hat also seine künstlerischen Prinzipien dem Geld geopfert?«, fragte Maddox.

»Nein«, sagte Galen. »Er fügte sich praktischen Überlegungen, damit seine Kunst zu ihrer Vollendung gelangen konnte. Er bat Ludwig offiziell um Hilfe, und Ende Januar 1874 bewilligte Ludwig ihm eine Hilfszahlung in Höhe von 100.000 Talern.«

»Und rettete damit sein Vorhaben«, sagte Marisa.

»Zweifellos. Ludwigs Unterstützung war für die Weiterführung des Baus ausschlaggebend. In einem Brief an Lorenz von Düfflipp schrieb Wagner zuversichtlich, dass das Theater im Sommer 1875 fertig gestellt werden würde. Auch diese Schätzung war jedoch zu optimistisch, und es sollte bis zum Jahr 1876 dauern, bis das Opernhaus die ersten Festspiel-Gäste empfangen konnte.«

»Da hat er seinen Anhängern aber ziemlich viel Geduld abverlangt«, bemerkte Marisa.

»Eigentlich nicht. Jedenfalls nicht denen, die wussten, worum es ihm ging«, erwiderte Galen. »Die Bayreuther Festspiele waren damals in Deutschland ein einzigartiges kulturelles Ereignis. Sogar Kaiser Wilhelm I. beehrte sie mit seiner Anwesenheit. Wagners enthusiastischste Anhänger waren ebenfalls dort, unter ihnen Friedrich Nietzsche. Selbst Tschaikowskij kam aus Russland angereist.«

»Beeindruckend.«

»Und wie! Die Festspiele von 1876 waren das Ergebnis langjähriger Arbeit, und Wagner war sich darüber im Klaren, dass die Vorbereitungen für das nächste Festival ebenfalls sehr anstrengend werden würden. Dennoch war er davon überzeugt, es bereits im nächsten Jahr wiederholen zu können, wenn eine dauerhafte Unterstützung durch den König oder zumindest durch private Gesellschaften gewährleistet war. Auch Liszt glaubte, dass er eine solche Zuwendung erhalten würde – beide sollten sich irren. Niemand wollte dem Festival auf Dauer seine Unterstützung zusichern, und so sollten sich die Wagner-Anhänger erst wieder im Jahre 1882 im Festspielhaus versammeln können. Bis zu seinem überraschenden Tod 1883 hat Wagner die Festspiele nur zweimal veranstalten können.«

Maddox schnaubte. »Das lag aber weniger an der mangelnden Unterstützung, sondern an den Verzögerungen, die durch die Vervollständigung der überarbeiteten Tetralogie mit dem zusammengetragenen neuen Quellenmaterial verursacht wurden«, sagte er sachlich. »Geld war mehr als genug vorhanden, um weitere Festspiele zu veranstalten. Wagner wusste jedoch, dass es ihm niemals gelingen würde, die neue, überarbeitete Fassung der Opern durchzusetzen, wenn das Festival so weiterlief, wie es ursprünglich konzipiert war.« Er schüttelte angewidert den Kopf. »Manchmal wünschte ich, er hätte das verdammte Buch nie gefunden.«

»Ich dachte, Sie hätten gesagt, dass Sie es gemeinsam mit Liszt für ihn beschafft haben«, sagte Marisa.

»Wir haben ihm die Ur-Edda gebracht«, sagte Maddox. »Das war jedoch längst nicht das Einzige, worauf er zurückgreifen konnte. Uns beunruhigte die Tatsache, dass das verfügbare Material nicht ausreichte. Stellen Sie sich vor, er sei der beste Hirnchirurg der Welt gewesen und alles, was ihm für seine Operationen zur Verfügung stand, war ein Brocken Granit. Hin und wieder stieß er auf ein Stück Quartz oder Feuerstein. Doch dass er seine Kräfte nie bis an ihre Grenzen ausschöpfen konnte, brachte ihn langsam um. Liszt und ich wussten, dass wir etwas tun mussten, um Wagner aus diesem Meer der Qualen zu retten, und wir waren bereit, notfalls bis ans Ende der Welt zu reisen, um – wenn ich die Metapher fortführen darf – das beste Skalpell zu finden. Das bedeutete, dass wir die Wurzeln der *Ring*-Geschichte suchen mussten, die mythologischen Grundlagen der germanischen Überlieferungen. Wir mussten die Geschichten, die Wagner umsetzen wollte, in ihrer reinsten Form aufspüren. Und glücklicherweise kannte ich jemanden, der mir sagen konnte, wo wir diese Geschichten finden würden: mein Freund Stiefelchen.«

»Ihr Freund aus dem Norden New Yorks?«, fragte Marisa. »Wie konnte er Ihnen bei einer Sache behilflich sein, die vor mehr als einem Jahrhundert geschehen ist?«

»Weil«, sagte Maddox und zwinkerte ihr zu, »er beinahe ebenso alt ist wie ich, wenn nicht gar noch älter. Und er konnte mir bei der Suche nach der ältesten Fassung der *Ring*-Mythologie behilflich sein, weil er mehr über sie wusste als jeder andere. Er wusste, wo sich die Ur-Edda befand, weil sein wahrer Name Bragi Boddason war und er sie geschrieben hat.«

»Wie haben Sie ihn kennen gelernt?«, fragte Galen eifrig und mit einer Bereitwilligkeit, Maddox' Behauptungen Glauben zu schenken, die dem gesunden Menschenverstand zuwiderlief. »Was für ein Mensch war er?«

Maddox machte eine unverbindliche Geste. »Wir kannten uns seit dem frühen neunzehnten Jahrhundert, hatten uns aber einige Jahrzehnte nicht mehr gesehen. Wenn man jedoch so lange lebt wie wir beide, läuft man sich zwangsläufig immer wieder über den Weg. Ich wusste damals, dass er in Nordeuropa unterwegs war, und versuchte, mit ihm Kontakt aufzunehmen. Drei Jahre später tauchte er bei einem von Liszts Konzerten auf, zu dem ich ebenfalls eingeladen war. Wir aßen zusammen zu Abend, und Liszt und ich erzählten ihm von unserem Vorhaben, Wagner zu helfen. Zu diesem Zeitpunkt wusste ich noch nicht, wer Stiefelchen wirklich war, und auch nicht, dass er ein solches Buch geschrieben hatte. Ich suchte lediglich den Rat eines älteren und weiseren Mannes, der vielleicht auch ein wenig lebensmüder war als ich.

Ich wünschte, ich hätte seinen Worten immer so eifrig gelauscht wie damals. Stiefelchen glaubte zu wissen, wo das

Buch mit den Geschichten zu finden war. Jahre zuvor hatte es ihm eine ehrgeizige junge Frau gestohlen, zusammen mit einigen anderen Büchern. Er hatte sie unglücklicherweise geheiratet, als er in Russland General war. Jahrelang hatte er nach ihr gesucht, und als er schließlich ihren Aufenthaltsort ausfindig machte, stellte er fest, dass sie sich inzwischen eine imposante Karriere als Spiritistin aufgebaut hatte – wahrscheinlich indem sie Informationen aus den Büchern verwendete, die sie ihm gestohlen hatte. Hätte er sein Eigentum zurückgefordert, wäre dies das Ende ihrer sagenhaften und viel gerühmten prophetischen Begabung gewesen, und schließlich hat er das einfach nicht übers Herz gebracht. Er ließ sie ihr Leben führen und kehrte in sein eigenes zurück, behielt sie jedoch weiterhin im Auge. Er sagte uns, dass sie in Indien sei, um an ihrem spiritistischen und theosophischen Werk zu arbeiten. Ihr Name war Madam Blavatsky.«

»Die Okkultistin?«, fragte Marisa. »Welches Interesse hatte sie an der Ur-Edda?«

»Eigentlich war sie nicht direkt an diesem Buch interessiert«, sagte Maddox. »Sie hatte neun Bände aus seinem Besitz mitgenommen, die allesamt Geschichten enthielten. Einige davon waren die ältesten Fassungen dieser Geschichten, die jemals aufgezeichnet wurden. Es waren kleine Details, die einige der Bände für sie besonders nützlich machten. In ihnen wurden Ereignisse angedeutet, die noch in der Zukunft lagen. Die Genauigkeit der Informationen über längst untergegangene Kulturen, verknüpft mit Hinweisen auf zukünftige Ereignisse, lieferten ihr die perfekte Fassade, um sich als bedeutendste Spiritistin ihrer Zeit zu etablieren.«

»Hm«, murmelte Marisa. »Ich wette, die Magier hätten ihr den Rang abgelaufen.«

»Wahrscheinlich. Ausgestattet mit den Informationen, die

Stiefelchen uns gegeben hatte, machten wir uns jedenfalls für die Abreise nach Indien bereit. Liszt hatte 1865 die niederen Weihen in der katholischen Kirche empfangen und trug seither den Titel Abbé. Aufgrund dieser Berufung genoss er nun weit größere Freiheiten als vorher und konnte daher unauffälliger reisen. Außerdem bot der damalige Vormarsch des Christentums in den Fernen Osten einen guten Vorwand für unsere Suche.«

»Sie haben angedeutet, dass Sie Gründe hatten, den Ursprung von Wagners beinahe göttlichen Fähigkeiten zu erahnen«, sagte Marisa. »Aber woher hat Liszt das gewusst? Wie kam er auf den Gedanken, Wagner könnte mehr sein als nur übermäßig talentiert?«

»Die beiden führten einmal eine besonders heftige Diskussion«, sagte Maddox. »Und dabei enthüllte Wagner seinem Freund einen Aspekt seiner schöpferischen Fähigkeiten, von dem zuvor noch niemand erfahren hatte. Wagner hat seine Erinnerungen an dieses Ereignis später auch veröffentlicht, aber von den Millionen, die seine Worte gelesen haben, hat nur Liszt ihre wahre Bedeutung verstanden.«

Maddox lehnte seinen Kopf zurück, schloss die Augen und konzentrierte sich. Dann begann er zu rezitieren:

»Am Nachmittage heimkehrend, streckte ich mich todmüde auf ein hartes Ruhebett aus, um die lang ersehnte Stunde des Schlafes zu erwarten. Sie erschien nicht; dafür sank ich in eine Art von somnambulem Zustand, in welchem ich plötzlich die Empfindung, als ob ich in ein stark fließendes Wasser versänke, erhielt. Das Rauschen desselben stellte sich mir bald im musikalischen Klange des Es-Dur-Akkordes dar, welcher unaufhörlich in figurierter Brechung dahinwogte; diese Brechungen zeigten sich als melodische Figurationen von zunehmender Bewegung, nie aber veränderte sich der reine Dreiklang von Es-Dur, welcher durch seine Andauer dem Elemente, darin ich versank, eine unendliche Bedeutung geben zu wollen schien. Mit der Empfindung, als ob die Wogen jetzt hoch über mich dahinbrausten, erwachte ich in jähem Schreck aus meinem Halbschlaf. Sogleich erkannte ich, dass das Orchestervorspiel zum ›Rheingold‹, wie ich es in mir herumtrug, doch aber nicht genau hatte finden können, mir aufgegangen war; und schnell begriff ich auch, welche Bewandtnis es durchaus mit mir habe: Nicht von außen, sondern nur von innen sollte der Lebensstrom mir zufließen.«

Maddox öffnete die Augen wieder und streckte sich. »Es war im wahrsten Sinne des Wortes eine Offenbarung. Und, wie Liszt glaubte, eine göttliche.«

»Warum?«, fragte Marisa.

»Weil Wagner derselben Ansicht war«, sagte Maddox und zitierte noch einmal:

»Ich glaube an Gott, Mozart und Beethoven, ingleichem an ihre Jünger und Apostel; – ich glaube an den Heiligen Geist und an die Wahrheit der einen unteilbaren Kunst; – ich glaube, dass diese Kunst von Gott ausgeht und in den Herzen aller erleuchteten Menschen lebt; – ich glaube, dass wer nur einmal in den erhabenen Genüssen dieser hohen Kunst schwelgte, für ewig Ihr ergeben sein muss und Sie nie verleugnen kann; – ich glaube, dass alle durch diese Kunst selig werden ...«

»Besonders bei der Erwähnung jener ›Sie‹ wurde Liszt hellhörig.«

»Was ist an einer Bemerkung über die Kunst so ungewöhnlich?«, fragte Marisa.

»Er hat nicht über Kunst geredet, sondern über Gott.«

»Eine weibliche Gottheit?«

»Ja. Liszt glaubte, dass Wagner sich in gewissem Maße bewusst war, dass seine Fähigkeiten nicht allein mit einer außergewöhnlichen Begabung zu erklären waren. Und als wir nach einer langen und beschwerlichen Reise an unserem Ziel ankamen, entdeckten wir die Verbindung, die alles ins rechte Licht rückte: sein Talent, seine Erfindungsgabe, seine Leidenschaft – und deren möglichen göttlichen Ursprung.«

»Was für eine Verbindung war das?«

»Madam Blavatsky wusste, dass wir auf der Suche nach ihr waren – obwohl dies nicht in den Prophezeiungen der Bücher enthalten war. Wir nahmen zunächst an, dass sie auf irgendeine Weise Kontakt mit Stiefelchen aufgenommen hatte. Sie erzählte uns jedoch, dass ihr unsere Ankunft von einer Frau prophezeit worden war, die sie erst vor kurzem kennen gelernt hatte. Die Frau, von der sie sprach, war ihr kurz nach ihrem Eintreffen in Indien begegnet. Sie hatte sich nur als ›Z‹ vorgestellt und behauptet, eine Einsiedlerin von einem Ort namens Meru in Tibet zu sein. Darüber hinaus bezeichnete sie sich als Prophetin – eine der sagenumwobenen Nornen des germanischen Mythos.«

»Die gleiche Z, von der Juda uns erzählt hat«, rief Galen. »Unglaublich.«

»In der Tat. Madam Blavatsky hat ihr offenbar geglaubt oder jedenfalls angenommen, sie sei eine Spezialistin für übersinnliche Phänomene, so wie sie selbst – oder jemand, der vorgab, dies zu sein. Zs Behauptung, dass sie von den alten Büchern wisse, die Blavatsky besaß und für ihre Kunst verwendete, mochte diese Annahme bestärkt haben. Blavatsky erzählte uns, Z habe sie darum gebeten, uns bei unserer Ankunft die Edda zu überlassen. Über Z selbst und ihre Bitte sollte sie jedoch Stillschweigen bewahren. Weil sie sich aber nicht gern von anderen etwas vorschreiben ließ, beschloss sie, uns alles zu erzählen – einschließlich der Tatsache, dass Z noch am selben Nachmittag ein Schiff in Richtung London besteigen würde. Liszt und ich glaubten, dass sie uns einige unserer Fragen beantworten könnte. Wir eilten also zum Hafen ... und kamen um wenige Sekunden zu spät. Es gelang uns aber dennoch, einen Blick auf die geheimnisvolle Z zu werfen und unseren Verdacht über Wagners göttliche Abstammung zu bestätigen. Jene Frau, die wir sahen, und die müde zu uns herüberlächelte und uns kurz zuwinkte, hatte ich schon lange für tot gehalten. In diesem Augenblick wurde uns die Verbindung klar.«

»Welche Verbindung?«, fragte Marisa. »Wer war diese Frau?«

»Die wichtigste Verbindung von allen«, sagte Maddox. »Denn die Frau, die ich dort sah, war Johanna Pätz. Z, die Einsiedlerin von Meru, die Norne, die Sibylle, war Richard Wagners Mutter.«

»Wagner selbst rühmte sich oft damit, dass die Norne, die Pandora der alten germanischen Überlieferung, an seiner Wiege ›den nie zufriedenen Geist, der stets das Neue sucht‹ hinterlassen hätte. Diese verhängnisvolle Gabe sollte sein lebenslanges Ringen mit seinen künstlerischen Begabungen beherrschen. Ich glaube, dass er bereits als Kind geahnt hat, was seine Mutter wirklich war.«

»Und Sie haben es nicht geahnt?«, fragte Galen. »Nach allem, was mir über sie bekannt ist, war Johanna Pätz keine gewöhnliche Frau.«

»Sie haben Recht«, sagte Maddox. »Sie hatte die bemerkenswerte Fähigkeit, vollkommen im Augenblick zu leben – als Mutter, Ehefrau oder Geliebte. Ich ahnte jedoch nicht, wie außergewöhnlich sie wirklich war, bis ich sie auf dem Deck des ablegenden Schiffes sah. Es gab keine Möglichkeit, das Schiff einzuholen, bevor es die offene See erreicht hatte, und so kehrten wir zu Madam Blavatsky zurück.«

»Ich wette, Sie hatten sich viel zu erzählen«, sagte Marisa.

»Nicht so viel, wie Sie glauben. Ich hätte mich gern noch mit ihr unterhalten, aber Liszt und ich konnten nicht länger bleiben. Wir waren ungebetene Gäste, und sie hatte uns nur empfangen, weil sie schon im Voraus gewusst hatte, weswegen wir gekommen waren.«

»Sie überließ Ihnen also das Buch, nach dem Sie gesucht hatten – die Ur-Edda?«, fragte Galen.

»Ja. Sie gab es uns freiwillig, ohne eine Bezahlung oder das Versprechen, es wieder zurückzubringen. Sie behauptete, dass es von selbst zu ihr zurückkehren würde, wenn es seinen Zweck erfüllt hatte. Dann verabschiedete sie sich von uns und wir kehrten in den Westen zurück.«

Marisa rückte näher an Maddox heran. »Hat die Ur-Edda Wagner weitergeholfen?«

»Sie wäre ihm sicher nützlich gewesen«, erwiderte er, »wenn seine schöpferischen Energien nicht so sehr vom politischen Klima der Zeit abgelenkt gewesen wären. Natürlich waren es die dramatischen historischen Ereignisse, die den Anstoß zur Komposition des *Rings* gaben. Die Gelegenheit zur schöpferischen Arbeit ergab sich für Wagner zwangsläufig, als er ins Exil ging ...«

»Ins Exil?«

Galen nickte. »Wagner hatte ziemlich fortschrittliche politische Ansichten. 1848 beteiligte er sich an der gescheiterten Revolution in Deutschland und war infolgedessen gezwungen, sein Heimatland zu verlassen und nach Paris und später nach Zürich zu gehen. Während seines Aufenthalts dort überarbeitete er die Entwürfe, die er bereits für die Tetralogie musikalischer Dramen gemacht hatte, die er später den *Ring des Nibelungen* nennen sollte. Als Ausgangspunkt hatte er dafür ursprünglich ein mittelhochdeutsches episches Gedicht aus dem 12. Jahrhundert gewählt, eben das Nibelungenlied. Die Texte des Opernzyklus entstanden jedoch in umgekehrter Reihenfolge. Wagner glaubte, dass bestimmte erzählerische Passagen in der *Götterdämmerung* – dem letzten Werk der

Tetralogie – noch weiter ausgeschmückt und dramatisiert werden mussten, um die Geschichte insgesamt verständlicher zu machen, und schrieb deshalb mit *Siegfried* einen dritten Teil. Weil er jedoch immer noch nicht zufrieden war, verfasste er *Die Walküre* und als weiteres Vorspiel *Das Rheingold*. Im November 1853 begann Wagner, an der Musik für *Das Rheingold* zu arbeiten, und vollendete sie im Mai des darauffolgenden Jahres. Ende Dezember 1856 war die Musik für *Die Walküre* fertig.

1861 wurde Wagners Verbannung aufgehoben, der Komponist kehrte nach Preußen zurück und ließ sich in Biebrich nieder. Dort nahm er die Arbeit an der Musik für den *Siegfried* auf und stellte sie im Februar 1871 fertig. Zur gleichen Zeit begann er mit der Komposition der *Götterdämmerung*. Am fünfundzwanzigsten August 1870, neun Jahre nach der Trennung von seiner ersten Frau, heiratete der Komponist Cosima von Bülow, Liszts Tochter und die geschiedene Frau des Dirigenten Hans von Bülow. 1882 begann sich Wagners Gesundheit zu verschlechtern. Er glaubte, dass ihm ein Klimawechsel gut tun würde, und mietete sich deshalb im Palazzo Vendramin am Canal Grande in Venedig ein. Doch selbst das konnte das Unvermeidliche nicht hinausschieben.«

»Wir haben es versucht, doch es war nicht genug und kam zu spät«, sagte Maddox. »Das schöpferische Feuer hatte den Maestro schon beinahe verzehrt. Die Belastung, solch göttliche Fähigkeiten in sich zu tragen und doch nicht über die Mittel zu verfügen, sie zum Ausdruck zu bringen, war zu groß.«

»Er führte die Übersetzung an dem Punkt fort, an dem Liszt aufgehört hatte, und versah beinahe das gesamte Buch mit Anmerkungen«, sagte Galen düster. »Damals war er jedoch bereits alt, krank und müde. Schließlich versagte sein Herz, und noch vor Ende des Jahres 1883 war Richard Wagner tot.«

»Diese ideale *Ring*-Saga, die er komponieren wollte, ist also eigentlich nie geschrieben worden, oder?«, fragte Marisa.

»Nein«, sagte Galen und legte den Kopf in die Hände. »Es ist ihm lediglich gelungen, seine Übersetzung zu vollenden, und das reichte nicht aus, um die Scherben einer Oper, die auf dem ursprünglichen Material basieren sollte, wieder zusammenzufügen. Wagner war gescheitert – endgültig gescheitert. Und ich glaubte, dass ich ebenfalls gescheitert sei. Als ich Juda jedoch von den Ergebnissen meiner Nachforschungen berichtete, nahm er das Ganze so gelassen zur Kenntnis, als hätte er es bereits erwartet.«

»Augenblick mal«, sagte Maddox und runzelte verwirrt die Stirn, »von welcher Übersetzung sprechen Sie?«

»Von der Übersetzung der Ur-Edda natürlich. Was dachten Sie denn?«

»Bisher hatten sie noch nicht erwähnt, wie lange er das Buch Ihrer Meinung nach in seinem Besitz gehabt hat«, sagte Maddox. »Deshalb habe ich noch nichts dazu gesagt. Aber eines weiß ich sicher: Er hat es nicht einmal lange genug besessen, um seinen Namen hineinschreiben zu können, geschweige denn es zu übersetzen.«

»Aber Sie haben gesagt ...«, setzte Galen an.

»Ich sagte, dass er mit neuem Quellenmaterial gearbeitet hat, auf das er bei seinen Nachforschungen im Exil gestoßen war. Ich hatte angenommen, wir sprechen über dieselbe Sache.«

»Ich habe seine Anmerkungen selbst gesehen«, sagte Galen. »In meinem eigenen Haus hat Langbein mit der Übersetzung begonnen.«

»Liszt hatte auf unserer Rückreise vom Fernen Osten mit einer Übersetzung der wenigen Bruchstücke begonnen, die er entziffern konnte, und dabei Anmerkungen gemacht. Vielleicht haben Sie die Handschrift verwechselt.«

Galen schüttelte den Kopf.

»Ich habe zwei Handschriften gesehen. Die eine gehörte

nachweislich Franz Liszt und die andere Wagner. Ich kann mich nicht geirrt haben.«

»Es tut mir Leid«, sagte Maddox, »aber Sie müssen sich täuschen. Franz und ich sind erst vier Monate vor Wagners Tod aus Indien zurückgekehrt. Er kann das Manuskript höchstens oberflächlich untersucht haben.«

»Warten Sie«, unterbrach ihn Marisa. »Wenn er das Buch erst kurz vor seinem Tod erhalten hat, was hat er dann all die Jahre als Grundlage für seine Überarbeitungen benutzt?«

»Wie ich bereits sagte, hat er noch andere Nachforschungen betrieben. In erster Linie arbeitete er jedoch mit einem Buch, das er einem Arzt in Zürich abgekauft hatte. Er hütete es wie seinen Augapfel und trug es stets bei sich. Seiner Meinung nach handelte es sich um ein ziemlich gut fundiertes und sehr ausführliches Kompendium der gesamten großen germanischen Sagen: das Nibelungenlied, die Eddas und die Wölsungensaga. Es war in deutscher Sprache verfasst, obwohl er sich oft beklagte, dass es ein merkwürdiges Deutsch sei, das nicht ganz dem damals üblichen Sprachgebrauch entsprach. Schon allein der Titel des Buches inspirierte ihn zur Arbeit an seinen Opern: *Das Buch des Alberich.*«

Galen erstarrte.

»Haben Sie dieses Buch jemals gesehen, Maddox?«, fragte er nach einigen Sekunden. »Haben Sie gesehen, wie es aussah?«

»Einige Male. Es war kein besonders auffälliges Buch; dick, ohne Titel, in einem einfachen, pflaumenfarbenen Einband.«

»So wie der hier?«, fragte Galen, schob das griesgrämige Huhn beiseite und hielt das Buch hoch, auf dem es gehockt hatte.

Nun war Maddox derjenige, der blass wurde. »Das ist das Buch«, sagte er mit ruhiger Stimme, »wenn auch ein neueres und saubereres Exemplar.«

»Es ist das einzige Exemplar«, sagte Galen. »Das ist Michael Langbeins Übersetzung der Ur-Edda.«

»Die Ähnlichkeit ist verblüffend«, sagte Maddox, »aber es kann nicht dasselbe Buch sein – es sei denn, Langbein konnte in der Zeit zurückreisen.«

»Es klingt verrückt, ich weiß«, sagte Galen, »aber lassen Sie mich ausreden. Es muss das gleiche Buch sein, weil *Das Buch des Alberich* nicht zum Haupttext der Ur-Edda gehörte«, fuhr er fort. »Es ist nämlich ein Palimpsest gewesen, ein Text, der sich unter einem anderen Text verbirgt und nur durch bestimmte Hilfsmittel sichtbar wird. Wenn das Buch, das Wagner besessen hat, wirklich diesen Titel trug, dann muss es dasselbe gewesen sein.«

»Woher stammen dann die Anmerkungen im Original?«, fragte Marisa.

»Juda«, sagte Galen. »Das würde erklären, warum es ihn nicht überrascht hat, dass meine Nachforschungen über Wagner in eine Sackgasse geraten waren.«

»Er hat Sie die ganze Zeit über belogen.«

»Das würde ihm ähnlich sehen.«

»Was ist passiert, nachdem Sie ihm erzählt hatten, dass Sie mit Ihren Nachforschungen nicht mehr weiterkamen?«

»Zu diesem Zeitpunkt waren meine Forschungen vollkommen unabhängig von Langbeins Arbeit. Er war tief in seine eigene Welt versunken und wir hatten nur wenig Kontakt miteinander. Ich hatte mich gerade auf den Weg gemacht, um ihm von meinen fruchtlosen Ermittlungen zu berichten, als Juda mich abfing und mir von einem weiteren unglaublichen Fund erzählte. Obwohl Juda behauptet hatte, noch mehr alte Manuskripte in Meru gesehen zu haben, hielten wir die Ur-Edda für eine einmalige Entdeckung. Dass wir uns geirrt hatten, wurde mir klar, als Juda mir den zweiten Band zeigte.«

»Ein zweites Manuskript?«, fragte Marisa. »Eine weitere Edda?«

»Nicht ganz«, sagte Galen. »Es ging um ein anderes Thema, dessen kultureller Ursprung leichter zu ermitteln ist als der der Edda – ›Die Erlkönige‹.«

»Das könnte eines der Bücher sein, von denen Stiefelchen mir erzählt hat«, sagte Maddox, »auch wenn ich sie nie zu Gesicht bekommen habe. Madam Blavatsky hat sie uns natürlich nicht gezeigt.«

»Es wird noch interessanter«, sagte Galen. »Denn dieses Buch enthielt ebenfalls Anmerkungen, die in der deutschen Sprache des 19. Jahrhunderts verfasst waren.«

»Erstaunlich«, sagte Marisa. »War es Wagner oder Liszt oder beide, so wie in dem anderen Buch?«

»Keiner von beiden«, erwiderte Galen. »Die Anmerkungen stammten von Franz Schubert.«

KAPITEL SIEBEN

Die Hellseherin

»Das ist ja wirklich eine interessante Verbindung«, sagte Maddox. »Immerhin trägt eine der berühmtesten Kompositionen Schuberts den Titel *Der Erlkönig*.«

»Mir fällt da noch eine weitere Verbindung ein«, sagte Marisa mit einem düsteren Gesichtsausdruck. »Als die drei Professoren – die Magier – durchgedreht sind, haben sie zwei Sätze wieder und wieder an die Wände ihres Zimmers geschrieben: ›Der Erlkönig ist tot. Lang lebe der Erlkönig.‹«

»Langsam nimmt das Bild Formen an«, sagte Galen. »Juda hat viel von den Erlkönigen erzählt, während wir in dem Buch gelesen haben. Er glaubte entdeckt zu haben, dass an bestimmten Punkten in der Geschichte – Wendepunkte, die er ›Umkehrungen‹ nannte – die Erde von einem dieser Erlkönige regiert wird.«

»Woran erkennt man, dass jemand ein Erlkönig ist?«, fragte Marisa.

»Das habe ich nie wirklich verstanden«, erwiderte Galen. »Juda hat mit den Details immer hinterm Berg gehalten – ich nehme an, auf diese Weise wollte er die Kontrolle über die Ereignisse behalten. Dennoch ist ihm in einem unserer Gespräche einmal ein Schnitzer unterlaufen. Er erwähnte zwei Namen von mutmaßlichen Erlkönigen: ein Mann in Amerika namens Wasily ...«

»Ah ...«, sagte Doktor Syntax und wandte sich an Maddox. »Ihr Freund Stiefelchen.«

»Anscheinend. Diesen Namen hat er direkt nach der Trennung von Madam Blavatsky angenommen. Wie lautete der zweite Name?«

»Jemand, um den er ein großes Geheimnis machte. Ich habe nur einmal gehört, wie er den Namen aussprach, und er schien ... zögerlich. Nicht ängstlich, aber vorsichtig. Er nannte diesen mutmaßlichen Erlkönig ›Sataere‹.«

»Das passt«, sagte Maddox. »Ich wusste, dass unser Gespräch etwas Derartiges zu Tage fördern würde. Jetzt werden sie mich niemals entlassen.«

Galen blickte Marisa fragend an und sie nickte, während Maddox sich mit einem schweren Seufzer in einen Stuhl sinken ließ. Er holte tief Luft und runzelte dann die Stirn.

»Was ist?«, fragte Marisa. »Es ist Saturn, nicht wahr? Sie denken an Saturn.«

Maddox zögerte einen Augenblick. »Ja.«

»Weshalb glauben Sie, dass es sich um dieselbe Person handelt?«

»Weil der altenglische Name Sataere von Saturn abgeleitet ist«, sagte Maddox niedergeschlagen. »Und weil es an diesem Punkt ein zu großer Zufall wäre, wenn es sich um eine andere Person handeln würde.«

»Könnten Sie mich bitte ins Bild setzen?«, sagte Galen. »Habe ich etwas verpasst?«

»Nein«, sagte Marisa. »Maddox und ich haben in den Therapiegesprächen über diesen Saturn gesprochen.«

»Warum haben Sie mir davon nichts erzählt?«, fragte Galen Marisa.

»Das war vertraulich«, erwiderte sie. »Ich durfte nicht. Davon abgesehen wäre es mir aber auch nicht in den Sinn gekommen. Warum fragen Sie?«

»Das zweite Buch, das Juda mir zur Untersuchung gegeben hat«, sagte er mit einem leichten Zittern in der Stimme, »handelte zwar dem Stoff nach von jenen Erlkönigen, doch seinen Titel verdankte es dem, der angeblich einer der ersten und ursprünglichen Erlkönige gewesen sein soll. Der Titel lautete: *Das Buch des Saturn.*«

»Vor etwas mehr als einem Jahr habe ich einen Urlaub mit ein wenig Feldforschung über einige der Legenden verbunden, die sich um die Stadt Bingen am Rhein ranken«, sagte Maddox. »Mich interessierten dabei vor allem die Sagen um den San Greal – den Heiligen Gral. Die meisten davon sind reine Legenden. Hinsichtlich der Abstammung Jesu Christi enthalten sie jedoch einige Körnchen Wahrheit, und viele von ihnen drehen sich um das Rheintal. Überraschenderweise fand ich alte Dokumente und örtliche Legenden, die sich auf ein Wesen von göttlicher Abstammung bezogen und anderen regionalen Geschichten über die heilige Blutlinie ähnelten: nur dass diese ein gutes Stück vor Jesu Geburt entstanden waren. In einigen Legenden heißt es, dieses Wesen sei um etliche tausend Jahre älter, wenn nicht sogar noch mehr.«

»Könnte es sein, dass da einfach verschiedene Sagen miteinander verschmolzen sind?«, fragte Marisa. »Mythologien neigen dazu, sich im Laufe der Zeit zu vermischen.«

»Daran habe ich auch schon gedacht. Sie vergessen, dass ich ein Zeitgenosse des Nazareners bin. Ich weiß besser als jeder andere, was zur echten christlichen Überlieferung gehört und was nur nacherzählt oder erfunden wurde. Das Material, das ich gefunden hatte, passte in keine der beiden Kategorien und war außerdem sehr viel älter. An einigen Stellen wurde das Wesen sogar namentlich erwähnt, auch wenn sich der Name je nach Zeit und Gegend unterschied. Der älteste Name, den ich nachweisen konnte, lautete Saturn, und in der örtlichen Legende hieß es, dass er irgendwo und irgendwie immer noch am Leben sei.«

»Natürlich war Stiefelchen derjenige, der mir am ehesten bei meinen Nachforschungen behilflich sein konnte. Ich machte ihn bald ausfindig, er lebte seit einigen Jahren im Norden des Staates New York. Wir gingen aus, um bei Blues-Musik, die er über alles liebte, ein Glas zu heben, und ich erzählte ihm von meiner Suche. Er hörte mir geduldig zu, riet mir jedoch, von der ganzen Sache die Finger zu lassen. Seiner Meinung nach konnte das Ausgraben derartiger Relikte aus vergangenen Zeiten nur zur Katastrophe führen, wie er aus Erfahrung zu wissen glaubte. Etwas, das den Namen eines Gottes trug, konnte seiner Ansicht nach nur eins von zwei Dingen sein: ein Gott höchstpersönlich – in diesem Fall würde ich in ein Wespennest stechen – oder jemand, der gefährlich genug war, um den Namen einer Gottheit zu tragen, und damit würde ich ebenfalls die sprichwörtliche Büchse der Pandora öffnen.

Ich hielt ihn für naiv. Jemand wie ich, der Geburt, Tod, die angebliche Auferstehung Jesu Christi und die Verbreitung seines Einflusses auf der ganzen Welt überlebt hatte, ebenso wie die spanische Inquisition, den Roswell-Zwischenfall und die Saison, die die Phoenix Suns 1992/93 gespielt hatten, kannte einfach das gesamte Spektrum phantastischer Phänomene auf dieser Welt. Ich glaubte, dass ich mit allem – oder jedem – fertig werden würde. Stiefelchen war anderer Meinung, hielt mich jedoch nicht zurück. Ich wünschte, er hätte es getan. Bevor ich ihn verließ, erzählte er mir noch von einer Sache, die mich retten könnte, falls mich meine Suche in ernsthafte Schwierigkeiten bringen sollte.«

»Sie sollten den geheimen Namen Ihrer Beschützerin rufen«, sagte Doktor Syntax.

»Ja«, sagte Maddox, »wozu auch immer das gut sein mochte. Ich kehrte nach Deutschland zurück und fand, wonach ich suchte. Ich fand Saturn. Und als mir klar wurde, was er war, wusste ich, dass kein geheimer Name mich retten würde, wenn er es auf mich abgesehen hatte. Ich schwor, ihn zu töten, obwohl ich wusste, dass dies wahrscheinlich auch meinen Tod bedeuten würde. Dann eilte ich nach Silvertown, um mich mit Stiefelchen zu beraten. Doch ich kam zu spät – ich fand nur noch ein Grab. Als ich mich in der Stadt nach ihm erkundigte, stellte ich fest, dass ein Teil von ihm immer noch am Leben war: Seine Geschichten sind fest in das Sagengut der Gemeinde am Fluss eingewoben. Beharrlich versuchte ich, mehr über diese Geschichten in Erfahrung zu bringen, doch umsonst. Die Geschichte, die mir helfen konnte, hat er wohl mit ins Grab genommen. Und durch meine Arroganz habe ich vielleicht eines der schlimmsten Übel auf die Welt losgelassen.«

»Dieses Übel könnte aber auch in einem Buch gesteckt haben, das Franz Schubert gehört hat«, sagte Galen. »Und wenn die Ur-Edda überlebt hat, kann es ebenfalls noch am Leben sein.«

»Juda wusste eine Menge darüber, wie oder warum das Buch in Schuberts Besitz gelangt war«, sagte Galen. »Doch woher er dieses Wissen hatte, kann ich nicht sagen. Von allen großen Komponisten ist Schubert derjenige, über den das wenigste bekannt ist. In der Geschichtsschreibung genoss er einen sehr schlechten Ruf, den oft einfältige Enthusiasten mitverschuldet hatten. Viele Jahre lang stellte man ihn als einen gedankenlosen, wirrköpfigen Komponisten dar, der komponierte, ohne zu wissen, was er tat, kein Gefühl für gute oder schlechte Dichtung besaß, mit Armut geschlagen war, unbeliebt, ungewürdigt und so weiter. So ganz falsch waren diese Darstellungen allerdings nicht. Er lebte in einer düsteren, staubigen, schlecht möblierten Wohnung im ärmeren Teil von Wien und war ein kleiner, dicklicher Mann mit runden Schultern, was wenig zur Verbesserung seiner gesellschaftlichen Stellung beitrug.«

»Man beurteilt Genies oft vorschnell nach ihrem Äußeren«, sagte Maddox. »Ihr wahres Können offenbart sich jedoch in ihrem göttlichen, unsterblichen Werk.«

»Wie bei Wagner?«

»Ganz recht. Die bemerkenswerte Geschwindigkeit und Leichtigkeit, mit der Schubert selbst unter den ungünstigsten Bedingungen komponieren konnte, veranlasste einige seiner Freunde zu dem Glauben, er würde in einem Zustand der Trance schreiben.«

»War er übersinnlich begabt?«, fragte Marisa. »Oder besaß er einfach eine beeindruckende Fähigkeit zur Konzentration?«

»Schwer zu sagen«, grübelte Galen. »Er schien seine Meisterwerke oft mit der geheimnisvollen, instinktiven Begabung eines Genies zu verfassen. Er konnte Ereignisse, die er selbst nie erlebt hatte, in wunderbare Musikstücke von geradezu symmetrischer Schönheit verwandeln. Und irgendwo zwischen Melodie und Begleitung gelang es ihm, elegante und anmutige Kompositionen zu schaffen, die auch ohne Liedtexte den Eindruck von stürmischem Wind, rauschenden Blättern und raschelndem Gras erzeugten – die Wiegenlieder der Natur in ›Klangkunstwerke‹ verwandelt, wie er es gern nannte.

Obwohl Schubert der Sohn eines armen Schullehrers war, beherrschte er die Grundlagen seiner Kunst schon in sehr jungen Jahren und eignete sich umfangreiche Kenntnisse über die Vokal- und Instrumentalmusik an. Seit seinem dreizehnten Lebensjahr komponierte er und bewies dabei erstaunliche Fähigkeiten. Kurz gesagt, die Musik war sein Leben. Da er jedoch weder einflussreiche Freunde besaß noch seine Kompositionen vorzutragen vermochte, um ihnen auf diese Weise Gehör zu verschaffen, konnte er sich sein mageres Einkommen nur verdienen, indem er als Gehilfe in der Schule seines Vaters arbeitete. All die Jahre hindurch komponierte er weiter, und diese Plackerei hat ihn zu dem gemacht, wofür man ihn heute hält: einen geduldigen und gewissenhaften Mann, der für sein Werk unendliche Mühen auf sich genommen hat – eine Eigenschaft, die man den größten Genies zuschreibt.

Nur ein Komponist kann das seltsame Entzücken, das aus der musikalischen Inspiration erwächst, vollkommen begreifen. Weder der Maler, der seine Gedanken in Figuren und Farben kleidet, noch der Bildhauer, der seinen Träumen plastische Gestalt verleiht, und auch nicht der Schriftsteller, für den Worte nur das Rohmaterial für elegante Formulierungen und sprachliche Bilder sind, können das gleiche Vergnügen empfinden wie ein Künstler, der mit Klängen arbeitet. Doch obwohl Schubert diese Freude durchaus empfinden konnte, litt er regelmäßig unter Depressionen, die ihn oft in einen elenden Zustand versetzten.«

»Warum?«, fragte Marisa.

»Weil er erkannt hatte, dass die Behauptungen vieler seiner Kritiker gerechtfertigt waren. Er hatte eine große Schwäche: Es mangelte ihm an jeglichem kritischen Urteilsvermögen.«

»Wie meinen Sie das?«

»Er hatte kein Ohr – oder Auge, wenn man so will – für Literatur. Ein Sonnett von Shakespeare und ein Plakat, das für eine Varietévorstellung warb, nährten gleichermaßen seine Inspiration. Kurz gesagt, er besaß keinen Geschmack, was Poesie und Prosa anbelangte.«

»Aber wie steht es mit dem ›Erlkönig‹?«, fragte Galen. »Das war und ist eine bemerkenswerte Errungenschaft.«

Maddox schüttelte den Kopf. »Seine scheinbar brillante und geniale Entscheidung, Goethes Gedicht zu vertonen, war reiner Zufall. Das ist die Ironie des Ganzen: Das Gedicht an sich ist ganz hübsch, aber die Unsterblichkeit, die Schubert ihm verliehen hat, beinahe nicht wert.«

»Ich fürchte, ich kenne dieses Gedicht nicht«, warf Marisa ein. »Worum geht es dabei?«

Maddox nahm dies als Einladung, Goethes großes Werk zu rezitieren:

»Wer reitet so spät durch Nacht und Wind?
Es ist der Vater mit seinem Kind;
Er hat den Knaben wohl in dem Arm
Er fasst ihn sicher, er hält ihn warm.

Mein Sohn, was birgst du so bang dein Gesicht? –
Siehst, Vater, du den Erlkönig nicht?
Den Erlenkönig mit Kron' und Schweif? –
Mein Sohn, es ist ein Nebelstreif. –

›Du liebes Kind, komm geh mit mir,
Gar schöne Spiele spiel ich mit dir;
Manch bunte Blumen sind an dem Strand,
Meine Mutter hat manch gülden Gewand.‹ –

Mein Vater, mein Vater, und hörest du nicht,
Was Erlenkönig mir leise verspricht? –
Sei ruhig, bleib ruhig, mein Kind,
In dürren Blättern säuselt der Wind. –

›Willst, feiner Knabe, du mit mir gehn?
Meine Töchter sollen dich warten schön,
Meine Töchter führen den nächtlichen Rhein,
Und wiegen und tanzen und singen dich ein.‹ –

Mein Vater, mein Vater, und siehst du nicht dort,
Erlkönigs Töchter am düstern Ort? –
Mein Sohn, mein Sohn, ich seh es genau,
Es scheinen die alten Weiden so grau. –

›Ich liebe dich, mich reizt deine schöne Gestalt;
Und bist du nicht willig; so brauch ich Gewalt!‹ –
Mein Vater, mein Vater, jetzt fasst er mich an!
Erlkönig hat mir ein Leids getan! –

Dem Vater grausets, er reitet geschwind,
Er hält in Armen das ächzende Kind
Erreicht den Hof mit Mühe und Not;
In seinen Armen das Kind war tot.«

»Ein wenig düster, oder?«, sagte Marisa. »Warum hat es so ein trauriges Ende?«

»Vielleicht, weil das noch nicht die ganze Geschichte ist«, sagte Galen. »Soweit ich feststellen konnte, handelt es sich dabei um ein fast wörtliches Zitat aus einem Abschnitt des *Buch des Saturn*. Und weil dieses Buch mit großer Wahrscheinlichkeit vor Goethes Zeit entstanden ist ...«

»Wollen Sie damit sagen, dass Goethe von diesem Buch beeinflusst war?«, fragte Maddox.

»Ich weiß es nicht«, erwiderte Galen. »Ich konnte lediglich feststellen, dass Schubert das Buch zum damaligen Zeitpunkt gekannt haben musste. Möglich ist es. Fest steht jedoch, dass Schubert das Gedicht nur als einen Prolog vertont hat. Ich glaube – und seine Anmerkungen bestätigen das –, dass er das gesamte Buch umsetzen wollte.«

»Er hat also das Gleiche versucht wie Wagner, mit einem ähnlichen Buch, nur einige Jahrzehnte früher«, sagte Marisa.

»Nicht ganz. Wagner schrieb an neuem Material und benutzte dabei die eddischen Mythen als Quelle. Außerdem verfasste er sowohl Text als auch Musik. Schubert mangelte es an dichterischen Fähigkeiten, und er wollte deshalb einfach nur die Worte des Buches vertonen. Ich bin sicher, dass er mit großer Texttreue gearbeitet und ihn in wundervolle Musik verwandelt hätte – das Gesamtwerk wäre dennoch eher unförmig geworden. Wagner dagegen hatte eine solche Quelle nie längere Zeit zur Verfügung gehabt, auch wenn er die Fähigkeit besessen hätte, sie in angemessener Weise zu vertonen.«

»Sehen Sie nicht, dass sich da eine Entwicklung vollzogen hat?«, rief Marisa. »Wann hat Schubert mit der Arbeit am ›Erlkönig‹ begonnen?«

»Irgendwann um 1814.«

»Und Wagner begann beinahe fünf Jahrzehnte später mit der Überarbeitung des *Ring*s.«

»Richtig.«

»Begreifen Sie denn nicht?«, fragte Marisa.

»Ich glaube, langsam verstehe ich«, sagte Galen. »Die Musik-kenner Wiens schätzten Schubert vor allem wegen der Schönheit und Vielfalt seiner Lieder – seine großartigsten und ambitioniertesten Werke waren jedoch rein instrumental.«

»Ja, und sein neues Werk wäre es auch gewesen. Es konnte sich jedoch nur auf seine Inspiration stützen und nicht auf die Fähigkeit, die wirklich wichtigen Aspekte des Materials von den banalen zu unterscheiden«, sagte Marisa.

»Wie bedauernswert«, warf Maddox ein. »Beethovens Prophezeiung auf dem Sterbebett, dass Schubert einen Funken des göttlichen Feuers besaß und eines Tages die Welt in Aufruhr versetzen würde, hätte sich in eben einem solchen Werk erfüllen können.«

»Dazu sollte es wohl nicht kommen«, sagte Doktor Syntax.

»Ach wirklich?«, sagte Maddox ernst. »Schauen Sie doch nur einmal aus dem Fenster.«

Doktor Syntax schwieg und warf ihm einen finsteren Blick zu.

»Er hat sich seine Grenzen selbst gesteckt«, sagte Galen. »Obwohl er über ein besonderes Talent verfügte, war er schlecht belesen, leidenschaftslos und spießbürgerlich, hatte keine Ziele oder Ideale und gab sich einfach mit dem Leben zufrieden, so wie es war. Dennoch war er durch und durch besessen vom verzehrenden Feuer der Genialität.

Ein Merkmal dieses Feuers ist es«, fuhr Galen fort, »dass es eine reinigende Wirkung hat. Es brennt in einem Menschen alles weg, das unwürdig wäre, und veredelt über die Jahre alles, was gut ist. Und obwohl Schubert sich dessen nicht bewusst war, hat er größere Höhen erreicht, als er je für möglich gehalten hätte. Seine Neunte Symphonie, und die Achte, die so genannte ›Unvollendete‹, waren nicht das Letzte, was er geschrieben hat. Es ist weithin bekannt, dass es ein weiteres Werk gab – eine Symphonie, die im Lauf der Jahre verloren gegangen ist. So glaubte man jedenfalls. Sie ist nie aufge-taucht, nie vollendet oder zu seinen Lebzeiten aufgeführt worden, doch der Keim, aus dem sie wieder neu entstehen sollte, wurde fest in das Herz und die Seele eines anderen Mannes eingepflanzt.

Kurz vor Schuberts Tod ereignete sich ein außergewöhnlicher Vorfall. Einer seiner Anhänger brachte einen kleinen Jungen zu ihm, den er für ein musikalisches Wunderkind hielt. Schubert willigte ein, sich den Jungen anzusehen, und dieser gewann den Meister sofort für sich, indem er ihm das gesamte Leitmotiv seines ›Forellenquintetts‹ aus dem Kopf vorpfiff. Schubert war davon so bezaubert, dass er dem Kind ein altes Buch aus seinem Besitz schenkte. Dieses Buch sollte eines Tages große Bedeutung für den Mann haben, der aus dem Kind einmal werden würde – der Wagner-Verehrer Anton Bruckner.«

KAPITEL ACHT

Die Symphonie

»Bruckner. Bruckner«, murmelte Maddox. »Bruckner. Natürlich! Langsam erkenne ich ein Muster! Fahren Sie fort, Galen – erzählen Sie Ihre Geschichte zu Ende. Ich glaube, die Auflösung unseres Wagner-Rätsels ist in Sicht.«

»Wie Franz Schubert war auch Anton Bruckner ein Abkömmling mehrerer Generationen österreichischer Schulmeister«, sagte Galen. »In dem Dorf Ansfelden in der Nähe von Linz hatten Bruckners Großvater Joseph und sein Vater Anton ihr Leben dem eintönigen Alltag einer ländlichen Schule gewidmet, und Antons Geburt bedeutete wenig mehr als die Fortführung einer Familientradition. Bereits in seinem vierten Lebensjahr zeigte der kleine ›Tonerl‹, wie er genannt wurde, eine deutliche musikalische Veranlagung. Er spielte recht geschickt auf einer kleinen Fiedel, und es hieß, dass er oft unbekannte Melodien vor sich hin summte oder pfiff.«

»Noch ein Wunderkind«, sagte Marisa. »So wie Wagner und Schubert.«

»Ja, und dann auch wieder nicht – Bruckner unterschied sich in vielen Dingen grundsätzlich von den beiden. Die Vorstellung, den Beruf eines Musikers zu ergreifen, ist dem Jungen anscheinend nie in den Sinn gekommen. Alles schien vorherbestimmt: Sein Vater war Lehrer gewesen, also würde auch er Lehrer werden. Neben dem anstrengenden Musikunterricht widmete er sich deshalb dem autodidaktischen Studium verschiedener akademischer Fächer und wurde schließlich zum Studium in Linz zugelassen. Zugleich erhielt er eine Stelle als Organist in der örtlichen Kirche. Die übliche Gleichförmigkeit der Messen in der Dorfkirche wurde häufig von dem neuen Organisten unterbrochen, der eine starke Vorliebe für dramatische Harmonien hatte. Doch obwohl er gern improvisierte, hielt er sich dabei stets strikt an die so genannten Gesetze der Musik. Unendliche Gründlichkeit – der einzige Weg zur Perfektion – wurde ihm zur Besessenheit. Ohne es zu bemerken, ließ er Jahre der akademischen Disziplinierung die Oberhand über sein Genie gewinnen. Bruckners unersättliches Streben nach musikalischem Wissen fegte alle anderen Überlegungen beiseite. Er versuchte sich praktisch nie an eigenen Kompositionen, sondern vergrub sich stattdessen mit Herz und Seele in den kontrapunktischen Problemstellungen, mit denen seine Lehrer ihn überhäuften. Das konnte jedoch der Flut von Anerkennung nicht Einhalt gebieten, die ihm seine sagenhafte Fähigkeit der Improvisation über jedes beliebige Thema einbrachte.«

»Worin bestand nun seine Begabung?«, fragte Marisa. »Mir ist immer noch nicht ganz klar, was Bruckner zu etwas Besonderem gemacht hat.«

»Vor allem seine Konzentrationsfähigkeit«, sagte Galen. »Noch wichtiger waren jedoch zwei bemerkenswerte Methoden, die er entwickelt hat: Zum einen betrieb er seine Studien mit äußerster Genauigkeit und verfügte deshalb über ein größeres musikalisches Wissen als jeder andere Komponist vor und nach ihm. Zum anderen beschäftigte er sich intensiv mit Variationen fremder Themen und entdeckte dabei seinen eigenen Stil, während er sich zugleich all das zu Eigen machte, was vor ihm geschaffen wurde. Zeitzeugen haben behauptet, dass die Stapel musikalischer Übungen, die Bruckner verfasst hatte, vom Boden seines Zimmers bis zu den Tasten seines Klaviers reichten. Eine einzige dieser Übungen füllte einmal sechzehn Notenhefte, und sein Lehrer warnte ihn vor einer ›zu großen geistigen Anstrengung‹, versicherte ihm jedoch, dass er nie einen ernsthafteren Schüler gehabt hätte.

Die größte Prüfung seines Lebens war die Beurteilung seiner Leistungen durch das höchste musikalische Tribunal Europas, eine Kommission, die aus fünf der angesehensten Koryphäen für Musik in Wien bestand. Seinem Antrag wurde stattgegeben, und Bruckner wurde die Ehre zuteil, die ›Kampfarena‹ selbst auswählen zu können. Wie üblich schrieb einer der Prüfer ein kurzes Thema und legte es den anderen zur Zustimmung vor. Aus reiner Boshaftigkeit verdoppelte jedoch einer der Prüfer die Länge des Themas und verwandelte damit eine einfache Gelehrten-Prüfung in eine Aufgabe, die nur von einem Meister bewältigt werden konnte. Der Zettel mit dem Thema wurde schließlich an Bruckner weitergereicht. Dieser studierte ihn eine Zeit lang ernsthaft, und die Richter, die den Grund für sein Zögern falsch deuteten, lächelten wissend.

Plötzlich begann Bruckner jedoch zu spielen – zunächst eine einfache Einleitung, die sich aus Bruchstücken des vorgegebenen Themas zusammensetzte und allmählich auf die vorgeschriebene Fuge zusteuerte. Schließlich brach die Fuge selbst auf spektakuläre Weise hervor, und es war keine Fuge, wie man sie von einem Hochschulabsolventen hätte erwarten können, sondern die lebendige Verkörperung einer kontrapunktischen Phillipika. Mit der Respekt einflößenden Herrlichkeit eines Donnerschlags aus heiterem Himmel stürmte ihre Erhabenheit auf die Ohren der fünf Prüfer ein und überwältigte diese vollkommen. Als Bruckner schließlich gebeten wurde, auf der Orgel frei zu improvisieren, bewies er eine so hervorragende Beherrschung des Instruments, dass die Richter endgültig den Gedanken aufgaben, zur Beurteilung eines solchen Talents qualifiziert zu sein.

Allerdings war noch jemand bei dieser Vorführung anwesend: ein Musiklehrer, der Bruckner kurze Zeit später davon überzeugte, dass nur das gründlichste Studium das wahre Ausmaß seiner Fähigkeiten zu Tage fördern könne. Und so begann der große Künstler, der sich bereits auf das mittlere Lebensalter zubewegte, sich erneut bescheiden und verzweifelter als jeder Schuljunge in die Berge veralteter musikalischer Dogmen zu vergraben, die ihm sein neuer Mentor vorlegte – Doktor Syntax.«

Alle im Raum erstarrten, wenn auch aus verschiedenen Gründen. Galen erholte sich als Erster und blickte die anderen scharf an. »Was? Was habe ich da gerade gesagt?«

»Den Namen von Bruckners Lehrer, der ihn zu diesen Studien überredet hat«, sagte Maddox. »Wie lautete er noch einmal?«

»Syntax. Doktor Syntax.«

Bei diesen Worten warfen Marisa und Maddox dem Namensvetter Syntax, der sich offensichtlich nervös auf die Lippe biss, einen fragenden Blick zu. Einige Sekunden später hatte auch Galen begriffen.

»Ihr Name ist Syntax.«

»Schuldig gemäß der Anklage.«

»Wir haben es also mit einem Mitglied der Familie zu tun«, sagte Galen schroff. »Das macht die ganze Sache noch interessanter. Wenn hier eine Verschwörung am Werk ist, reicht sie mehr als zweihundert Jahre zurück.«

Überraschenderweise lachte Doktor Syntax laut auf.

»Eigentlich ist sie noch sehr viel älter«, sagte der Direktor. »Aber für das weitere Geschehen spielt das wohl keine Rolle mehr, weil sie nun möglicherweise gar nicht erst zustande kommen wird.«

»Eine zweihundert Jahre alte Verschwörung, die noch nicht begonnen hat?«, fragte Maddox. »Wie soll das funktionieren?«

»Erzählen Sie weiter, Galen«, sagte Marisa. »Ich glaube, wir werden es sehr bald herausfinden.«

Galen blickte zu Maddox hinüber und dann zu Doktor Syntax, der weder zustimmte noch Einwände erhob, sondern einfach nur dasaß und sie beobachtete.

»Worauf ich hinauswollte«, fuhr Galen hastig fort, »ist, dass die gigantischen Konzepte von Bruckners eigenen Symphonien ohne diese eintönigen Jahre des intensiven Studiums vielleicht gar nicht erst entstanden wären. Und der Anlass, der dieses Wunderkind schließlich doch dazu brachte, selbst zu komponieren, war Wagner.

Die Musik der Oper *Tannhäuser* war für Bruckner Kampfansage und Aufruf zu schöpferischer Freiheit zugleich. Er war dem Meister noch nie persönlich begegnet, doch Wagners Werk bestimmte von nun an den Weg des Komponisten und trieb ihn zu bis dahin unerreichten Höhenflügen an. Schon mit seiner ersten Schöpfung, der wunderbaren Messe in d-Moll, schenkte dieser neugeborene Bruckner der Welt ein bedeutendes Werk, das an Tiefe und Ausdruckskraft vielleicht von keinem anderen in der Geschichte der Musik übertroffen wird. Für seine Komposition benötigte er nur drei Monate.

1865 begann Bruckner an seiner ersten Symphonie zu arbeiten und erhielt schließlich die Gelegenheit, seinen geistigen Mentor kennen zu lernen. Dieser schloss den ernsthaften, aufrichtigen Österreicher sofort ins Herz und räumte ihm sozusagen einen Platz an der Wagnerschen Tafelrunde ein. Bruckners Verehrung für Wagner war so gewaltig, dass er sich in Gegenwart des Meisters nicht einmal setzen wollte. Und nach ihrer ersten Begegnung konnte Wagner in Anton Bruckners Wertschätzung von niemandem übertroffen werden.

Am 14. April 1866 vollendete Bruckner seine erste Symphonie. Ihre erste Aufführung 1868 war allerdings nicht von Erfolg gekrönt, und der Komponist legte die Entwürfe für zwei neue Symphonien erst einmal beiseite. Entmutigt beschloss er, eine Weile mit dem Komponieren aufzuhören, und begab sich auf eine Konzerttournee durch Frankreich, die auf große Begeisterung stieß. Bald war man sich überall einig, dass Bruckner der größte Organist seiner Zeit sei. Seine nächste Symphonie wurde besser aufgenommen und führte in einem hohen Bogen zur dritten ...«

»Der Wagner-Symphonie«, sagte Maddox. »Eines passt zum anderen, nicht wahr?«

»In der Tat. Irgendwann brachte Bruckner den Mut auf, Wagner um seine Empfehlung als Künstler zu bitten, die dieser ihm – sehr zu seiner Freude – aus vollem Herzen und mit Segenswünschen zusicherte. Die vierte Symphonie, an der er zur damaligen Zeit bereits arbeitete und die den Titel ›Die Romantische‹ trug, wurde am 22. November 1874 vollendet. Bruckner arbeitete zwei Jahre an der Komposition der fünften oder ›Tragischen‹ Symphonie, sollte die Aufführung seines Werks jedoch nicht mehr erleben. 1876 lud ihn Wagner zu den ersten Aufführungen seines *Rings* nach Bayreuth ein, und die beiden großen Musiker unterhielten sich noch einmal über die Wagner-Symphonie.«

»Ich erinnere mich an ihn«, sagte Maddox. »Bruckner bei der Aufführung des *Ring des Nibelungen* zu beobachten, hieß jemanden zu sehen, der wahrhaftig glaubte, vom Licht Gottes berührt worden zu sein.«

»Das hatte er auch dringend nötig«, sagte Galen. »Aufgrund eines schweren Nervenzusammenbruchs, der sicherlich auf Überanstrengung zurückzuführen war, verbrachte er den Sommer 1880 auf einer Kur in der Schweiz. Kurz darauf zog er sich ein Fußleiden zu, das ihn ans Bett fesselte. Trotz dieser deprimierenden Umstände bot er all seine geistige Kraft auf, um an seiner Sechsten Symphonie weiterzuarbeiten, als sei das ganze Missgeschick nur eine göttliche Probe seines Glaubens.

Im Juli 1882 unternahm er eine kurze Reise nach Bayreuth, um sich die erste Aufführung des *Parsifals* anzusehen. Jeden Morgen besuchte er Wagner, und am Ende der Woche trafen sie sich zum Abendessen. Als sie sich an diesem Abend voneinander verabschiedeten, sollten dies die letzten Worte sein, die sie in dieser Welt jemals miteinander wechseln würden – bis auf eines. Es heißt, dass der jüngere Komponist mitten in der Schöpfung seiner Siebten Symphonie eine Vorahnung gehabt hatte, die zur Entstehung des wunderbaren Adagios führte, mit dem er Wagner majestätischen Tribut zollte.

Zufälligerweise erfuhr Liszt von dieser Komposition und sprach Bruckner aus Sorge um Wagner darauf an. Die beiden verbrachten die gesamte Nacht tief im Gespräch versunken. Als Wagner-Anhänger hatte Liszt insgeheim geglaubt, dass die Leute seine symphonischen Gedichte erst würden verstehen können, wenn sie die musikalischen Dramen seines Schwiegersohnes zu schätzen gelernt hatten. Doch Bruckners Werk überzeugte ihn davon, dass der Komponist etwas war, das zu finden er nie zu hoffen gewagt hatte: ein verwandter Geist.

Aus Sorge, Bruckners Vorahnung könnte sich bewahrheiten, brachen die beiden noch in derselben Nacht auf, um ihren kranken Freund zu besuchen. Vielleicht hatte Wagner selbst ein ungutes Gefühl, denn als sie ankamen, enthüllte er ihnen nicht nur sein Vorhaben, eine vollkommenere Fassung der *Ring*-Tetralogie zu schreiben, sondern auch seine gesamten Quellen – darunter die Ur-Edda, die wir ihm nur wenige Monate zuvor gebracht hatten. Bruckner erkannte das Buch, oder zumindest den Stil, in dem es verfasst war. Es war beinahe identisch mit einem Buch, das er schon seit langem besaß, allerdings aus Zeitmangel nie eingehender untersucht hatte. Der alternde Schubert hatte es ihm in seiner Kindheit geschenkt – *Das Buch des Saturn*. Und dessen vergilbte Seiten bargen einen unerwarteten Schatz: die einzige existierende Abschrift von Schuberts verschollener Symphonie.«

»Kurze Zeit später starb Wagner. Und die Früchte seiner Arbeit mitsamt der unausgesprochenen Aufforderung, sie zu vollenden, gingen in den Besitz Anton Bruckners über. Im Sommer 1884 begann Bruckner an mehreren neuen Symphonien zu arbeiten: an der Siebten – seiner berühmtesten und beliebtesten –, der Achten oder ›Unvollendeten‹ Symphonie und an der Neunten. Er begann außerdem mit zwei weiteren, von denen er die eine später verwarf, während die andere verloren gegangen ist. Im Sommer 1886 fuhr er nach

Bayreuth und kam gerade noch rechtzeitig, um bei Liszts Beerdigung zugegen zu sein. Als Bruckner an der Orgel mit Melodien aus dem *Parsifal* einen ›Grabgesang‹ improvisierte, schien er damit das Ende des goldenen Zeitalters der Musik im neunzehnten Jahrhundert einzuläuten.

In Wien war man zu diesem Zeitpunkt von Bruckners Können vollkommen überzeugt. Eine Gruppe wohlhabender Österreicher fand sich zusammen, um die finanziellen Mittel aufzubringen, die den Komponisten von seinen anstrengenden akademischen Pflichten befreien sollten. So standen ihm die letzten fünf Jahre seines Lebens zur freien Verfügung. Im Sommer 1893 war er die wichtigste Persönlichkeit bei den Bayreuther Festspielen. Eine ganze Heerschar von Bewunderern begrüßte voller Begeisterung seine Ankunft, und in dem Durcheinander verschwand der Koffer, in dem sich die Entwürfe für seine Neunte Symphonie befanden. Nach vielen bangen Stunden konnte der Komponist ihn schließlich zu seiner großen Erleichterung von einer Polizeiwache abholen.«

»Hat man jemals herausgefunden, was mit dem Koffer geschehen war?«, fragte Marisa.

»Nein. Er ist einfach verschwunden und wurde schließlich bei der Polizei abgegeben. Während seines Aufenthalts in Bayreuth pilgerte Bruckner jeden Tag zu Wagners Grab. Nachts komponierte er, wann immer er eine Eingebung hatte, beim Licht zweier Kerzen. Nach dem Sommer hatte sich Bruckner genügend erholt, um in die ländliche Gegend seiner Jugendjahre zurückzukehren. Seinen siebzigsten Geburtstag feierte er eher ruhig, wie es der Wiener Arzt, der ihn begleitete, angeordnet hatte.«

»Kurze Zwischenfrage«, sagte Maddox, »Sie kennen nicht zufällig den Namen dieses Arztes, oder?«

»Tut mir Leid, nein«, erwiderte Galen. »Wieso?«

»Nur so«, sagte Maddox und warf Doktor Syntax einen argwöhnischen Blick zu.

»Wie sich herausstellen sollte, handelte es sich bei der

scheinbar raschen Besserung von Bruckners Gesundheitszustand nur um eine kurze Gnadenfrist. Noch ein letztes Mal stand er vor seinen geliebten Studenten, und von diesem Zeitpunkt an verschlechterte sich sein Befinden ständig. Selbst sein Geisteszustand litt unter starken Schwankungen. Bruckner sah sich gezwungen, die Arbeit an seiner Neunten Symphonie am Ende des dritten Satzes abzubrechen – das schönste Adagio, das er je komponiert hatte, wie er Freunden erzählte. Aus Entwürfen, die nach seinem Tod unter den Hinterlassenschaften gefunden wurden, hat man geschlossen, dass er dem Werk noch ein rein instrumentales Finale hinzufügen wollte, das vom Stil her dem Schlussteil seiner ›Tragischen Symphonie‹ ähnelte. Diese Noten sind falsch interpretiert worden: Sie waren nicht als Ergänzung gedacht, sondern stellten den Anfang einer vollkommen neuen Symphonie dar – der Zehnten.

Bruckner sollte sie jedoch nie vollenden können. Die letzte Musik, die er sich in der Öffentlichkeit anhörte, war Wagner. Bruckner lag im Sterben. Am letzten Morgen seines Lebens, einem heiteren Sonntag, hatte er sich mit den Entwürfen für das Finale seiner Neunten Symphonie beschäftigt. Sein Zustand schien keinen Anlass zur Beunruhigung zu geben. Doch um drei Uhr nachmittags klagte er darüber, dass ihm kalt sei, und bat um eine Tasse Tee. Ein Freund, der gerade bei ihm war, brachte ihn zu Bett. Kaum hatte Bruckner es sich jedoch bequem gemacht, da atmete er noch ein- oder zweimal schwer und entschlief.

Mit dem Tod Anton Bruckners war auch meine Suche beendet. Ich war auf die Lösung gestoßen, die ich nach Judas Anweisungen in den Leben drei der größten Komponisten, die jemals eine Melodie ersonnen haben, finden sollte.«

»Und was für eine Lösung war das?«, fragte Maddox.

»Eine äußerst einfache«, sagte Galen. »Jedenfalls als erst einmal alle Teile des Mosaiks an ihrem Platz lagen. Bei Bruckners Zehnter Symphonie handelte es sich um die gleiche Komposition wie Schuberts verschollene Symphonie, und beide waren identisch mit der unvollendeten Komposition, die Wagner solche Mühen bereitet hatte: das wahre Herz der Ur-Edda, welche die Geschichte der Nibelungen mit denen der Erlkönige verband. Schubert besaß die entsprechenden musikalischen Fähigkeiten, war jedoch nicht in der Lage, das Material zu bearbeiten oder zu übersetzen. Wagner konnte mit dem Material umgehen, lebte aber nicht lange genug, um seine Arbeit vollenden zu können. Nur Bruckner verfügte über Fähigkeit, Wissen, musikalisches Gespür und literarische Kenntnis, um das Werk des Meisters mit seiner eigenen Komposition zu verschmelzen.«

»Eine Frage«, sagte Marisa. »Dieser Juda hat behauptet, die Ur-Edda in Meru gefunden zu haben, während Maddox sagte, er hätte sie von Madam Blavatsky in Indien erhalten. Wenn Maddox und Liszt das Buch nach Europa gebracht haben und es sich bis zu Bruckners Tod in dessen Besitz befunden hat, wer hat es dann nach Meru gebracht?«

Maddox schenkte ihr ein warmes Lächeln. »Das kann ich beantworten. In der Nacht vor Bruckners Tod sah ich eine zierliche, schöne Frau in sein Haus gehen. Sie blieb nur wenige Minuten, und als sie das Haus im Eilschritt wieder verließ, trug sie ein großes Paket bei sich. Ich bin überzeugt, dass sich darin sowohl die Ur-Edda als auch das *Buch des Saturn* befanden.«

»Woher wollen Sie das wissen?«, fragte Galen. »Haben Sie einen Blick darauf werfen können?«

»Leider nein«, sagte Maddox, »aber es kann nicht anders gewesen sein. Ich habe die Frau nur noch ein weiteres Mal gesehen, bei Bruckners Beerdigung. Und erst da, bei Tageslicht, habe ich sie erkannt. Sie war eine viel versprechende, wenn auch noch nicht sonderlich bekannte junge Opernsängerin. Die Tiefe ihres Charakters und ihr Wissensdurst müssen Bruckner davon überzeugt haben, ihr die Bücher anzuvertrauen. Kurze Zeit später gab sie ihre Karriere auf und verbrachte den größten Teil ihres restlichen Lebens – soviel davon bekannt geworden ist – im Fernen Osten, insbesondere in Tibet.«

»Alexandra David-Neel«, sagte Galen.

»Woher wussten Sie das?«, rief Maddox aus.

»Juda ... er ist ihr in Tibet begegnet.«

»Sie meinen doch wohl nicht ...«, setzte Maddox an.

»Doch«, sagte Galen. »Die Frau, die die Manuskripte nach Meru zurückgebracht hat, war Judas Ankoritin A – Alexandra David-Neel.«

»Ich möchte nicht allzu skeptisch klingen«, sagte Marisa, »aber welchen Beweis haben wir dafür, dass das alles mehr ist als bloße Vermutung?«

»Sie haben sie gefunden, nicht wahr?«, sagte Maddox grinsend zu Galen. »Sie haben das verdammte Ding gefunden.«

»Ja. Juda und ich, wir haben die unvollendete Symphonie aufgespürt«, sagte Galen. »Sie befand sich im Besitz dessen, der als Letzter an ihr gearbeitet hatte: Anton Bruckner. Jemand hatte sie in einer kleinen Schachtel in seinen Sarg gelegt.«

Maddox zuckte zusammen. »Sie haben Bruckners Grab geöffnet?«

»Darauf bin nicht stolz«, sagte Galen. »Allerdings war ich damals nicht ganz ich selbst.«

»Eines verstehe ich immer noch nicht«, sagte Marisa. »Wozu haben Sie dieses Musikstück überhaupt gebraucht? Was war daran so wichtig?«

»Das war Judas Anteil an der Sache«, sagte Galen. »Sehen Sie, er wollte die Musik umwandeln in ...«

Galen sprach den Gedanken nicht zu Ende. Marisas

Aufschrei unterbrach ihn, laut und schrill und durchaus nicht ohne Grund.

In der offenen Tür stand Monty und ließ selbstgefällig einen Schlüsselring um seinen Finger kreisen. Hinter ihm standen Lex und Peter, die böse lächelten.

»Seid gegrüßt«, sagten sie im Chor. »Jetzt fängt der Spaß erst richtig an.«

»Wie sind Sie hereingekommen?«, keuchte Doktor Syntax. »Ich dachte, Sie könnten nicht durch Metalltüren gehen.«

»Das haben wir auch gedacht«, sagte Monty. »In den letzten Tagen haben wir jeden erdenklichen Zauberspruch ausprobiert und sogar ein paar neue erfunden. Dann kam uns der Gedanke, dass statt Magie vielleicht ein Schlüssel funktionieren würde. Also haben wir Ihr Büro gründlich durchsucht, bis wir einen Satz Reserveschlüssel gefunden haben – und hier sind wir.«

Obwohl es im Zimmer sehr hell war, wurden die Schatten zunehmend länger, als würde das Licht hinausgesaugt. Vor ihren Augen schienen die Magier aufzuleuchten und sich zu verwandeln. Sie wurden größer, hagerer und gebeugter. Ihre Gesichter nahmen einen raubtierhaften Ausdruck an, und ihre Hände verwandelten sich in Klauen.

Bevor irgendjemand sich rühren konnte, schlug Monty blitzschnell zu und warf Maddox zu Boden. Peter näherte sich Galen, während Lex zu Marisa und Doktor Syntax hinüberging.

»Wissen Sie, Herr Maddox«, sagte Doktor Syntax, »jetzt wäre vielleicht der richtige Zeitpunkt, um diese Retterin in der Not herbeizurufen, von der Sie immer gesprochen haben.«

Marisas Blick sagte Maddox, dass sie derselben Meinung war, und er brauchte Galen nicht anzusehen, um zu wissen, dass er das Gleiche dachte. Er rappelte sich auf, machte einen großen Schritt auf die verdutzten Magier zu und warf seine Arme in die Höhe.

»Kommt jetzt der unterhaltsame Teil des Abends?«, fragte Monty.

»Keine Ahnung«, sagte Lex. »Ich dachte, wir wären nur wegen der Erfrischungen hier.«

Maddox holte tief Luft und flüsterte einen Namen. »Idun.«

»Was war das?«, fragte Peter. »Hat er gesagt, ich sei ›dumm‹?«

Maddox rief den Namen noch einmal, etwas lauter. »Idun.«

»Das wird mir jetzt zu langweilig«, sagte Peter. »Ich werde sein Herz essen. Will jemand etwas davon abhaben?«

»Nein, danke«, sagte Lex. »Ich will die Jungfrau. Das erste Blut ist das beste, so sagt man jedenfalls.«

»Maddox!«, schrie Marisa. »Versuchen Sie es noch einmal!«

»Idun!«, brüllte Maddox, fiel auf die Knie und streckte die Arme aus. »Idun, hilf uns!«

Einen Augenblick lang verstummten beide Parteien und warteten auf die Folgen dieser ungewöhnlichen Aktion. Dann begann Peter erstaunlicherweise zu zittern und sank vor Maddox auf die Knie.

Maddox hielt den Atem an.

Peter hob seine Arme und schrie: »Charly!«

Die anderen sahen sich an.

Er holte tief Luft und rief noch einmal: »Charly!«

»Was?«, sagte Maddox.

»Charly!«, schrie Peter ein drittes Mal. »Ich hätte was werden können! Zumindest 'n Klasse-Boxer. Ich hätte wer sein können!«

Marisa blickte zu Galen hinüber. »Macht er jetzt Marlon Brando nach?«

»Ich glaube schon«, sagte Galen.

»Gut erkannt«, sagte Peter zu Marisa. »Dafür werde ich dich als Letzte töten.«

Seine Muskeln spannten sich sprungbereit. Er sollte jedoch nicht weit kommen. Bevor einer von ihnen sich rühren konnte, zuckte ein Blitzschlag durch das kleine Fenster und setzte den Magier in Brand.

»Donnerwetter«, sagte Marisa.

»Himmel Herrgott«, sagte Galen.

»Heilige Scheiße«, sagten Lex und Monty im Chor.

Maddox strahlte. »Das kommt davon, wenn man sich mit meiner Dame anlegt.«

Marisa starrte ihn an. »Sie wussten, dass das passieren würde?«

Maddox setzte eine betont draufgängerische Miene auf. »Äh, ja. Natürlich.«

Die übrigen Magier tauschten einen Blick.

»Schwindler?«, fragte Monty.

»Glückspilz«, erwiderte Lex.

»Sollten wir ihn trotzdem lieber als Ersten töten?«, erkundigte sich Monty.

»Einverstanden«, sagte Lex.

Die beiden von einer glühenden Aura umgebenen Magier erhoben sich rechts und links von Maddox, der wie besessen seine Beschwörung wiederholte, in die Luft.

»IdunIdunIdunIdunIdunIdun«, stammelte er und blickte hoffnungsvoll zum Fenster hinüber. Nichts geschah. »Mist«, sagte Maddox.

Im selben Augenblick schlug Lex mit einer krallenbewehrten Hand nach ihm und schleuderte ihn quer durch den Raum.

»Kommen Sie schon«, sagte Galen zu dem in der Ecke kauernden Syntax. »Es steht immer noch vier gegen zwei!«

»Ach wirklich?«, sagte Monty und machte eine Geste in Richtung der offenen Tür. »Das haben wir gleich.«

Auf der Treppe des Turms war ein kratzendes Geräusch zu hören, als würde etwas Wuchtiges über den Stein schleifen. Schatten tauchten auf – die Schatten zweier gewaltiger Kreaturen mit Mähnen und breiten, sich windenden Schwänzen.

Mantikore.

Und sie versperrten den einzigen Fluchtweg. Die Fenster waren zu klein um hindurchzukriechen, selbst wenn sie es mit den Magiern auf den Fersen hätten versuchen wollen.

Mit grimmiger Miene hob Galen einen Stuhl hoch und wandte sich der Tür zu.

»Treten Sie zurück«, sagte er zu Marisa, die Lex wachsam beobachtete und sich für einen Kampf bereit machte, während Maddox sich aufrappelte und Monty entgegentrat.

»Ich werde sie ablenken. Dann können Sie an ihnen vorbei zur Treppe laufen.«

Für einen heroischen Plan, dachte Marisa, wirklich erstklassig. Als sie einen Blick auf die Kreaturen erhaschte, wurde ihr allerdings nur zu schnell klar, dass bereits eine davon es mit ihnen allen aufnehmen konnte. Die Monster waren so riesig, dass nur jeweils eines seinen Kopf durch die Tür stecken konnte.

»Wissen Sie«, sagte Maddox, »ich habe mich schon immer brennend für atlantische Magie interessiert.«

»Netter Versuch«, sagte Monty und wandte sich den Mantikoren zu. »Rex! Bello! Holt sie euch!«

Während die Auseinandersetzung in eine Katastrophe umzuschlagen drohte, fiel Marisas Blick auf Doktor Syntax. Dieser kauerte nicht einfach nur in der Ecke, sondern hantierte hastig an einem Gerät herum, das aussah wie ein Taschenrechner mit verschiedenen Rädchen.

Einen Augenblick später weckte etwas anderes ihre Aufmerksamkeit. Ein dunkelhaariger, schlanker Mann war plötzlich wie ein Geist in der Mitte des Raumes erschienen.

»Seid gegrüßt«, sagte er zu niemand Bestimmtem. »Was zum Teufel geht hier eigentlich vor?«

»Sie!«, rief Galen aus. »Was ...«

»Keine Zeit, Herr Rektor«, erwiderte der Mann, als er die beiden Mantikore entdeckte. »Wem gehören die?«

»Denen da«, rief Marisa und wies auf Lex und Monty. »Den Magiern!«

»Magier, was? Galen, sagen Sie ihnen, dass sie aufhören sollen.«

»Wie bitte?«

»Galen!«, fauchte der Neuankömmling. »Sie müssen es ihnen befehlen. Gebieten Sie ihnen Einhalt.«

»Aber ich ...«

»Tun Sie es!«

Galen zögerte. Der Anführer der Mantikore nutzte den Augenblick, um seinen Schwanz durch den Raum peitschen zu lassen und ihm damit brutal in die Seite zu schlagen. Galen flog durch die Luft und prallte heftig gegen die massive Tür. Er rollte herum und wandte sich seinen Angreifern zu. Wut und Schmerz ließen seine Augen aufleuchten, und seine Stimme war von Macht und Autorität erfüllt.

»Aufhören!«

Gehorsam erstarrten alle in der Bewegung, selbst die Mantikore.

Der schlanke Mann machte einen Schritt auf Galen zu und streckte ihm eine Hand entgegen, die dieser ergriff. Galen erhob sich und trat auf die Magier zu.

»Schickt diese Kreaturen fort!«

Ohne zu zögern machte Lex eine Handbewegung, und wenige Augenblicke später waren die beiden grässlichen Ungeheuer verschwunden.

Der geheimnisvolle Mann legte Galen beruhigend eine Hand auf die Schulter. »Als Nächstes sagen Sie ihnen ... was immer Sie wollen. Sie stellen jetzt keine Bedrohung mehr für Sie dar.«

Galen richtete seinen Blick auf die zitternden Magier, die in sich zusammengeschrumpft waren und wieder eher den zurückhaltenden Professoren glichen, die sie einmal gewesen waren.

»Ihr habt beeindruckende Fähigkeiten gezeigt. Von nun an werdet ihr sie nie wieder benutzen.«

Beide nickten ergeben.

Galen warf seinem Berater von der Seite einen Blick zu. »Sie haben behauptet, Magier von der Insel Atlantis zu sein?«

»Das hat sie gesagt«, erwiderte der Mann und wies auf Marisa.

»Gut«, sagte Galen und wandte seine Aufmerksamkeit wieder den beiden Magiern zu. »Dann kehrt dorthin zurück. Auf der Stelle.«

Monty blinzelte verwirrt. »Ohne unsere Kräfte? Sollen wir etwa dorthin *laufen*?«

»Ja. Genau das war meine Absicht.«

»A-aber«, stammelte Lex, der sich noch immer ein wenig gegen den Befehl sträubte, »Atlantis liegt unter Wasser.«

»Und? Worauf willst du hinaus?«

Monty und Lex zögerten noch einen Augenblick, dann verneigten sie sich und verließen den Raum.

»Nun«, sagte der Mann, »vor denen sollten wir erst einmal Ruhe haben.«

»Ich verstehe das nicht«, sagte Marisa. »Warum haben sie sich Galens Befehlen so einfach gefügt?«

»Weil«, erwiderte der Mann, »sie trotz ihres veränderten Äußeren noch immer als Professoren an der Universität angestellt sind, in der Galen Rektor ist. Er musste nur von seiner Autorität Gebrauch machen.«

»Woher wussten Sie, dass ein solches Wagnis funktionieren würde? Wer zum Teufel sind Sie überhaupt?«

Er zuckte mit den Achseln, ging auf sie zu und streckte ihr seine Hand entgegen. In diesem Augenblick fiel das Licht des Korridors auf ihn und sie schnappte nach Luft, als sie sein Gesicht erkannte.

»Zum einen habe ich es nie für ein Wagnis gehalten. Der Mensch ist in seinem Herzen ein Tier, und ein Tier erkennt immer, wenn ihm ein Artgenosse überlegen ist. Und um ihre zweite Frage zu beantworten, an die sich, ihrem Gesichtsausdruck nach zu urteilen, noch eine dritte anschließt: Mein Name ändert sich je nach Bedarf. Ja, Sie sind mir schon

einmal begegnet, damals war ich der Illusionist Obskuro –
ein Name, den ich nicht mehr benutze. Aber von nun an
können Sie mich Juda nennen.«

ZWISCHENSPIEL

Die Höhle

In der Höhle im Berghang war es heiß und trocken. Darauf hatten sie sich eingestellt. Es lag jedoch ein leichter Jasmingeruch in der Luft, über den sich jene Mitglieder der Zusammenkunft, die ihn bemerkten, maßvoll wunderten. Allerdings waren auch nur wenige von ihnen schon einmal im Inneren eines Grabes gewesen und hatten deshalb keine Vorstellung von den Gerüchen, die an ihre Nase dringen mochten. Falls sie sich irgendwelche Sorgen wegen des aufdringlichen Gestanks von Salben, Flüssigkeiten und verwesendem Fleisch gemacht haben sollten, so wurden diese bei ihrem Eintritt zerstreut – das Grab war leer.

Sollte einer von ihnen früher eingetroffen sein, hatte dies zumindest niemand bemerkt. Die Mitglieder des Quorums waren praktisch alle zur gleichen Zeit angekommen, soweit die Grenzen der Wahrnehmung eine solche Feststellung zuließen. Um jedes müßige Gerede zu verhindern, räusperte sich der alte Mann, der Älteste unter ihnen, und bat um Aufmerksamkeit.

»Wir haben ein Problem.«

Ein sehr viel jüngerer Mann trat vor. »Wann?«

Der alte Mann seufzte schwer. »Ich bin mir nicht ganz sicher. Ich bin gerade von Pangäa zurückgekehrt ...«

»Ich wusste es!«, rief einer der Jüngeren. »Dreihundert Millionen Jahre! Und ihr habt euch alle über mich lustig gemacht, weil ich es mit in den Kalender aufgenommen habe!«

Die anderen sahen ihn verwirrt an. »Siebzehn«, sagte einer der älteren Männer, »bist du verrückt? Das ist nicht möglich, nicht einmal innerhalb einer *Langen Rechnung.*«

»Doch«, sagte der erste Sprecher, »ich bin selbst dort

gewesen. Und das ist genau das Problem: Meine Anwesenheit dort hat einen Endpunkt geschaffen. Die Schlaufe hatte sonst keine weitere Bedeutung.«

»Das heißt dann wohl, dass das ganze Unterfangen eine einzige riesige Zeitverschwendung gewesen ist«, sagte einer der Jugendlichen und wedelte resigniert mit den Ärmeln seines Umhangs.

»Ach, halt die Klappe, Dreiundvierzig«, sagte Zwölf. »Du hast hier nicht den höchsten Rang.«

»Ich meine ja nur«, erwiderte Dreiundvierzig beleidigt.

»Was bedeutet das, Eins?«, fragte ein anderer Mann den ersten Sprecher.

»Ich vermute, dass die gegenwärtige Umkehrung viel bedeutsamer ist, als wir ursprünglich angenommen haben«, sagte der alte Mann.

»Das kann ich bestätigen«, sagte ein Mann, den die anderen Fünfzehn nannten. »Besonders seit einer Stunde Echtzeit.«

»Wieso? Was ist passiert?«

Fünfzehn blickte finster drein. »Eine Wende wurde eingeleitet. Irgendjemandem ist es gelungen, die Galder-Umkehrung wieder rückgängig zu machen.«

Sofort erfüllte eine Kakophonie von Rufen und ungläubigem Geschrei die Höhle.

Der alte Mann ließ den anderen einige Augenblicke Zeit, dann bat er erneut um Ruhe.

»Eine Wende?«, fragte Vier überrascht. »Wovon sprichst du, Fünfzehn? Das kann nicht sein Ernst sein, Eins, oder?«

»Oh doch, und ich meine es ebenfalls ernst«, sagte Eins. »Es wurde tatsächlich eine Wende eingeleitet, denn jetzt erinnere auch ich mich daran. Und alle, die älter sind als Fünfzehn, sollten sich ebenfalls daran erinnern können.«

Dreizehn Köpfe nickten im Gleichtakt. Sie erinnerten sich an das Ereignis, das in diesem Augenblick Teil ihrer Zeitschlaufe geworden war.

»Mist«, sagte Vier.

»In der Tat«, sagte Elf. »Mist.«

»Meine Meinung«, sagte Acht. »Sogar ein ganzer Misthaufen.«

»Was sollen wir nun machen?«, fragte Zwölf. »Ist jetzt alles vorbei?«

»Nein«, sagte Eins und schüttelte den Kopf. »Die Umkehrung ist immer noch im Gange, auch wenn sie rückwärts läuft. Vierzehn kann immer noch ihren Verlauf ändern.«

»Was hat das mit deinem Sprung nach Pangäa zu tun?«, fragte Siebzehn. »Gibt es da einen Zusammenhang?«

»Möglicherweise«, meldete sich ein Kind zu Wort. »Ich glaube, ich verstehe, worauf Eins hinauswill. Der Endpunkt erhielt deshalb Bedeutung, weil er dorthin gesprungen ist. Die Punkte, zu denen wir bisher gereist sind, waren daher vielleicht wirklich ... nun, Zeitverschwendung.«

»Ich hab's doch gewusst«, sagte Dreiundvierzig und schlug sich mit der geballten Faust in die Hand. »Danke, Zweiundsechzig.«

»Denkt doch mal darüber nach«, sagte Eins. »Was ist – abgesehen vom Tod des Erlkönigs – so bedeutend an diesem Nullpunkt?«

Zwölf blinzelte. »Ich verstehe nicht – ein Nullpunkt ist ein Nullpunkt. Das macht ihn ja gerade so bedeutend.«

»Nein«, sagte Vier, der langsam begriffen hatte. »Unsere Aufmerksamkeit ist es, die ihm Bedeutung verleiht.«

»Genau«, sagte Eins. »Wir sind es, die die Ereignisse erst Gestalt annehmen lassen. Unsere Anwesenheit an einem Punkt macht ihn zu einem Knotenpunkt der Zeitlinien.«

»Aber widerspricht das nicht dem, was wir über die *Lange Rechnung* wissen?«, fragte Zwölf. »Ist die Bedeutung dieser Punkte nicht festgelegt?«

»Langsam glaube ich, dass dem nicht so ist«, erwiderte Eins. »Warum sollte der Tod eines Erlkönigs eine gewöhnliche Umkehrung in einen erheblich bedeutenderen Endpunkt verwandeln?«

Die Mitglieder des Quorums blickten ihn verständnislos an und verfielen ins Grübeln.

Eins fuhr fort. »Wenn der Grad der Aufmerksamkeit, die man auf einen Endpunkt richtet, dessen Bedeutung erhöht, was glaubt ihr dann, welche Folgen unsere Konzentration auf die Galder-Umkehrung hatte?«

»Vierzehn sollte hier sein«, sagte Zwölf. »Er sollte von dieser Diskussion erfahren.«

»Du hast Recht«, sagte Siebzehn. »Aber er verfolgt wahrscheinlich seine eigenen Ziele – ihr kennt ja Vierzehn.«

Wieder nickten die Köpfe alle zugleich.

»Er ist eigensinnig, das ist wahr, und er mag seine eigenen Beweggründe haben, unsere Methoden anzuwenden. Aber denkt daran, es ist seine Echtzeit, in der wir agieren. Wir müssen tolerant sein.«

»Das ist richtig«, sagte Siebzehn. »Ich habe mich oft gefragt, ob wir diese Diskussion überhaupt führen würden, wenn sich Zwei nicht eingemischt hätte.«

»Darum geht es nicht«, sagte Vier. »Es ist auch Teil unserer Erinnerung. Wer will also sagen, dass wir nicht alle dieselbe Entscheidung getroffen hätten oder haben?«

»Das kann man nie wissen«, sagte Dreiundvierzig.

»Das sind neue Erkenntnisse, Eins«, sagte Zwölf, der immer noch über die Diskussion nachgrübelte. »Und dass wir während einer Umkehrung darauf gestoßen sind ...«

»Ja – das kann von immenser Bedeutung sein.«

»Dann ist diese Umkehrung also kein gewöhnlicher Endpunkt, den wir zufälligerweise manipuliert haben, sondern ein potentieller neuer Nullpunkt? Ist es das, worauf du hinauswillst?«

»Ich möchte darauf hinaus, dass die Bedeutung von Endpunkten erzeugt werden kann. Und wenn das wirklich den Tatsachen entspricht, dann ist es möglich, einen Nullpunkt zu erschaffen.«

162

Es herrschte Schweigen, als das Quorum die Bedeutung seiner Worte begriff.

»Dann gibt es in der Zeit nichts –«, begann Zwölf.

»– das man nicht tun –«, fuhr Vier fort.

»– oder wieder rückgängig machen könnte«, schloss Siebzehn.

»Vermutlich«, sagte Eins. »Aber bedenkt eines: Was wäre, wenn wir diese Diskussion schon einmal geführt haben?«

»Wie meinst du das?«

»Angesichts der Schlussfolgerungen, zu denen wir gerade gelangt sind – wie sollen wir jetzt vorgehen?«

»Wir sollten unsere Konzentration bündeln«, sagte Vier, »und alle gemeinsam zu dem Augenblick kurz vor der *Ersten Offenbarung* springen.«

»Und das Festspielhaus besetzen?«

»Ja. Das sollte einen wahren Nullpunkt erzeugen.«

Mehrere Köpfe nickten zustimmend und einige Mitglieder des Quorums zogen ihre Rechenmaschinen hervor und machten sich bereit, die Rädchen einzustellen.

»Vielleicht habe ich es schon einmal erwähnt«, sagte Eins. »Aber die Erzeugung eines Nullpunktes würde eine Wende in der Galder-Umkehrung nicht ausschließen. Sie kann trotzdem eintreten und ich glaube, dass das bereits viele Male geschehen ist.«

»Ich verstehe, worauf du hinauswillst«, sagte Acht. »Wir haben schon einmal diese Entscheidung getroffen, weil wir glaubten, nur zu vorher festgelegten Endpunkten innerhalb einer Umkehrung springen zu können. Aber wenn deine Behauptungen stimmen und eine entsprechende Bündelung unserer Aufmerksamkeit einen Endpunkt erzeugen kann, dann können wir eine neue Zeitschlaufe erschaffen und die Galder-Umkehrung retten.«

»Das ist genau meine Meinung. Und ich habe da auch schon einen Endpunkt vor Augen: die *Zweite Offenbarung*.«

»*Zweite Offenbarung?*«, fragte Vier. »Wovon sprichst du, Eins?«

»Überlegt mal – was ist mit Galen geschehen, als die Wende eingeleitet wurde?«

»Er hat die Hagen-Prägung verloren«, sagte Zwölf. »Er ist zu seinem ursprünglichen Zustand zurückgekehrt.«

»Genau. Und wir haben die Kontrolle über diese Umkehrung verloren, weil wir uns auf den falschen Endpunkt konzentriert haben: die *Erste Offenbarung*. Aber man könnte eine *Zweite Offenbarung* nach dem Wendepunkt schaffen und dort die Kontrolle über die Umkehrung zurückgewinnen.«

»Es gibt nur ein Problem«, sagte Acht. »Das ist Vierzehns Echtzeit. Damit wir die richtigen Koordinaten erhalten, muss er sich zuerst mit uns in Verbindung setzen, und zwar noch vor dem Ereignis.«

»Deshalb müssen wir sicherstellen, dass einer von uns aus einer Zeitschlaufe, die in der *Langen Rechnung* vor Vierzehns Schlaufe liegt, mit den richtigen Informationen zurückkehrt«, sagte Eins und wandte sich dem Kind zu. »Zweiundsechzig? Würde es dir etwas ausmachen?«

»Kein Problem, Chef«, sagte Zweiundsechzig, drehte an den Rädchen seiner Rechenmaschine und verschwand.

»Ich bin beeindruckt«, sagte Vier. »Glaubst du, es wird funktionieren?«

»Die Zeit wird es zeigen«, sagte Eins. Wie auf Kommando meldete ihm seine Rechenmaschine, dass eine Verbindung hergestellt wurde. »Das ist sicher Vierzehn«, sagte er mit einem flüchtigen Lächeln. »Wollen wir?«

Mit einer beinahe identischen Bewegung zogen die Mitglieder des Quorums die kleinen Geräte, die die Bezeichnung Anabasis-Maschine trugen, aus den Taschen ihrer Roben und gaben eine Berechnung ein, die problemlos bewies, dass sie nicht wirklich existierten. Der Letzte von ihnen verschwand im selben Augenblick, als von draußen ein raues Knirschen in die Höhle drang.

Der Staub, den sie aufgewirbelt hatten, hatte sich noch nicht vollkommen gesetzt, als es Joseph von Arimathea und seinen Söhnen gelungen war, den Stein beiseite zu rollen, der den Eingang zu dem Grab versperrte. Sie sogen prüfend die Luft ein und schüttelten verwundert die Köpfe, während sie sich wieder dem in ein Tuch gewickelten Leichnam zuwandten – jenem Leichnam, der noch vor kurzem an einem Kreuz ganz in der Nähe gehangen hatte.

Als sie fertig waren, rollten sie den Stein zurück an seinen Platz und – abgesehen von dem Leichnam – war die Höhle wieder leer.

TEIL DREI

Schrödingers Geist

KAPITEL NEUN

Fetch

Juda trat als Erstes auf Marisa zu, die leichenblass geworden war. »Ja«, sagte er freundlich, »wir sind uns tatsächlich schon einmal begegnet. Damals nannte ich mich allerdings Obskuro.« Er beugte sich vor und küsste ihr die Hand. »Ich hoffe, Sie sind mit dem Bein immer noch zufrieden?«

Galen ging plötzlich ein Licht auf. »Doktor Kapelson – Sie waren die Frau in dem Nachtclub, die er auf die Bühne geholt hat.«

Sie nickte. »Ich ... ich habe nicht gewusst, dass Sie auch dort waren.«

»Das war der Abend, an dem Juda Langbein und mir die Edda gezeigt hat.«

Maddox hob fragend die Hand. »Entschuldigung? Würde mir bitte jemand erklären, was hier vorgeht? Offenbar war ich zu dieser Party nicht eingeladen.«

Marisa, die immer noch zitternd auf dem Bett saß, tat ihm den Gefallen. »Vor vielen Monaten nahm ich die Einladung von ein paar Freunden an, mir in Wien eine Bühnenshow anzusehen. Es ging um einen Illusionisten, der sich Obskuro nannte. Er war gut – besser als die meisten, die ich bis dahin gesehen hatte. Dann, an einem Punkt während der Vorführung, fragte er ...«

Sie blickte zu Juda hinüber. Seine Augen sahen genau so aus, wie sie sie in Erinnerung hatte, durchdringend und doch vertrauenerweckend. Konnte dies der gleiche ›Juda‹ sein, über den sie zuvor gesprochen hatten?

»Er fragte, ob im Publikum jemand ein künstliches Bein besäße, und ich habe eins. Hatte.«

Maddox blickte an ihren gesunden Beinen hinunter, die zwar in einer zerrissenen Strumpfhose steckten, aber dennoch attraktiv und offensichtlich beide aus Fleisch und Blut waren. »Na, Sie können uns viel erzählen!«

»Wirklich. Als ich neun war, bin ich durch einen Wald gelaufen, und ein Baum, dessen Wurzeln vom letzten Regen gelockert waren, ist umgestürzt und hat mich unter sich begraben. Ein Ast hat den Knochen zerschmettert. Als mein Vater schließlich mit mir in einer Klinik ankam, konnten die Ärzte mein Bein nicht mehr retten.«

»Und was genau ist in dem Nachtclub passiert?«, fragte Maddox, der von seiner Neigung zum Sensationsjournalismus übermannt wurde. »Ist es ein Trick? Ein künstliches Bein, das wie ein echtes aussieht?«

»Nein«, erwiderte Marisa. »Es ist echt. Als er mich anfangs auf die Bühne geholt hat, ließ er es nur wie ein echtes aussehen. Man konnte es sogar vom Körper abnehmen. Aber ich habe es gespürt und ich habe es gesehen ...«

»Wir haben es alle gesehen«, warf Galen ein. »Es war echt.«

»Und dann war es wieder aus Holz. Aber ich hatte meine Erinnerung, und das allein hätte mir schon genügt. Doch am Ende der Vorführung kam er noch einmal zu mir, zu dem Platz, an dem ich saß. Er berührte mich und ich spürte ... etwas. Keinen Stromstoß, eher ein elektrisches Feld, das uns einhüllte. Das Holz spaltete sich und fiel zu Boden und stattdessen erblickte ich ein Bein aus Fleisch und Knochen. Ich konnte spüren, wie das Blut hindurchfloss. Ich konnte die feinen Härchen auf meiner Haut sehen. Es war echt. Ich habe keine Ahnung, wie er das gemacht hat, aber er hat mir mein Bein zurückgegeben. Und dafür werde ich ihm ewig dankbar sein.«

»Erstaunlich«, sagte Maddox und blickte zu Galen hinüber, der zustimmend nickte. »Wirklich erstaunlich.«

»Nun gut, wir können uns nachher noch weiter über Wunder unterhalten«, sagte Galen und machte einen Schritt auf Juda zu. »Jetzt möchte ich erst einmal wissen, was in Bayreuth passiert ist.«

»Nichts leichter als das«, sagte Juda. »Sie sind durchgedreht und haben Michael Langbein umgebracht. Ich war zufällig zur Stelle, ebenso wie der Direktor, und wir haben veranlasst, dass Sie hierher gebracht wurden.«

»Sind Sie dafür verantwortlich? Tragen Sie die Schuld an dem, was mit mir passiert ist? An meiner Verwandlung?«

Juda verneigte sich. »So ist es.«

»Warum sind Sie dann hierher gekommen, Juda? Wollten Sie Ihr Werk in Augenschein nehmen?«

»Nein«, erwiderte Juda. »Ich bin hier, um es wieder ins Lot zu bringen.«

»Wo sind Sie in den letzten Tagen gewesen?«, fragte Galen. »Ich erinnere mich daran, dass ich nach Bayreuth gefahren und Ihnen dort begegnet bin, aber danach liegt alles im Dunkeln.«

»Ich bin auf dem Berg gewesen«, sagte Juda und wies mit dem Daumen über die Schulter, »in meinem Büro am RISC Linz.«

»Warum sollten Sie dort ein Büro haben?«, fragte Galen.

»Weil«, sagte Juda, »ich als Hauptteilhaber der Eidolon-Stiftung Gelder in Höhe von mehreren Millionen Dollar für ihre wissenschaftlichen Forschungen bewilligt habe und als Gegenleistung ihre Einrichtung und Ausrüstung benutzen darf. Wissen Sie, ich konnte schließlich nicht alles von Wien aus erledigen.«

»Sie haben also die Zeit, in der Sie von der Universität beurlaubt waren, am RISC verbracht?«, fragte Galen.

»Oder hier«, erwiderte Juda. »Um in der Stiftung nach dem Rechten zu sehen.«

»Also«, sagte Galen und wirbelte zu Doktor Syntax herum, »arbeiten Sie doch für ihn?«

Doktor Syntax und Juda tauschten einen amüsierten und zugleich resignierten Blick aus. »Sagen wir einmal, wir sind Kollegen«, erklärte Juda.

»Sie haben Ihre Verbindung zum RISC nie erwähnt – was genau haben Sie dort gemacht?«

»RISC Linz ist ein Institut der Johannes Kepler Universität«, sagte Juda, »das sich mit den Wechselwirkungen zwischen Mathematik und Informatik beschäftigt und verschiedene Projekte der Grundlagen- und angewandten Forschung betreut, so wie meines. Der gegenwärtige Vorsitzende ist Professor Franz Winkelmann ...«

Galen unterbrach ihn. »Es gibt einen Winkelmann an der Universität Wien. Ist das der Gleiche?«

Juda nickte. »Ja. Er hat dort eine Gastprofessur. Ich habe Andreas Räder davon überzeugt, sie ihm zu geben. Im Gegenzug habe ich Zugang zu den Laboratorien am RISC erhalten. Als Anerkennung für seine Vorreiterrolle beim Aufbau des Oberösterreichischen Technologienetzwerkes hatte die Regierung Oberösterreichs RISC den Einzug in das Schloss Hagenberg genehmigt. Mit meinen großzügigen Spenden erreichte ich, dass die von mir gegründete Stiftung in den angrenzenden Gebäuden untergebracht werden durfte.«

»Und womit genau beschäftigt sich die Eidolon-Stiftung, abgesehen von Schiebungen bei den Bayreuther Festspielen? Und was hat sie mit einer Institution zu tun, die sich mit technologischen Forschungen befasst?«

»Die Stiftung erforscht ungewöhnliche menschliche Phänomene. Und bei meinen Projekten am RISC und an der Universität Wien geht es um Quantenphänomene.«

»Gibt es zwischen beidem eine Verbindung?«

»Es gibt mehrere Verbindungen. Doch obwohl die gegenwärtig laufenden Projekte einige gemeinsame Merkmale haben, handelt es sich um verschiedene Fachbereiche. Für bestimmte Forschungen musste ich deshalb Spezialisten zu Rate ziehen. In Wien hatte ich Sie und Langbein, Spezialisten für Musiktheorie und historische Artefakte, die sich mit Wagner und der Edda befassten. Hier standen mir Doktor Kapelson und der gute Direktor zur Verfügung, Experten für Psychologie und Geistesstörungen. Auf dem Berg arbeiteten Carruthers und Jorgenson für mich, beides Mathematiker, die Algorithmen und Sprachen für parallele und multidimensionale symbolische Rechenanwendungen entwickelten, sowie Bennett Evans, der Philosoph und Physiker, der sich mit der Erforschung des Theorembeweises in imaginären geometrischen Systemen beschäftigt. Ich habe die Eidolon-Stiftung zur Überwachung all dieser Forschungsarbeiten ins Leben gerufen, weil ich ein gewisses Maß an Autonomie benötigte, das die Universität oder eine private Gesellschaft nicht gewährleisten könnte.«

»Zur Überwachung?«, fragte Galen. »Mir war nicht klar, dass zwischen der Arbeit, mit der Sie mich beauftragt hatten, und der Stiftung irgendeine Verbindung besteht.«

»Das war auch so beabsichtigt«, sagte Juda. »Wenn ich Ihnen zu viel erzählt hätte, hätte ich die Koordination des gesamten Projektes gefährdet – und das konnte ich nicht tun.«

»Was für ein Projekt ist das?«, fragte Marisa. »Wollen Sie damit sagen, dass all diese Forschungen tatsächlich auf ein bestimmtes Ziel ausgerichtet sind?«

»Natürlich«, sagte Juda. »Ich bin zwar Wissenschaftler, aber ich denke auch praktisch. Forschung um ihrer selbst willen ist wenig mehr als intellektuelle Selbstbefriedigung. Es muss immer ein Ziel geben.«

»Und was ist Ihr Ziel, Juda?«, fragte Galen. »Wollen Sie die Welt zerstören?«

»Nein. Sie neu erschaffen. Ich hatte geglaubt, mein Ziel bereits erreicht zu haben, aber irgendjemand hat mir einen Knüppel zwischen die Beine geworfen. Der ganze Vorgang ist angehalten worden und wird gerade wieder rückgängig gemacht. Und es gibt nur einen Menschen, der dem Einhalt gebieten kann.«

»Und wer ist das?«, schnaubte Galen.

»Sie«, erwiderte Juda düster. »Oder besser, Hagen.«

»Würden Sie das bitte erklären, Juda?«, sagte Galen. »Oder soll ich Ihnen gleich das Genick brechen?«

»Glauben Sie mir«, sagte Doktor Syntax, »das würde ihn auch nicht aufhalten. Es würde die Situation nur noch verschlimmern, und Sie wären derjenige, der später den Preis dafür zahlen müsste.«

»Das ergibt keinen Sinn.«

»Dann lassen Sie mich ganz von vorn anfangen«, sagte Juda, »mit Geistererscheinungen im Himalaja und zwei identischen Katzen. Wenn wir fertig sind, verstehen Sie vielleicht nicht nur meine Ziele, sondern schließen sich ihnen sogar an.«

»Verdammt unwahrscheinlich«, sagte Maddox, »aber fahren Sie fort.«

Juda blickte zu Marisa hinüber, die ihm zunickte, und dann zu Galen, der schließlich ebenfalls zustimmte. Das Einverständnis des Direktors schien er nicht zu benötigen.

»Nun gut«, sagte Juda. »Beginnen wir mit Schrödingers Katze.«

»Von Schrödingers Katzenexperiment haben wohl die meisten schon einmal gehört. Er wollte damit den nicht-intuitiven Charakter der Quantenmechanik beweisen, doch ich persönlich glaube, dass es sich dabei eher um den wissenschaftlichen Deckmantel für jemanden handelte, der gerne Katzen umbrachte.«

»Warum sollte Schrödinger Katzen umbringen wollen?«, fragte Marisa.

»Viele Menschen haben eine Abneigung gegen Katzen«, sagte Juda. »Sie springen auf den Tisch, sie stinken und sie kommen nie, wenn man sie ruft. Außerdem soll Schrödinger ein erfolgreiches Kürschnergeschäft betrieben haben.«

»Das ist widerlich«, sagte Maddox.

»Sie hatten offenbar nie einen Mantel mit einem Perserkragen«, erwiderte Juda. »Herrlich weich. Jedenfalls verdeutlicht das Experiment einen wichtigen Aspekt der Quantenmechanik: die Wellenfunktion eines Objektes bleibt so lange allen möglichen Zuständen übergeordnet, bis das Objekt betrachtet wird. In diesem Augenblick nimmt die Wellenfunktion einen bestimmten Zustand an. Das ursprüngliche Experiment sieht vor, dass eine Katze in einer Kiste eingeschlossen wird. Der Zerfall eines radioaktiven Elements – ein vom Zufall bestimmtes Ereignis – führt dann dazu, dass Giftgas in die Kiste einströmt, oder auch nicht. Solange die Kiste nicht geöffnet wird, kann niemand wissen, ob tatsächlich Giftgas freigesetzt und die Katze getötet wurde.«

»Abgesehen von der Katze natürlich«, warf Doktor Syntax ein.

»Zugegeben«, sagte Juda. »Jedenfalls bleibt die Wellenfunktion der Katze ihrem ›lebendigen‹ und ›toten‹ Zustand übergeordnet. Wird die Kiste geöffnet und die Katze betrachtet, dann fällt die Wellenfunktion in sich zusammen und es gibt bald einen weiteren teuren Pelzkragen.«

»In diesen Experimenten werden nicht wirklich Katzen benutzt, oder?«, fragte Marisa.

»Ja und nein«, erwiderte Juda. »In der Quantenmechanik kann eine theoretische Katze genau so viel Substanz haben wie eine reale. Das Entscheidende ist jedoch, dass zwar das

172

Experiment wissenschaftlich einwandfrei, Schrödingers Einschätzung, dass es nicht-intuitiv sein müsse, aber falsch ist. Die Faktoren, von denen das Experiment bestimmt wird, sind beinahe vollkommen intuitiv.«

»Und was hat Ihnen Ihre Intuition verraten?«, fragte Galen.

»Das Offensichtliche«, sagte Juda. »Es sind in Wirklichkeit zwei Katzen in der Kiste. Wenn man annimmt, dass beide Katzen theoretisch vorhanden sind, dann ist die Behauptung, dass sie auch physisch existieren könnten, nicht allzu abwegig. Es bleibt also nur das Problem, wie man mit *beiden* real gewordenen Katzen Kontakt aufnehmen kann.«

»Wodurch sind sie real geworden?«, fragte Maddox. »Durch die Kraft des Willens?«

»Ganz recht«, sagte Juda. »Die Katze in diesem Experiment ist lediglich ein Geschöpf des Geistes, und diese können die unterschiedlichsten Gestalten besitzen. Man denke nur an die lebensechten Wesen, die die Welt unserer Träume bevölkern, oder die erfundenen Spielgefährten, die viele Kinder für sich erschaffen und oft über Jahre hinweg behalten. Ganz zu schweigen von der durch Drogen und Alkohol ausgelösten Menagerie von Visionen, über die Forscher der Psyche wie Percy und Mary Shelley geschrieben haben.«

»Ah«, sagte Maddox. »Die Frankenstein-Visionen.«

»Ja. Damals erschienen sie ihnen so real wie Sie oder ich.«

»Aber«, sagte Galen, »diese Erscheinungen waren allesamt subjektiv und für andere nicht wahrnehmbar.«

»Vielleicht«, sagte Juda. »Das können wir nicht mit Sicherheit wissen. Die Ausgangsfeststellung lohnt jedoch eine genauere Untersuchung, denn schließlich gibt es wirklich übersinnliche Phänomene, die in aller Öffentlichkeit vorkommen. Es heißt, dass es so etwas wie eine Doppelgängererscheinung – das ätherische Gegenstück – eines lebendigen Menschen gibt, wenn dieser seinen Körper verlassen hat.«

»Mmm«, meinte Galen. »Das ist es also, was wir in Obskuros

Vorstellung gesehen haben, als sich die Bühne und der Raum mit einer Vielzahl von Doppelgängern gefüllt haben.«

»Sehr gut«, sagte Juda. »Sie begreifen immer noch schnell.«

»Davon habe ich tatsächlich schon einmal gehört«, sagte Maddox. »Ich war einmal bei einem Wissenschaftler namens Tesla zu Gast, der genau diese These aufgestellt hat.«

»Wirklich?«, fragte Juda überrascht. »Einige meiner Grundannahmen stammen aus Teslas Studien.«

»Sie bedienen sich nur bei den Besten, was, Juda?«, sagte Galen.

»In Wissenschaft, Kunst und Politik«, erwiderte Juda mit einem Grinsen. »Allerdings hat Tesla nur den Rand des Kraters gesehen, denn noch rätselhafter als die ätherischen Doppelgänger sind die so genannten externalisierten Erscheinungen. Diese haben ihren Ursprung im Geist ihres Schöpfers und entstehen durch dessen enorme Konzentrationsfähigkeit, Vorstellungsvermögen, oder, wie Sie es genannt haben, Willenskraft.«

»Der Freund, der nur in der Vorstellungswelt des Kindes existiert hat, wird Wirklichkeit«, sagte Marisa. »Ich habe Berichte darüber gelesen. Allerdings werden diese Erscheinungen im Allgemeinen einer Geistesstörung zugeschrieben.«

»Das Phänomen gibt es wirklich«, sagte Maddox. »Angeblich wird es im Fernen Osten praktiziert, in Ländern wie Indien. In einigen europäischen Mythologien wird es als Fetch oder auch Fylgja bezeichnet.«

»Da besteht eindeutig ein Zusammenhang, wenn auch eher zu den ätherischen Doppelgängern, von denen ich vorhin berichtet habe«, sagte Juda. »Der Ferne Osten ist sehr wichtig für das, worüber ich spreche«, fuhr er fort. »Ich habe in Tibet gesehen, wie es praktiziert wurde. Dort sind solche Dinge alltäglich und ein Gespenst dieser Art wird *tulpa* genannt.«

»Ha!«, sagte Maddox. »Das haben Sie sicher in Meru aufgeschnappt.«

»Richtig. Ich habe es von einer Ankoritin namens A

erfahren, die früher als Alexandra David-Neel bekannt war. Kennen Sie sie?«

»Ich fürchte, sie ist nach mir dort eingetroffen. Allerdings haben wir über sie geredet und ich habe sie schon einmal gesehen – zweimal sogar.«

»Wirklich?«, sagte Juda. »Wo war das?«

»In Wien«, erwiderte Maddox. »Einmal kurz an einem milden Sommerabend, und am nächsten Tag beim Begräbnis eines gemeinsamen Freundes. Ich habe mit ihr jedoch nie über tibetanischen Mystizismus geredet.«

Juda warf Maddox einen abschätzenden Blick zu und fuhr dann fort. »Ich hatte schon vor meiner Begegnung mit ihr über diese *tulpas* gelesen und sie faszinierten mich. Eine *tulpa* wird üblicherweise von einem erfahrenen Magier oder Yogi erzeugt. In manchen Fällen soll sie aber auch aus der gebündelten Vorstellungskraft abergläubischer Dorfbewohner entstanden sein oder durch Reisende, die einen düsteren Teil des Landes durchqueren. Die Tibetaner behaupten, dass eine *tulpa* mitunter so stark sein kann, dass sie selbst eine zweite Erscheinung hervorruft, die als *yang-tul* bekannt ist. Und diese könnte schließlich eine Erscheinung dritten Grades schaffen, ein *nying-tul*.«

»So, wie Sie es in Wien getan haben«, sagte Galen.

»Genau. Anscheinend habe ich ein Talent dafür, mich selbst zu verdoppeln. Es gibt nur selten Meister, die in der Lage sind, solche mehrfachen Erscheinungen hervorzubringen, und dabei handelt es sich meist um buddhistische Heilige oder Bodhisattvas. Manche von ihnen sind sogar in der Lage, bis zu zehn verschiedene Arten von *tulpas* zu erzeugen.«

»Verschiedene Arten oder verschiedene Abbilder?«

»Verschiedene Arten. Die Anzahl der Abbilder ist lediglich von der Willenskraft abhängig. Aber verschiedene Arten von *tulpas* zu erschaffen, das ist schon weitaus schwieriger. Ein Meister kann jede Art von lebenden Wesen erscheinen lassen – Menschen, Tiere oder Phantasiegeschöpfe. Für die dazu notwendige Ausbildung reichte meine Zeit jedoch bei weitem nicht aus.«

»Haben Sie es jemals versucht?«, fragte Marisa.

»Ja«, erwiderte Juda und warf ihr einen sonderbaren Blick zu. »Ja, das habe ich. Die Ankoritin, die in Meru meine Lehrerin war – A –, hat vierzehn Jahre lang in Tibet bei mehreren angesehenen Lamas den tantrischen Buddhismus studiert, bevor sie eine Eingeweihte Merus wurde und ihre Technik dort noch einmal verfeinerte. Es war an einem Abend, nicht lange nachdem ich mit meinen beiden Gefährten auf Meru gestoßen war, als ich sie danach fragte. Sie willigte ein, mir von ihrer ersten Erfahrung mit einer *tulpa* zu erzählen. Trotz ihrer Studien und des Wohlwollens, das man ihr in ganz Tibet entgegengebracht hatte, hatte sie nur selten solche Gedankengestalten beobachten können. Deshalb brachten ihre gewohnheitsmäßige Ungläubigkeit und Skepsis sie dazu, selbst Experimente durchzuführen. Es dauerte mehrere Monate, doch schließlich wurden ihre Mühen belohnt. Für ihr erstes Experiment hatte sie sich einen unscheinbaren Mann aus ihrem Bekanntenkreis ausgesucht: einen Mönch, klein, dick und eher harmlos. Sie zog sich in die Abgeschiedenheit der Meditation zurück und ging daran, die nötige Gedankenbündelung und andere Riten zu vollziehen. Nach einigen Monaten nahm der Phantommönch Gestalt an und wurde allmählich immer stabiler und lebensechter. Er gewann mehr und mehr an Substanz und wurde schließlich zu einer Art Gast, der in ihrem Haus wohnte.«

»Aber er war trotzdem nur für sie sichtbar, oder?«, fragte Marisa.

»Das war es, was sie herausfinden wollte«, erwiderte Juda. »Als sie sich seiner scheinbar realen Existenz einigermaßen sicher war, brach sie mit ihrer zurückgezogenen Lebensweise und begab sich mit ihren Bediensteten und einigen Zelten auf eine Reise durch das Land – ein Ausflug, an dem auch der Mönch teilnahm. Obwohl sie im Freien lebte und jeden

Tag mehrere Kilometer auf dem Pferderücken zurücklegte, blieb die Illusion bestehen. Die Reisegesellschaft war groß, und sie konnte nicht immer Sichtkontakt mit dem Mönch halten, dennoch verschwand er nicht. Dann stellte sie fest, dass sie nicht einmal mehr an ihn denken musste, um seine Erscheinung aufrechtzuerhalten. Der Phantommönch vollführte verschiedene Handlungen, wie sie Reisende normalerweise verrichten, die sie ihm jedoch nicht befohlen hatte. Er bewegte sich, blieb stehen, blickte sich um. Die Illusion war größtenteils visueller Natur, aber wenn sie in seiner Gesellschaft war, hatte sie manchmal das Gefühl, als würde sie tatsächlich eine Robe streifen, und einmal glaubte sie zu spüren, wie eine Hand ihre Schulter berührte. Zuweilen fragte sie sich sogar, wer von ihnen beiden der wirkliche Mensch sei.«

»Der Traum des Roten Königs«, sagte Galen, »aus Alice im Wunderland. Ist der Mönch wirklich und träumt von ihr, oder ist sie diejenige, die von ihm träumt?«

»Es war tatsächlich eine Frage, die sich ernsthaft stellte. Denn sie hatte ihn zwar erschaffen, doch danach veränderte er sich allmählich. Die Merkmale, die sie bei der Erschaffung ihres Phantoms vor Augen gehabt hatte, wandelten sich nach und nach. Der dicke, pausbäckige Mann wurde schlanker und sein Gesicht nahm einen leicht spöttischen, verschlagenen und boshaften Ausdruck an. Er wurde immer unfreundlicher und selbstbewusster. Kurz gesagt, er hatte sich ihrer Kontrolle entzogen.«

»Ein imaginärer Spielgefährte, der ein Eigenleben zu entwickeln beginnt«, sagte Marisa. »Eine erschreckende Vorstellung.«

»In der Tat«, sagte Juda. »Keiner der Bediensteten hatte ihn bemerkt, bis er sich zu verändern begann. Dann behandelten sie ihn, als sei er ein wirklicher, lebender Lama. Diese Aussicht jagte A Angst ein. Zwar wollte sie den Prozess nicht unterbrechen, doch bereitete ihr seine sich verdichtende Gegenwart ständig Sorge. Außerdem war sie auf dem Weg zur

Hauptstadt Lhasa und befürchtete, dass die Anwesenheit so vieler Menschen um sie herum es ihr unmöglich machen würde, ihn zu kontrollieren oder im Auge zu behalten. Also beschloss sie, den Phantommönch aufzulösen. Das gelang ihr auch, aber erst nach sechs Monaten Konzentration und mühsamen Kampfes.«

»Hartnäckig, was?«, fragte Galen.

»Das kann man wohl sagen«, sagte Juda.

»Was wäre passiert, wenn sie der Sache ihren Lauf gelassen hätte?«, fragte Marisa. »Hätte er sich weiter verändert?«

»Ich schätze schon«, antwortete Juda. »Sie hat versucht eine *tulpa* zu schaffen, ausgehend von dem Mönch, den sie kannte. Aber sie hat den Mönch nicht noch einmal erschaffen. Als er Wirklichkeit wurde, begann er eigene Erfahrungen zu machen und hat sich dementsprechend verändert.«

»Was wäre geschehen, wenn sie versucht hätte, den Mönch zu verdoppeln? Wäre ein Zwilling entstanden? Oder ein Klon?«

»Das habe ich mich auch schon gefragt«, sagte Juda. »Ich habe deshalb Nachforschungen angestellt und herausgefunden, dass die Antwort in der Physik zu finden ist, genauer gesagt in der physikalischen Größe der Zeit. *Tulpas* von mir selbst zu erschaffen war einfach, da ich es nicht darauf abgesehen hatte, ihnen dauerhafte Substanz zu verleihen. Doch als ich es schließlich in die Tat umsetzte, glich die Erscheinung zunächst eher einem Klon meiner selbst, später dann einem Zwilling, denn bis zu ihrer Erschaffung war sie mit mir identisch. Danach begann sie die Welt als eigenständiges Wesen wahrzunehmen, so wie ein Zwilling.«

»Verstehe«, sagte Marisa. »Zwillinge sind zwar vom genetischen Material her identisch, aber ihre Identität wird durch Erfahrung erzeugt, durch die sie sich notwendigerweise voneinander unterscheiden. Doch wenn ein Klon die Erinnerungen des Originals besitzt, beginnt dieser Prozess erst, wenn er zu einem eigenständigen Wesen wird.«

»Genau. Ich habe mich also gefragt, was die Beziehung noch enger machen könnte, damit es sich bei dem Doppelgänger nicht um einen Zwilling, einen Klon oder eine *tulpa* handelt, sondern tatsächlich um ein zweites Ich, so wie die Doppelnatur von Schrödingers Katze, gleichzeitig und identisch.«

»Nun, abgesehen davon, dass eine von beiden tot ist«, sagte Galen barsch.

»Nein«, rief Juda begeistert und seine Augen leuchteten. »Gerade weil eine von beiden tot ist! Wenn ich es nun darauf angelegt hätte, dass am Ende des Experiments nicht die tote, sondern die lebende Katze übrig bliebe? Könnte ich nicht Einfluss auf den Quantenzustand nehmen, in dem beide Katzen existierten, und die lebende Katze von dort in die Wirklichkeit holen?«

»Aber«, sagte Marisa, »beide Katzen existieren nur so lange, bis sie einem Betrachter ausgesetzt sind. Erst dann kann man feststellen, ob die Katze lebendig oder tot ist.«

»Nicht wenn eine von beiden eine *tulpa* ist.«

»Welche?«

»Das spielt keine Rolle, denn es handelt sich ja um ein- und dieselbe Katze, verstehen Sie? Und wenn man das Experiment in dem Augenblick durchführt, wenn beide Katzen als Möglichkeiten wirklich existieren, dann kann der Betrachter den Zustand, in dem sich die Katze befinden soll, beeinflussen. Indem er nämlich die übrig gebliebene Katze mit den Eigenschaften einer *tulpa* ausstattet, die er geschaffen hat, und sie auf diese Weise lebendig macht.«

»Ich glaube, Sie verlieren die Grenzen der Physik aus den Augen«, sagte Marisa. »Meiner Meinung nach ist das Ganze kaum mehr als eine neue Wendung in einer nicht beweisbaren Theorie.«

»Wirklich?«, sagte Juda. »Würden Sie Ihre Meinung ändern, wenn ich Ihnen sage, dass nur ein Teil der Katze wirklich tot ist?«

Marisa zögerte. »Wie meinen Sie das?«

»Sagen wir einmal, die Katze in dem Experiment hätte irgendwann in ihrem Leben ein Bein verloren, und die erzeugte *tulpa* wäre eine vollkommen gesunde Katze. Hätte die Katze, die aus der Kiste herauskommt, drei Beine oder vier?«

Marisa Kapelson wurde blass und Juda fuhr fort.

»Wenn der Betrachter über den Zustand der Katze entscheidet, die aus der Kiste herauskommt, und es sich bei den zwei Zuständen nicht um Leben oder Tod, sondern um einen gesunden Körper oder einen mit einem fehlenden Bein handelt, dann wäre es im Quantenbereich möglich, die Katze wieder mit vier gesunden Beinen auszustatten.«

»Aber bei dem Bein handelt es sich trotzdem nur um eine *tulpa*, richtig?«, fragte Galen und warf Marisa einen besorgten Blick zu – sie zitterte am ganzen Körper. »Es würde mit der Zeit oder bei nachlassender Konzentration verschwinden oder sich möglicherweise verändern, so wie As Mönch.«

»Nein«, sagte Juda ruhig. »Das würde es nicht, denn bei der *tulpa* handelt es sich ja um eine Kopie des Originals – sei es einer Katze oder eines Menschen –, die in genau jenem Quantenmoment geschaffen wird, in dem beide Zustände existieren. Die Kopie ist mit dem Original identisch, und lediglich die Bestimmung des Zustandes, in dem sie weiter existieren soll, ist von der Willenskraft abhängig.«

Marisa sah ihn mit tränenerfüllten Augen an und rieb unbewusst die Stelle an ihrer Hüfte, an der ihr Bein mit dem restlichen Körper verbunden war.

»Es wird sich nicht verändern? Es wird nicht eines Tages verschwinden?«

»Noch viel besser«, sagte Juda. »In dem Quantenzustand, in dem Sie existieren, ist es niemals fort gewesen.«

»Aber wie können Sie den richtigen Quantenmoment herausfinden, um das möglich zu machen?«, fragte Galen.

»Nichts leichter als das«, sagte Juda. »Prophezeiung. Ich habe den entscheidenden Augenblick vorhergesehen, in dem ihr Glaube daran, dass das Bein wirklich sei, die Oberhand gewonnen hat. An diesem Punkt setzte ihr Wille ein und tat das seine dazu.«

»Prophezeiung?«, fragte Galen. »Was hat *das* mit all dem zu tun? Und wie hängt das Ganze mit mir zusammen, oder mit Wagner, Hagen oder Michael Langbein? Und warum sind Sie hier und erzählen uns das alles?«

»Ich bin hier, weil es meine Bestimmung ist«, sagte Juda. »Fragen Sie doch einfach unseren langlebigen Freund, den Ewigen Juden. Das und alles andere ist sozusagen Teil der Prophezeiung. Und wie Sie alle bezeugen können, werden Prophezeiungen manchmal Wirklichkeit.«

»Es ist nicht witzig«, sagte Maddox, »aber er hat wahrscheinlich Recht.«

»Tatsächlich«, erwiderte Marisa mit einem Hauch von Sarkasmus in der Stimme. »Und wer hat denn prophezeit, dass Sie hier sein würden?«

»Nun, eine einfache Antwort auf eine einfache Frage«, erwiderte Juda. »Ich war es.«

KAPITEL ZEHN

Die Zwischenzeit

»Die meisten Theorien über die Möglichkeit prophetischer Begabung gehen von dem aus, was im Allgemeinen als mehrdeutige und ungewisse Größen in der traditionellen Vorstellung von der Beschaffenheit der Zukunft gilt«, begann Juda zu erklären. »Diesen Theorien zufolge entfaltet sich die Zukunft in der Gegenwart oder existiert gleichzeitig mit ihr. Während meiner Forschungen, die ich zusammen mit einem Wissenschaftler namens Saltmarsh betrieb, der sich auf die wissenschaftliche Überprüfung von Theorien über die Prophetie spezialisiert hatte, wurde mir klar, dass das Problem dieser Fragestellung nicht so sehr in unseren Vorstellungen von der Zukunft, als vielmehr in unserem Verständnis der Gegenwart liegt. Zum einen ist das, was wir als Gegenwart bezeichnen, nicht wirklich existent. Wenn wir etwas wahrnehmen«, fuhr er fort und hob eine von Henriettas Federn auf, »etwa eine Feder, die zu Boden fällt, haben wir den Eindruck, dass unsere Wahrnehmung und die Deutung dessen, was wir wahrnehmen, sich gleichzeitig vollziehen.«

»Berührung ist nicht immer auch Deutung«, sagte Marisa.

Juda zwinkerte ihr zu. »Und Sie waren an jenem Abend eine bessere Schülerin, als ich gedacht hätte.« Er ließ die Feder fallen und diese trudelte langsam zu Boden. »Sehen Sie?«, sagte Juda. »Berührung. Wie Doktor Kapelson jedoch festgestellt hat, existieren Berührung und Deutung zwar Seite an Seite, aber nicht gleichzeitig. Die Sinneseindrücke geschehen nicht alle auf einmal: Die Feder berührt den Boden einen Augenblick bevor wir ihre Landung erfasst haben.«

»Das ist richtig«, sagte Maddox. »Es dauert einen Moment, selbst wenn es nur Bruchteile von Sekunden sind, bis die Sinneseindrücke unser Gehirn erreicht haben, und noch einmal einen Augenblick, bis die eingetroffenen Signale verarbeitet werden.«

»Genau. Jede Wahrnehmung eines Ereignisses geschieht also unweigerlich den Bruchteil einer Sekunde nach dem Ereignis selbst.«

»Und welche Theorie folgt daraus?«, fragte Marisa.

»Dass es zwei Arten von ›Gegenwart‹ gibt«, warf Doktor Syntax ein. »Mit einem Abstand dazwischen, der als eine Art ›dritte Ebene‹ oder ›Zwischenzeit‹ betrachtet werden kann, in der Dinge geschehen oder sich anbahnen können ...«

»Ja«, unterbrach ihn Juda. »Und ich bin zu dem Schluss gekommen, dass es diese dritte Zeitebene ist, in der bestimmte Menschen Hinweise auf die Zukunft erhalten.«

»Wie ist das möglich?«, fragte Galen.

»Jeder Übergang braucht Zeit«, erwiderte Juda, »und deshalb ist es unwahrscheinlich, dass die Ereignisse, die sich durch die *Zwischenzeit* bewegen, als real interpretiert werden. Daher ist die *Zwischenzeit* für ein durchschnittliches Bewusstsein nicht wahrnehmbar. Was darin existiert, wird niemals mit dem übereinstimmen, was wir auf unserer normalen Bewusstseinsebene wahrnehmen. Zugleich handelt es sich dabei aber auch nicht um das tatsächliche Ereignis, das stattgefunden hat. Es ist weder Berührung noch Deutung, sondern ein dritter Zustand, in dem sich möglicherweise das, was wir Prophetie nennen, ereignen kann.«

»Das ist also die These, mit der Sie Nostradamus, Cayce, Agnes Nutter und all die anderen erklären wollen?«, fragte Marisa.

»Ich habe Nostradamus gekannt«, sagte Maddox. »Er war ein guter Freund von mir. Und Sie sind kein Nostradamus. Ich hatte auch einmal ein Rendezvous mit Agnes Nutter.«

»Ich frage mich immer noch, worin zum Teufel der Zusammenhang besteht«, sagte Galen ärgerlich. »Jedes Mal, wenn ich Sie danach frage, Juda, scheinen Sie in eine andere Richtung zu steuern.«

Juda breitete die Arme aus und schenkte ihm ein Lächeln. »Mein Name ist Legion.«

»Ach, jetzt machen Sie aber mal halblang«, sagte Maddox. »Jeder Schwachkopf kann aus der Bibel zitieren.«

»Sicher«, sagte Juda. »Allerdings benötigt man ein gewisses Talent um zu wissen, wann es angebracht ist.«

»Wir haben es also mit drei Arten von Gegenwart zu tun«, sagte Marisa. »Bedeutet das, dass die Zeit mehrdimensional ist?«

»Die Vorstellung, dass die Zeit mehrere Dimensionen hat, ist oft als Erklärung für die Prophetie ins Feld geführt worden«, sagte Juda. »Das Wesentliche an dieser Idee ist, dass die Zeit – die sich auf lineare Weise zu entfalten scheint, indem die Gegenwart auf die Vergangenheit folgt und die Zukunft auf die Gegenwart – in einer anderen Dimension möglicherweise nicht als Abfolge erlebt wird. Vergangenheit, Gegenwart und Zukunft können alle gleichzeitig existieren. Lassen Sie es mich in Dimensionen erklären, die wir bereits kennen: Länge, Breite und Höhe. Wir können im buchstäblichen Sinne mit einem Punkt beginnen, der in geometrischer Hinsicht zwar einen Ort hat, aber keine Dimensionen. Er steht auf folgende Weise mit Figuren in Beziehung, die Dimensionen besitzen«, sagte Juda, blätterte eine Seite in Marisas Notizblock um und skizzierte rasch ein Diagramm.

»Wenn ein Punkt durch den Raum bewegt wird, entsteht eine Linie«, sagte er und fuhr mit dem Bleistift über das Blatt, »die eine Dimension besitzt: die Länge. Wenn eine Linie durch den Raum bewegt wird«, fuhr er fort und zeichnete ein Viereck, »entsteht daraus die Figur einer Ebene, die die zwei Dimensionen Länge und Breite besitzt. Und wird diese Ebene im Raum bewegt«, schloss er und ergänzte das Viereck zu einem Würfel, »wird daraus eine Figur mit den drei Dimensionen Länge, Breite und Höhe. Umgekehrt können wir auch von einem dreidimensionalen Körper ausgehen und stellen fest, dass der Querschnitt eines Würfels eine zweidimensionale Ebene ist, der Querschnitt einer Ebene eine eindimensionale Linie und der Querschnitt einer Linie der dimensionslose Punkt. Und wenn wir all das wissen, was können wir daraus folgern?«

Die anderen dachten einen Augenblick nach, dann meldete sich Maddox zu Wort. »Dass ein dreidimensionaler Körper der Querschnitt eines vierdimensionalen Objekts ist.«

»Genau. Bingo. Sie haben Präsentkorb Nummer drei gewonnen. Dann stellt sich uns jedoch die Frage, welches Objekt einen dreidimensionalen Körper als Querschnitt haben könnte?«

»Ganz zu schweigen davon«, warf Maddox ein, »in welche neue Richtung ein dreidimensionales Objekt bewegt werden müsste, um eine vierte Dimension zu erschaffen. Jede Bewegung nach oben, unten, vorwärts, rückwärts oder seitwärts würde schließlich einfach nur eine größere Figur erzeugen und keine neue Dimension.«

Alle blickten Juda an, denn ihnen war bereits klar geworden, dass er die Antwort kannte. Es war sein Spiel und sie würden es zu Ende spielen müssen.

»Die Dauer seines Bestehens«, sagte Juda. »Sobald etwas aufhört zu bestehen, hat es auch keine Dimensionen mehr. Die drei bekannten Dimensionen sollten wir daher um eine vierte erweitern: die Zeit. Gewöhnliche dreidimensionale Körper müssten daher genau genommen als vierdimensional bezeichnet werden. Und ein dreidimensionaler Körper verfügt dann eigentlich nur über Länge, Breite und Höhe, aber nicht über Dauer.«

»Ist so etwas überhaupt möglich?«, fragte Galen.

»Ja, aber nur theoretisch. Denn in Wahrheit gibt es auch den Punkt, die Linie und die Ebene in dieser Form eigentlich nicht. Jede Linie, die man wahrnehmen kann, besitzt nicht nur eine Länge, sondern auch eine Breite ...«

»Und Dauer«, sagte Marisa.

»Ja«, sagte Juda, »ebenso wie jede reale Ebene nicht nur

Länge und Breite, sondern auch eine gewisse Höhe hat. Also, welche Bewegung muss eine dreidimensionale Figur vollführen, um einen vierdimensionalen Körper zu erzeugen?«

»Nun«, sagte Galen, »wir haben eine Ebene durch die Dimension der Höhe bewegt, um einen Würfel zu erzeugen, die Bewegung eines hypothetischen Würfels durch die Dimension der Zeit sollte demnach eine vierdimensionale Figur erzeugen.«

»Aber was bedeutet diese ›Bewegung durch die Dimension der Zeit‹?«, fragte Marisa.

»Wie schon gesagt«, erwiderte Juda, »muss es eine Bewegung in eine neue Richtung sein, nicht nach oben, unten oder zur Seite. Überlegen Sie also einmal, was es noch für Bewegungen geben könnte.«

»Kann es denn überhaupt noch andere geben?«, fragte Galen.

»Sicher«, sagte Marisa. »Zunächst einmal wäre da die Erdumdrehung, eine Bewegung, die wir und alles andere auf der Erdoberfläche ganz von selbst mitvollziehen.«

»Und die selbst scheinbar bewegungslose Objekte in Bewegung versetzt«, warf Maddox ein.

»Besonders bewegungslose Objekte«, sagte Juda. »Jeder dreidimensionale Körper ist der hypothetische bewegungslose Querschnitt eines wirklichen Körpers, dessen vierte Dimension, die Zeitdauer, untrennbar mit der Bewegung verbunden ist, die die Erdumdrehung allem verleiht.«

»Und damit noch nicht genug«, sagte Marisa. »Die Erde bewegt sich ja auch noch um die Sonne, die Sonne um das Zentrum der Galaxis, und vielleicht dreht sich ja selbst die Galaxis noch um irgendetwas.«

»Richtig«, sagte Juda, »und weil jeder wahrnehmbare Körper all diese Bewegungen gleichzeitig vollzieht, kann man sagen, dass er diese Dimensionen hat, auch wenn man sie für gewöhnlich nicht wahrnehmen kann. Denn Bewegungen und die Dimensionen, die daraus folgen, sind nur innerhalb eines Zeitrahmens wahrnehmbar. Deshalb werden sie üblicherweise auch Zeitdimensionen genannt.«

»Nun gut«, sagte Galen. »Wenn die Zeit also mehrere Dimensionen hat, warum ist die Dauer dann so entscheidend?«

»Weil nur die Dauer wahrnehmbar ist. Ein Objekt kann auftauchen und verschwinden oder sich verändern. Aber wenn wir sagen, dass etwas auftaucht, meinen wir, dass wir plötzlich sein Vorhandensein wahrnehmen. Wenn etwas verschwindet, bemerken wir, dass es nicht mehr vorhanden ist. In unserer tatsächlichen Wahrnehmung gibt es kein Zwischenstadium zwischen ›Auftauchen‹ und ›Verschwinden‹. In ähnlicher Weise reden wir über die Veränderung, doch auch das ist nur eine Bezeichnung, die wir einer Folge von Ereignissen geben, die existieren oder aufhören zu existieren. Wir ziehen also Schlüsse, aber wir beobachten nicht wirklich. Wird die Sonne morgen aufgehen?«

»Ja«, sagten die anderen im Chor.

»Vielleicht«, sagte Juda. »Das ist eine Schlussfolgerung, keine Beobachtung, und angesichts der gegenwärtigen Ereignisse noch dazu eine ziemlich unsichere. Dennoch tauchen Objekte wirklich auf und verschwinden oder verändern sich, auch wenn wir es nicht wahrnehmen können. Sie sind sozusagen hypothetisch und in anderen Zeitdimensionen als Realität verankert. So, wie der dreidimensionale Körper über die Zeitdimension, die wir Dauer nennen, wirklich, das heißt wahrnehmbar wird. Wenn man diese Argumentationskette zu einem Ende führt, kann man Folgendes feststellen: Ist es einem Körper möglich, durch das Medium der Dauer in die höheren Dimensionen der Zeit zu gelangen, dann müssten zumindest theoretisch auch alle anderen in der Lage sein, über den gleichen Weg in diese Bereiche vorzudringen. Und Zugang zu diesen Dimensionen, wenn er denn möglich ist, würde man nur mit ungewöhnlichen Methoden erhalten. Eine davon ist das, was wir Prophetie nennen.«

»Mir ist immer noch nicht klar, was die Vorstellung, dass es nicht nur eine Gegenwart, sondern zwei oder drei gibt, für Auswirkungen auf die Prophetie hat«, sagte Maddox.

»Ich habe Ihnen mein neues Verständnis des Konzeptes ›Gegenwart‹ erläutert«, sagte Juda, »damit Sie eine Grundlage haben, um meine Gedanken über die ›Zukunft‹ zu verstehen. Und jede Theorie, die die Gabe der Prophetie zu erklären versucht, muss auch Hypothesen über die Zukunft enthalten. Im Allgemeinen herrscht die Auffassung, dass die Ereignisse der Zukunft noch nicht existieren und daher keine Auswirkungen auf die Gegenwart haben können.«

»Eine Meinung, der ich mich anschließen würde«, sagte Galen.

»Sie glauben also, dass die Zukunft eine Anzahl unverwirklichter Potentiale ist, die irgendwie in der Gegenwart vorhanden sind?«

»Ja.«

»Dann lassen Sie uns damit arbeiten. Vereinfacht dargestellt, entspricht diese Vorstellung dem Samen einer Pflanze. Ein Gärtner kann einen Samen untersuchen und vorhersagen, was für eine Pflanze er hervorbringen wird ...«

»Jeder Trottel kann einen Samen untersuchen und vorhersagen, welche Pflanze daraus entstehen wird«, sagte Maddox.

»Vielleicht, aber das wäre eine direkte Beobachtung«, sagte Doktor Syntax. »Was er meint, ist die unbewusste Beurteilung eines zukünftigen Ereignisses mit Hilfe von Hinweisen, die sich beobachten lassen, ohne eine vorher festgelegte Schlussfolgerung im Hinterkopf zu haben.«

»Ganz so, wie ein unbekannter Klang oder Geruch in einem ein Gefühl von Gefahr erzeugen kann«, sagte Marisa.

»Ja«, sagte Juda. »Ein Gefühl – oder eine Vorahnung. Der Schwachpunkt dieser Theorie ist, dass es außergewöhnliche Fähigkeiten erfordert, Zeichen und Hinweise zu analysieren, die nicht nur für das gewöhnliche Auge nicht wahrnehmbar, sondern auch theoretisch unmöglich zu erfassen sind. Es gibt zum Beispiel Berichte darüber, dass prophetisch Begabte sechs Monate vor einer Katastrophe diese in ihren Träumen gesehen haben, obwohl zwischen ihnen und dem Ereignis Entfernungen von bis zu einem Kontinent lagen.«

»Da komme ich nicht mehr mit«, sagte Galen. »Wie können in der Gegenwart zukünftige Ereignisse ermittelt werden?«

»Manche Physiker vertreten die Theorie, dass alle Ereignisse als geistige Muster existieren, die nicht den Zwängen der Zeit unterworfen sind und zu denen jedes lebende und nicht lebende Teilchen im Universum in Beziehung steht. Diese Vorstellung ist dem alten Glauben verpflichtet, dass das Universum – der Makrokosmos – unzählige Mikrokosmen enthält, die alle im Kleinen die Merkmale und Strukturen des großen Ganzen wiederholen. Wenn man diesen Gedanken logisch weiterführt, ist der Mensch selbst ein Mikrokosmos, so wie auf einer niedrigeren Stufe jedes Wesen und jedes Ding. Am besten hat dies ein Mathematiker und Philosoph des 17. Jahrhunderts namens Baron Gottfried Wilhelm von Leibniz zusammengefasst ...«

»Ich kenne diese Diskussion«, sagte Maddox. »Er hat gesagt, dass ›... all die verschiedenen Klassen von Wesen, deren Inbegriff das Universum ausmacht, in den Ideen Gottes, der ihre wesentlichen Abstufungen distinkt erkennt, nur ebenso viele Koordinaten ein und derselben Kurve sind. Die Einheit dieser Kurve duldet es nicht, dass man zwischen zwei Koordinaten irgendwelche anderen als die wirklich vorhandenen einschiebt, da dies Unordnung und Unvollkommenheit bezeugen würde.‹«

Juda blickte Maddox überrascht an. »Sie können Leibniz zitieren?«

»Ich kann eine Menge Leute zitieren«, sagte Maddox.

»Nun gut«, sagte Juda. »Leibniz' These bestand darin, dass die verschiedenen Ordnungen lebender und nicht lebender

Wesen und Objekte sich stufenförmig in ihren Eigenschaften und Merkmalen einander annähern und somit im Grunde eine einzige Kette bilden, deren Glieder so eng miteinander verbunden sind, dass man unmöglich bestimmen kann, an welchem Punkt eines aufhört und das nächste beginnt.«

»Und eine Verbindung zu einem Glied dieser Kette bedeutet eine Verbindung zu allen«, sagte Doktor Syntax, »lebendig oder nicht.«

»Genau«, sagte Juda. »Und eine solche Verbindung würde Leibniz zufolge bedeuten, dass jemand, der über genug Wissen verfügt, ›im Gegenwärtigen das erkennt, was sowohl den Zeiten wie den Orten nach entfernt ist‹.«

»Das ist zwar interessant, klingt aber nicht unbedingt nach einer vertretbaren Lösung. Wie sollte eine solche Verbindung hergestellt werden?«, fragte Marisa.

»Genau diese Frage habe ich mir auch gestellt«, sagte Juda. »Ebenso wie ein Mathematiker und Physiker an der Universität von Cambridge mit Namen Adrian Dobbs. Er hat die Theorie aufgestellt, dass die Ereignisse bei ihrer Entfaltung nur eine relativ kleine Anzahl von den Möglichkeiten der Veränderung, die auf der subatomaren Ebene existieren, tatsächlich verwirklichen. Dabei entstehen Störungen, die in einer anderen Zeitdimension etwas hervorrufen, das Dobbs ›psitronische Wellen‹ genannt hat. Diese Wellen können von den Neuronen des Gehirns erfasst werden – zumindest bei besonders empfänglichen Menschen – und auf bewusster und unbewusster Ebene die Reaktion des Betrachters auf ein bestimmtes Ereignis beeinflussen. Eine Welle, die groß genug ist, kann sogar auf andere Ereignisse einwirken und ihren Einfluss verwischen. Sie könnte, wenn man sie in die richtige Richtung lenkt, sogar den Beobachter selbst vollkommen verändern.«

»Das klingt ziemlich haarsträubend«, sagte Galen.

»Ist es aber nicht«, sagte Juda. »Sie waren das Versuchsobjekt, das die Theorie bewiesen hat. Oder glauben Sie etwa,

Sie hätten aus eigenem Antrieb die Persönlichkeit Hagens angenommen und Ihren Kollegen umgebracht?«

»Lassen Sie es mich mit Hilfe einer Metapher erklären«, sagte Juda. »Stellen Sie sich einen Teich vor. An einem Ufer wird ein Papierboot aufs Wasser gesetzt, am anderen Ufer steht ein sehr kleiner Mensch. Er kann das Schiff zwar nicht sehen, doch während das Schiff sich vorwärts bewegt, erzeugt es Wellen, die an dem Ufer ankommen, an dem er steht. Auf ihrem Weg über den Teich passieren die Wellen bestimmte Gegenstände – Treibholz, Katzenschwänze, eine Leiche –, die feststehend sind oder langsam über die Oberfläche treiben. Die Gegenstände verursachen also Störungen in den Wellen, die der kleine Mensch, der lebenslange Erfahrung darin hat, in allen Einzelheiten wahrnehmen kann. Das, was er über die Wellen erfährt, vermittelt ihm nicht nur ein Bild der Gegenstände, die sie erzeugt haben, sondern ermöglicht ihm auch zu berechnen, wann diese an das Ufer angeschwemmt werden.«

»Dafür braucht man sicher eine Menge Erfahrung«, sagte Maddox.

»Ein ganzes Leben«, stimmte Juda zu. »Aber wenn Leibniz' Theorie stimmt, kann die eigene Erfahrung auch durch eine überdurchschnittliche Sensibilität gegenüber der Erfahrung anderer ersetzt werden – aber ich schweife ab. In diesem Gleichnis steht das Papierboot für ein Ereignis, das sich in der Zeit entfaltet. Sein Weg über den Teich stellt einen von vielen Verläufen dar, die es hätte nehmen können, und die Zeitdimension, in der es sich ereignet ...«

»Ich verstehe, worauf Sie hinauswollen«, sagte Marisa. »Der Teich selbst steht für eine andere Zeitdimension.«

»Ganz recht. Und die kleinen Wellen, die das Boot auf seiner Fahrt erzeugt, stehen für Dobbs' psitronische Wellen.«

»Und der kleine Mensch ist natürlich die Nervenzelle, die die Wellen empfängt und sie in eine Vorhersage umwandelt. Eine faszinierende Vorstellung, aber immer noch hypothetischer Kokolores«, sagte Galen und machte eine wegwerfende Handbewegung. »Ist so etwas überhaupt schon einmal nachgewiesen worden?«

»Ja und nein«, sagte Juda. »Die Tatsache, dass etwas noch nicht nachgewiesen wurde, bedeutet nicht zwangsläufig, dass es nicht existiert. Zeitdauer, erinnern Sie sich? Das Problem besteht also darin, einen Nerven-Mechanismus zu schaffen, mit dessen Hilfe der Betrachter die Welle eines bestimmten Ereignisses vom Mahlstrom der Wellen anderer Ereignisse unterscheiden kann, die sich zur gleichen Zeit entfalten.«

»Und ich kann mir vorstellen, dass die Wellen umso zahlreicher und das Problem umso komplizierter wird, je weiter das Ereignis in der Zukunft liegt«, sagte Marisa.

»Genau. Deshalb habe ich etwas geschaffen, das Galen bereits bekannt ist«, sagte Juda und holte ein kleines silbernes Gerät aus seiner Tasche, an dem sich verschiedene Rädchen und Knöpfe befanden. »Ich nenne es die Anabasis-Maschine. Um es einfach zu machen: Sie analysiert psitronische Wellen und berechnet die Wahrscheinlichkeit, dass sich eine bestimmte Welle durchsetzt. Sie zeigt auch an, wann eine Welle ihren Höhepunkt erreichen wird und wann Wellen einander überlagern werden. Diese Überlagerungen nenne ich Umkehrungen. Ich habe festgestellt, dass während einer Umkehrung, wenn die zeitlichen Wahrscheinlichkeiten dauerhaft im Fluss sind, bestimmte Aspekte einer Welle so verstärkt werden können, dass sie sich gegenüber einer anderen durchsetzt. Ich habe außerdem herausgefunden, dass man auf diesen Wellen reiten kann und die Verständigung zwischen vergangenen und zukünftigen Endpunkten möglich ist.«

»Und ebenso die Zeitreise?«, erkundigte sich Maddox.

Juda zwinkerte ihm zu. »Gut aufgepasst. Auch die Zeitreise wurde möglich, als ich erst einmal die ihr zugrunde liegenden

Prinzipien verstanden hatte. Man benötigte nur eine genaue Beschreibung der Zeit und des Ortes, an dem ein Endpunkt seine Verknüpfung hat. Im Informationszeitalter lässt sich das leicht herausfinden. Schwieriger wird es allerdings, je weiter man in die Vergangenheit oder in die Zukunft vordringt.«

»Sie könnten also in der Zeit zurückspringen, um beispielsweise Kennedys Ermordung zu verhindern?«, fragte Marisa.

»Vielleicht«, sagte Juda. »Das Problem mit der modernen Zeit ist aber, dass so viele Berichte über Ereignisse verzerrt sind, dass Genauigkeit beinahe unmöglich wird. Nein, damit die ganze Sache funktioniert, braucht man wahre Berichte, vollständige Berichte. Das ist es, was ich in Meru entdeckt habe. Aber zunächst mussten sie in eine brauchbare Form umgewandelt werden, und das ist eine Aufgabe, die beinahe mehr voraussetzt als reines Genie. An der Gleichung, die schließlich funktionierte, haben drei Genies gearbeitet: Schubert, Wagner und Bruckner.«

»Wie haben Sie diese historischen Quellen so umgewandelt, dass sie sich auf eine Fragestellung der Quantenphysik anwenden ließen?«

»Ich habe sie in eine Metapher verwandelt. Damit meine Gleichung funktionierte, benötigte ich eine wahre Metapher, die keinerlei Fehler enthält.«

»Der *Ring* als Metapher? Wie ist das zu verstehen?«

»Ganz einfach. Schließlich ist der ›Ring‹ von Anfang an eine reine Metapher gewesen. Der ›Ring‹ der Nibelungen bezieht sich nicht etwa auf einen Gegenstand, der aus dem Rheingold hergestellt wurde, oder auf den Schatz selbst, sondern auf eine bestimmte Zeitschlaufe, in der der Schatz geborgen und benutzt werden kann. Die Oper, die Wagner schreiben wollte, war in groben Zügen korrekt. Sein Werk und Schuberts unvollendete Symphonie, die in den Einzelheiten ebenfalls stimmte, wurden in der Symphonie vereint, die Bruckner geschaffen hat. Und das war genau das Dokument, das ich brauchte. Daraus gewann ich die letzten

Grundlagen und Berechnungen, mit deren Hilfe ich das erste Modell der Anabasis-Maschine gebaut habe.«

»Sie haben dieses Gerät mit Hilfe einer Symphonie gebaut?«, sagte Maddox. »Wie kann ein hundert Jahre altes Musikstück Anhaltspunkte dafür liefern, wie man die Zeit manipuliert? Schließlich enthielt es keine Bauanleitung, oder?«

»Durch die Metapher«, sagte Juda. »In der Literatur bezieht sich eine Metapher nur auf die Kultur, in der sie geschaffen wurde. Eine Metapher, die im Englischen funktioniert, hat im Deutschen vielleicht keine Bedeutung und umgekehrt.«

»Warum nicht?«, fragte Galen. »Eine Metapher ist eine Metapher. Und sie sollte es auch nach der Übersetzung bleiben.«

»Sicher. Aber eine Übersetzung kann nur geschehen, wenn beide Sprachen bekannt sind.«

»Wie ist es mit der Kunst?«, fragte Marisa. »Funktioniert es in der Malerei besser als bei sprachlichen Metaphern?«

Juda schüttelte den Kopf. »Die Kunst ist zu statisch, und ihre Elemente werden ständig in einer anderen Reihenfolge interpretiert. Damit die Metapher funktioniert, muss sie genau wiedergegeben werden. Nur dann können die Korrelationen wirksam sein.«

»Es bleibt also nur die Musik«, sagte Galen. »Musik als Metapher.«

»Sie sind nahe genug an der Zigarre, um den Rauch zu riechen«, sagte Juda. »Musik ohne Worte ist das Medium, mit dessen Hilfe die Metapher übersetzt werden kann.«

»Bruckners instrumentale Symphonien«, sagte Marisa. »Das war es, was Wagner falsch gemacht hat. Er blieb in seiner Oper zu nahe am Wort und versuchte die Geschichte in zu vielen Ausdrucksmitteln gleichzeitig zu erzählen.«

»Die Dame gewinnt eine kubanische Zigarre«, sagte Juda. »Er hat die darstellenden Künste, Sprache und Musik benutzt, obwohl die Musik allein schon ausreichend gewesen wäre. Zumindest hätte sie genügt, wenn es ihm gelungen wäre, das Werk zu vollenden. Schubert verfügte über die richtigen Methoden, jedoch nicht über genügend Weitsicht, um die Größe des Werkes zu erkennen. Bruckner besaß die nötige Hingabe und das Talent – und ihm ist es schließlich gelungen.«

»Aber warum Musik?«, fragte Galen. »Was erhebt die Musik über andere Medien?«

»Nun, mein zunehmend begriffsstutziger Freund«, erwiderte Juda, »von allen Künsten kann nur die Musik in Mathematik übersetzt werden, und Mathematik ist die Sprache der Schöpfung. Mit der richtigen Übersetzung war ich in der Lage, die Töne von Bruckners Symphonie in mathematische Gleichungen umzuwandeln, deren visuelles Abbild ein Ring ist. Als mir die zeitlichen Endpunkte dieses Rings – oder dieser Zeitschlaufe – bekannt waren, konnte ich daraus die restlichen Prinzipien der Welle ableiten, mit deren Hilfe ich andere Zeitschlaufen aufspüren und überwachen konnte. Damit hat alles angefangen. Als ich die gegenwärtige Zeitschlaufe bestimmt hatte, stellte ich fest, dass sich mir die Gelegenheit bot, eine Umkehrung zu beeinflussen. Ich machte mich also daran, die Welle der Vergangenheit so fest zu verankern wie nur möglich, indem ich in der Gegenwart jemanden mit dieser Welle in Einklang brachte, um ihn dann mit seinem Gegenstück aus der Vergangenheit zu verschmelzen.«

»Aber wozu der ganze Aufwand?«, fragte Maddox. »Und warum jemand so Bedeutenden wie Galen? Hätten Sie ihn und Langbein nicht einfach für Ihre Forschungen benutzen und dann irgendeinen Obdachlosen für die Verankerung ihrer Welle auswählen können?«

»Ich wünschte, es wäre so einfach«, sagte Juda. »Aber das war es nicht. Die entsprechenden Personen mussten genauso sorgfältig ausgewählt werden wie der Umkehrungspunkt. Und die Symphonie selbst lieferte Informationen darüber, wer diese Personen sein sollten.«

»Die Erlkönige«, sagte Maddox. »Die Erlkönige sind es, die die Manipulation einer Umkehrung möglich machen.«

»Richtig«, sagte Juda. »So kann nur ein Mann reden, der selbst eine Umkehrung und die Opferung eines Erlkönigs erlebt hat.«

Maddox hob fragend eine Augenbraue, bevor ihm klar wurde, was die Worte des Mathematikers bedeuteten. »Sie meinen doch nicht etwa ...?«

Juda neigte den Kopf zur Seite und blickte den Mann argwöhnisch an. »Verdammt. Ich dachte, Sie wüssten davon.«

»Ich hatte keine Ahnung. Ich habe ihn bislang lediglich für den Retter der Welt gehalten.«

»Nun, es existieren leider keine Namenslisten. Ich selbst hatte große Schwierigkeiten, einen Erlkönig zu finden. Der eine, den ich kannte, wurde einen Kopf kürzer gemacht, noch bevor ich ihn erreicht hatte. Und es hat eine ganze Menge Zeit und Mühe gekostet, mich in die richtige Position zu bringen, um zwei andere beeinflussen zu können, von denen einer mein Anker werden sollte. Das sind Sie gewesen, Galen. Ich habe einen Erlkönig ausgewählt, der sich an jenem Endpunkt in der Vergangenheit befand, und ihn auf einen Erlkönig in der Gegenwart projiziert.«

Galen blinzelte überrascht. »Sie haben ein zweites Ich, ein Hagen-Ich, auf mich projiziert?«

»Fast. In Wahrheit habe ich eine große Menge anderer Ichs auf Sie projiziert, und jedes davon war leicht abgeändert. Schritt für Schritt gewann ich die nötige Geschicklichkeit, um die Veränderungen genau abstimmen zu können. Zur richtigen Zeit am richtigen Ort griff ich dann in Schrödingers metaphorische ›Kiste‹, die sowohl einen Galen-Galen als auch einen Hagen-Galen enthielt, und zog den Hagen heraus. Sie betraten die Bühne des Festspielhauses in Bayreuth und ermordeten den Mann, den Sie für Siegfried hielten. Die überlagernde Welle, die normalerweise ohne Zwischenfälle vorbeigezogen wäre, verwandelte sich in eine Umkehrung.«

»Warum musste Michael dabei sterben?«

Juda schnalzte mit der Zunge. »Zur Sicherheit. Da ich noch nie eine Umkehrung in Gang gesetzt hatte, konnte ich nicht wissen, ob die Vorkehrungen, die ich mit Ihnen getroffen hatte, ausreichen würden. Es gab jedoch noch ein zweites Mittel, um die gewünschte Welle zu verstärken: die Beseitigung eines Erlkönigs. Es so einzurichten, dass beide zur gleichen Zeit zum Einsatz kamen, war nur ein künstlerischer Schnörkel.«

»Wie waren Sie überhaupt in der Lage, einen Erlkönig ausfindig zu machen?«, fragte Maddox. »Schließlich machen sie nicht ständig auf sich aufmerksam.«

»Das ist richtig«, sagte Juda. »Aber Sie tun es.«

»Wie meinen Sie das?«

»Ich bin Ihnen gefolgt, Corwin. Sie sagten, dass Sie die Recherchen für Ihre Zeitungen eigentlich nur betrieben haben, weil Sie auf die Rückkehr Jesu Christi warten, der Ihnen endlich die Erlaubnis zum Sterben geben soll.«

»Und?«

»Und dabei suchten Sie nach Mustern, die von Erlkönigen erzeugt werden. Die Phänomene, die eine solche Person normalerweise umgeben, dienten Ihnen als Wegweiser. Ich musste also lediglich Zeitung lesen. Ihre Berichte ersparten mir eine Menge Zeit und Mühe. Auf Ihren Freund in New York, Wasily Strugatski, bin ich ursprünglich durch Ihre Serie über urbane Legenden gestoßen. Dabei spielte es keine Rolle, dass in den Kindergeschichten die eddischen Namen leicht verändert waren. Leider kam ich etwas zu spät. Irgendjemand hat ihn umgebracht, noch bevor ich dort ankam.«

Juda schüttelte den Kopf. »Was für eine Verschwendung eines überaus brauchbaren Erlkönigs. Jedenfalls bin ich etwa zur selben Zeit auf Michael Langbein gestoßen und habe ihn aufgrund seiner sprachlichen Fähigkeiten, die eindeutig weltweit unübertroffen waren, als Erlkönig identifiziert. Obwohl er ein ziemlicher Fachidiot war. Bei Ihnen, Galen, war es am einfachsten. Ihre frühe Karriere in dem von Ihnen gewählten Gebiet und Ihr Ehrgeiz machten Sie zu etwas Außergewöhnlichem. Und weitere Nachforschungen – die ich Maddox' persönlichen Archiven entnahm – bestätigten das Muster, das ich vermutet hatte. Sie waren ein Erlkönig und kamen mir damit gerade recht.«

»Aber«, warf Marisa ein, »da ist immer noch einiges, das keinen Sinn ergibt. Juda, das ganze Vorhaben ist zu komplex, als dass Sie es hätten allein auf die Beine stellen können. Sie sagten, Sie hätten Experten eingeschaltet, haben aber oft bewiesen, dass Sie über größeres Wissen verfügen als alle diese Experten in ihren jeweiligen Fachgebieten. Sie haben Zusammenhänge hergestellt, zu denen Sie entweder durch wilde Vermutungen oder mit Hilfe anderer Methoden gelangt sind. Und ich habe zu viele Beweise gesehen, die Ihre Behauptungen bestätigen. Ich kann nicht mehr glauben, dass das alles nur Zufall war.«

»Da haben Sie nicht Unrecht«, sagte Juda. »Aber wir sind hier nicht bei *Batman*. Ich werde Ihnen nicht alle Einzelheiten meines großen Plans verraten, damit Sie im dritten Akt einschreiten und alles zunichte machen können.«

»Ach, seien Sie doch fair«, sagte Maddox. »Geben Sie der jungen Dame zumindest einen Hinweis.«

Juda lachte. »Sie appellieren an meine Fairness und hoffen, dass ich in meinem Hochmut etwas verrate, nicht wahr?«

»Juda ...«, sagte Doktor Syntax mit einem warnenden Unterton.

»Nun gut«, sagte Juda schließlich. »Einen kleinen Informationshappen kann ich schon entbehren. Ob er Ihnen etwas nützt, ist Ihre Sache.«

Er zwinkerte Marisa verschwörerisch zu, beugte sich zu ihr hinüber und sagte in gedämpftem Flüsterton: »Ludwig. Mit Ludwig hängt alles zusammen. Der verrückte Bayernkönig ist der Schlüssel zu allem.«

»Nun«, sagte Maddox spöttisch, »wenn wir wüssten, wo er

sich aufhält, könnten wir ihn vielleicht bitten, uns die ganze Sache zu erklären.«

»Ich glaube, ich weiß, wo er sich aufhält«, sagte Marisa langsam, während Juda amüsiert eine Augenbraue hob. »Allerdings ist es mir gerade erst zu Bewusstsein gekommen. Er hat nur ein einziges Mal mit mir gesprochen, und ich weiß nicht, ob er nicht völlig verrückt ist, aber ich glaube, er könnte es sein.«

»Wer, Marisa?«, fragte Galen. »Von wem sprechen Sie?«

»Der König. Ich glaube, er lebt noch, und ich weiß, wo er sich befindet.«

Doktor Syntax murmelte etwas Unverständliches und warf Juda einen wütenden Blick zu.

Maddox schnaubte. »Er soll immer noch leben? Nach all den Jahren?«

Galen grinste ironisch. »Ein zweitausend Jahre alter Mann zweifelt an der Lebensdauer eines anderen?«

»Touché«, sagte Maddox. »Wo ist er, Doktor Kapelson?«

Sie wies zur Decke. »Der Patient im obersten Stockwerk. Wir nennen ihn Herr Schwan, aber ich glaube, in Wirklichkeit ist er König Ludwig II.«

KAPITEL ELF

Tonangebende Entscheidungen

Während die kleine Gesellschaft die Treppe zur Dachkammer des rätselhaften Herrn Schwan hinaufstieg, erzählte Marisa ihnen von der Nacht, als dieser mit ihr gesprochen und ihr bis ins kleinste Detail die Premiere des *Ring*-Zyklus im Festspielhaus von Bayreuth geschildert hatte.

»Wenn Ihre Theorie stimmt«, sagte Maddox, »sagt das einiges darüber aus, warum er hier ist. Diese Hundesöhne haben es sich anscheinend zur Aufgabe gemacht, lebende Fossilien aus der Wagner-Zeit zu sammeln.«

»Eigentlich war es andersherum«, sagten Doktor Syntax und Juda im Chor. Mit einer Geste bedeutete Juda dem älteren Mann, dass er ihm den Vortritt ließ.

»Wissen Sie«, begann Doktor Syntax, »er ist nicht wegen uns hier, sondern wir sind hier wegen ihm. Er ist älter als alles hier, außer dem Gebäude selbst.«

»Warum ist er immer noch am Leben?«, fragte Galen. »Ich dachte, sein Tod wäre eine gut abgesicherte historische Tatsache.«

Syntax wies auf sechs Ecksteine, die sich unterhalb des Dachfirstes befanden. »Sehen Sie«, sagte er und lenkte ihre Blicke auf einige verblasste Zeichen, die in den Stein geritzt waren, »diese Zeichen dort, und dort, und dort drüben – das sind nicht einfach nur Verzierungen. Es handelt sich dabei um Runen, magische Buchstaben. Und diese speziellen Runen dienen der Verlängerung des Lebens. Ludwig ist all die Jahre lang hier gewesen, und die Runen haben ihn am Leben erhalten.«

»Hat Ludwig selbst sie dort eingeritzt?«, fragte Marisa.

»Nein«, sagte Maddox. »Er hätte nicht über das nötige Wissen verfügt.«

»Haben diese Runen die Kraft, das Leben eines jeden in diesem Turm zu verlängern?«

»Das hoffen wir«, sagte Doktor Syntax. »Ihre Macht schwindet mit der Entfernung. Allerdings hätten sie wahrscheinlich eine ähnliche Wirkung auf jede Person, die sich in den Räumen im oberen Stockwerk befindet.«

»Na, vielen Dank«, sagte Maddox. »Ich versuche mich umzubringen, und Sie stecken mich in einen Turm, der meine Lebenserwartung noch mehr erhöht. Ihr Kinder von heute habt einfach keinen Respekt vor älteren Menschen.«

»Wer hat die Runen in den Stein geritzt?«, fragte Galen. »Sind sie schon vorher hier gewesen, oder hat man sie für Ludwig dort angebracht?«

Juda zuckte mit den Schultern. »Wir wissen es nicht. Herr Schwan befand sich bereits in diesem Gebäude, als wir hierher kamen. Wir hatten uns schon darauf eingestellt, dass wir ihn aus dem Weg schaffen müssten, als wir herausfanden, wer er wirklich war. Danach haben wir ihn einfach ignoriert.«

»Ist er schon immer so schweigsam gewesen?«

»Anfangs hat er noch auf unsere Fragen geantwortet«, sagte Juda. »Aber es ist lange her, seit er das letzte Mal etwas gesagt hat.«

Marisa wandte sich an Syntax. »Sie haben mir erzählt, Sie hätten ihn noch nie sprechen gehört.«

»Das ist richtig.«

Juda nickte. »Es war ein Fehler, die beiden in einem Raum zusammenzubringen. Manche Dinge muss man eben auf die harte Tour lernen. Und wie ich so gern betone«, fügte er hinzu, während Marisa die Tür zu Herrn Schwans Zimmer öffnete, »alles, was man wissen muss, wird man erfahren – mit der Zeit.«

Der Raum lag im Dunkeln. Das war jedoch nicht auf ein Problem mit der Elektrik zurückzuführen – Herr Schwan zog die Dunkelheit vor. In seinem Zimmer war nie ein elektrischer Anschluss installiert worden.

Die Gesellschaft trat ein, doch der verschlossene Mann nahm keine Notiz von ihnen. Nach einigen Minuten bedeutete Doktor Syntax den anderen sich zurückzuziehen. Ohne auf ihn zu achten, kniete Marisa vor dem Mann nieder und strich ihm sanft über den Arm.

»Herr Schwan? Herr Schwan?«

Der Geisteskranke, der auf dem ramponierten, schäbigen Bett kauerte, antwortete nicht. Schließlich warf er zögernd einen Blick in ihre Richtung. Marisa stellte die Laterne, die Maddox getragen hatte, in die Mitte des Zimmers. Lichtstrahlen erhellten das Gesicht des alten Mannes.

Er zitterte ein wenig, als das Licht auf ihn fiel, und zuckte zurück, als hätte ihn tatsächlich etwas berührt. Wie aus einem Traum erwacht, richtete er seine ganze Aufmerksamkeit auf Doktor Kapelson und fing an zu sprechen.

»Der Ring, der Tarnhelm und der Schatz der Nibelungen befinden sich jetzt in den Händen der Riesen«, murmelte Herr Schwan. »Sie sind in einer großen Höhle versteckt, inmitten eines dichten Waldes. Der Anführer der Riesen hat sich mit Hilfe des Tarnhelms in einen Drachen verwandelt und hält darüber Wache. Um die Herrschaft über die Welt zu behalten, muss Wotan den Ring wiedererlangen. Weder er, dem der Pakt die Hände bindet, noch einer der anderen Götter kann jedoch selbst etwas ausrichten. Deshalb muss er einen Helden unter den Menschen finden, der den Drachen besiegt, damit er den Schatz wieder in Besitz nehmen kann. Dieser Held ist der Sonnenkönig, Siegfried.« Er riss den Kopf hoch und blickte Marisa in die Augen. »Bist du die, die ihn verraten wird? Oder bist du seine Königin? Du kannst nicht beides sein, Kriemhild.«

Marisa schnappte erschrocken nach Luft und warf Galen einen Blick zu. Maddox' Augen verengten sich, und Juda und Doktor Syntax tauschten einen besorgten Blick.

»Ich weiß es nicht, Herr Schwan«, sagte Marisa.

»Hast du Angst?«

Sie schwieg einen Augenblick. »Vielleicht ein wenig.«

Er seufzte. »Nur wer das Fürchten nicht erfuhr, schmiedet Nothung neu. Nothung ... Nothung ... Nothung ...«

»Nothung?«, fragte Marisa. »Ich verstehe nicht.«

»So heißt Siegfrieds Schwert«, erklärte Maddox.

»Das sind die Worte Mimes«, sagte Galen. »Der Zwerg war selbst halb verrückt.«

»Vor Angst«, fügte Maddox hinzu.

»Nothung«, wiederholte der alte König. »Nur Nothung kann die Fäden der Nornen zerschlagen. Die Nornen, die Schicksalsschwestern, die Vergangenheit, Gegenwart und Zukunft sind. Sie hängen an einem goldenen Seil, das am Walkürenfelsen im Tal der Sieben Berge befestigt ist. Wenn das Seil reißt, ist ihre Aufgabe erfüllt und sie werden von der Mutter Erde verschluckt. Hält das Seil, wird die Welt in Feuer und Eis vergehen und die Zeit selbst wird stehen bleiben.«

»Dieses mystische Geschwafel übersteigt meine Geduld«, sagte Juda. »Von ihm werden wir nichts erfahren.«

»Einen Augenblick noch«, sagte Maddox. »Können Sie ihn dazu bringen, dass er weiterspricht, Doktor Kapelson? Was er uns sagen will, könnte sehr wichtig sein.«

»Ich werde es versuchen.«

Die Ärztin rückte die Lampe von dem alten Mann weg, so dass sein Gesicht erneut im Schatten lag. »Herr Schwan? Ich bin es, Doktor Kapelson. Die Geschichten, die Sie mir über Bayreuth und den *Ring* erzählt haben, haben mir sehr gefallen. Können Sie mir noch mehr darüber sagen? Herr Schwan?«

Der Mann antwortete nicht. Dann sank ihm der Kopf auf die Brust und einen Augenblick lang fürchtete sie, er sei gestorben. Wie ein Windhauch drangen schließlich Worte zu ihr herüber.

»Finde Nothung und du wirst den Sonnenkönig finden.

Finde den Sonnenkönig und ein neues Zeitalter wird für uns anbrechen.«

»Der Sonnenkönig ist tot«, sagte Juda.

»Ruhe«, herrschte Galen ihn an.

»Ragnarök ist nicht das Ende«, sagte Herr Schwan, und seine Stimme wurde zu einem Flüstern. »Wollen Sie, so haben wir eine Kunst.«

»Wir sollten gehen«, sagte Juda.

»Das waren Wagners Worte nach der ersten Aufführung des *Ring*-Zyklus«, sagte Maddox. »Was hat er damit gemeint, Ludwig? Steckt in diesen Worten eine tiefere Bedeutung?«

Herr Schwan nickte zustimmend. »Ein Herz kann die ganze Welt verändern. Ragnarök ist nicht das Ende.«

»Ich denke, das reicht«, sagte Juda und trat einen Schritt vor. In einer fließenden Bewegung packte er den alten Mann an der Kehle und brach ihm das Genick.

Einen Augenblick lang waren die anderen wie gelähmt vor Entsetzen, Doktor Syntax eingeschlossen. Dann stürzten sie sich auf den Mathematiker und warfen ihn zu Boden. Marisa kniete nieder, um Herrn Schwans Puls zu fühlen, doch der blutige Speichel, der aus seinem offenen Mund rann, ließ keinen Zweifel zu. Er war tot.

»Warum, um Himmels willen, haben Sie das getan, Juda?«, brüllte Galen. »Er stellte keinerlei Bedrohung für Sie dar!«

»Das glauben Sie«, sagte Juda gedämpft unter den Körpern der Männer, die ihn zu Boden drückten. »Er war eine größere Bedrohung für mich, als ich Ihnen verraten kann oder will.«

»Nein, das stimmt nicht, Vierzehn«, sagte Doktor Syntax ernst, sehr zu Judas Überraschung. »Es gibt nichts, das er hätte enthüllen können, das sie nicht auf anderem Wege herausfinden könnten!«

Marisa, Galen und Maddox wechselten verwirrte Blicke. Vierzehn?

»Aber«, stammelte Juda, »er war der Einzige, der den Zusammenhang hätte erkennen können ...«

»Nein, nein und nochmals nein«, zischte Doktor Syntax. »Du hättest mir die Initiative überlassen sollen. Schließlich habe ich beinahe die gesamte Schlaufe durchlebt und bin nicht einfach nur hineingesprungen ...«

»Aber es ist meine Schlaufe«, widersprach Juda.

»Ja«, sagte Doktor Syntax, »aber du hast sie nur bis zu diesem Punkt durchlebt und kannst daher nicht wissen, dass es hier noch jemanden gibt, der über dieselben Informationen verfügt wie Ludwig. Du weißt genauso gut wie ich, dass wir die anderen nicht einfach umbringen können – sie sind zu wichtig. Und Maddox hat sowohl Wagner als auch Ludwig gut gekannt. Er kann den anderen all das erzählen, was du vor ihnen geheim halten wolltest. Es war ein sinnloser Mord.«

Juda verdrehte die Augen. »Es tut mir Leid. Ich dachte, das würde die ganze Sache vereinfachen.«

»Nun, du hast dich geirrt.« Doktor Syntax bedeutete den anderen, Juda loszulassen. »Keine Sorge, er wird niemandem mehr wehtun. Ihnen hätte er ohnehin nichts getan.«

»Hätten Sie die Güte uns mitzuteilen, was um alles in der Welt hier vorgeht?«, sagte Marisa. »Warum hat er Herrn Schwan umgebracht? Und warum haben Sie ihn ›Vierzehn‹ genannt?«

»›Schwachkopf‹ wäre wohl das passendere Wort gewesen«, erwiderte Doktor Syntax. »Man kann nicht einfach in der Welt herumlaufen und jeden umbringen, der Wagner gekannt hat – das ist einfach keine Lösung.«

Juda wandte sich Maddox zu. »Sie haben also Wagner ebenfalls gekannt? Nicht nur Liszt?«

»Ich hatte einen nicht unwesentlichen Anteil daran, dass er das Licht der Welt erblickt hat«, sagte Maddox.

»Puh«, stöhnte Juda. »Das konnte ich nicht ahnen.«

»Und was noch wichtiger ist«, sagte Doktor Syntax, »er hat Ludwig gekannt.«

»Was hätte Ludwig uns erzählen können, Juda?«, fragte Galen mit geballten Fäusten. »Was war so verdammt geheimnisvoll, dass Sie beschlossen haben, ihn umzubringen?«

Mit dem Anflug eines Lächelns schüttelte Juda den Kopf. »So einfach geht das nicht, Galen. Wenn ich über Ihren Freund Maddox mehr gewusst hätte, hätte ich gar nicht erst so viel verraten. Ich habe Ihnen den Weg gewiesen – wenn Sie ihm weiter folgen wollen, müssen Sie das ohne meine Hilfe tun.«

»Ich finde, die Einsicht kommt ein wenig spät«, sagte Doktor Syntax vorwurfsvoll.

»Wie Sie wollen«, sagte Galen. »Maddox, der Doktor hat gesagt, Sie würden ebenfalls über die Informationen verfügen, die Juda geheim halten möchte. Was hätte Ludwig uns erzählen können?«

»Das ist nicht Ihr Ernst, oder?«, entgegnete Maddox. »Ich bin nicht sein Hausdiener gewesen. Wir haben einige Abende zusammen verbracht, und damals war er bereits in fortgeschrittenem Alter. Woher soll ich wissen, welche von seinen unzähligen Lebensdaten uns weiterhelfen können?«

»Aber Sie haben zur gleichen Zeit gelebt wie er«, sagte Marisa. »Sie sollten eher in der Lage sein, Wichtiges von Nebensächlichem zu unterscheiden.«

»Da haben Sie vermutlich Recht. Zumindest wissen wir, wonach wir suchen müssen«, sagte er und warf Juda einen finsteren Blick zu. »Wagner.«

»Wie scharfsinnig«, sagte Juda. »Nachdem wir uns nun schon seit Stunden über Wagner unterhalten.«

»Halten Sie den Mund, Juda«, sagte Galen. »Maddox, bitte fangen Sie an.«

»Ludwig II. wurde am 25. August 1845 in der Sommerresidenz der königlichen Familie in der Nähe von München geboren. Sein Vater war der katholische Kronprinz des Hauses Wittelsbach, der die protestantische Prinzessin Maria von Hohenzollern geheiratet hatte, eine Nichte des Königs Friedrich Wilhelm III. von Preußen. Zum Zeitpunkt seiner Geburt war sein Großvater Ludwig I. König von Bayern. Ich war damals ein Ratgeber am Hof König Friedrichs und bin über Ludwig wieder in Wagners Nähe gelangt.«

»Hmm«, meinte Marisa. »Schade, dass wir Ludwigs Eltern nie mit den Magiern zusammenbringen konnten. Das hätte eine Menge interessanter Gespräche gegeben.«

»Sie machen wohl Witze«, sagte Maddox. »Jedenfalls galt Ludwig I. als kultiviertester Monarch Europas. In jungen Jahren hatte er eine der schönsten Prinzessinnen des ganzen Kontinents geheiratet, und sein Vater Maximilian war der erste Bayernkönig, der seine Krone Napoleon zu verdanken hatte. Wie im Hause Wittelsbach üblich, war Ludwig I. ein Förderer der schönen Künste. Außerdem hatte er eine Leidenschaft für die Architektur, für Bildung und Wissenschaft – aber auch für die Frauen. Im Herbst 1846 kam die berühmte spanische Tänzerin Lola Montez nach München und der König verfiel ihrem Zauber. Die Königin drückte ein Auge zu, und schon bald wurde die Tänzerin die offizielle Mätresse des Königs.«

»Das ist nicht ungewöhnlich«, warf Galen ein. »Es war für einen Monarchen praktisch Pflicht, über eine Mätresse zu verfügen – meist sogar über mehrere.«

»Da haben Sie Recht, aber lassen Sie mich ausreden«, sagte Maddox. »Er kaufte ihr ein Haus, stattete sie mit einem regelmäßigen Unterhalt aus und machte sie erst zur Baronin Rosenthal und später zur Gräfin Landsfeld. Die Kirche und das Volk waren empört und in München kam es zu Aufständen. König Ludwig hatte die Liebe und das Vertrauen seiner Untertanen verloren. Im März 1848 überließ er seinem ältesten Sohn den Thron – Maximilian II.«

»Und was genau bedeutet das?«, fragte Marisa.

Galens Gesicht hellte sich auf, als er begriff. »Das bedeutet, dass Ludwig II. weit früher als vorgesehen zum Kronprinzen ernannt wurde.«

»Interessant.«

Maddox lächelte. »Es wird noch interessanter, wenn ich Ihnen erzähle, wer Lola Montez an den Hof von Ludwig I. gebracht hat – ein Hofarzt namens Doktor St. Taxen.«

»Mein Gott«, rief Galen aus. »Das glaube ich nicht.«

Juda runzelte die Stirn, während Doktor Syntax leise vor sich hin pfiff und seine Fingernägel betrachtete.

»Erzählen Sie weiter«, sagte Galen. »Ich möchte den Rest der Geschichte erfahren.«

»Ludwig wurde im Alter von drei Jahren Kronprinz von Bayern. Fünf Wochen später, am 27. April, wurde sein Bruder Otto geboren. Beide Kinder wuchsen gemeinsam auf und hatten die gleiche Gouvernante. Beide waren schüchtern und in sich gekehrt. Ihr Vater war sehr streng und die Mutter sanft und liebevoll. Dennoch entwickelte sich nie eine enge Verbindung zwischen Kindern und Eltern. Unglücklicherweise wurde die Erziehung des Kronprinzen Lehrern anvertraut, die das große Potenzial Ludwigs nicht in angemessener Weise fördern konnten. Seine intellektuelle Begabung wurde von unfähigen Lehrern buchstäblich verschwendet. Ein neuer Hauslehrer, der im Mai 1854 die Erziehung der beiden Prinzen übernahm, war streng und militaristisch, und Ludwig fürchtete sich vor ihm. Ein Jahr später erhielten die Prinzen einen neuen militärischen Ausbilder, der ein wenig jünger war. Von diesem Zeitpunkt an wurde Ludwig ohne seinen Bruder unterrichtet. Und jetzt«, sagte Maddox und breitete die Arme aus, »dürfen Sie raten, wer dieser Lehrer war.«

»Sagen Sie nicht ...«, setzte Galen an.

Maddox nickte. »Der Neffe – so hieß es jedenfalls – von Doktor St. Taxen.«

»Dieser Lehrer wollte in Ludwig einen starken Willen heranbilden, den er sich unterordnen konnte, und er verlangte

absoluten Gehorsam. Im Herbst 1857 kam es in Berchtes-
gaden schließlich zu einem merkwürdigen Vorfall. Ludwig
hätte beinahe seinen Bruder mit einem Taschentuch
erwürgt, das er ihm um den Hals gewickelt hatte. Die beiden
wurden noch gerade rechtzeitig entdeckt, und Ludwig erhielt
von seinem Vater eine Tracht Prügel.«

»Er war ein ziemlich mordlustiger Geselle, was?«, sagte Juda.

»Werden Sie nicht unverschämt«, erwiderte Galen.

»Er war ein wenig besessen«, räumte Maddox ein, »besonders, was die finsteren Mythen und Legenden seiner
germanischen Vorfahren anbelangte. Diese Leidenschaft war
es, die zwangsläufig zu seiner Bekanntschaft mit Wagner führte. Ludwig war achtzehn Jahre alt, als sein Vater krank wurde
und kurz darauf, am 10. März 1864, verstarb. Und der
jugendliche König bestieg den bayerischen Thron.«

»Bereits kurz zuvor war das Leben des Königs unumstößlich
mit dem Wagners verknüpft worden«, sagte Galen.

»Wie hat er von Wagner erfahren?«, fragte Marisa.

»*Lohengrin*«, sagte Maddox. »Ludwig war von der Oper
begeistert und beschloss, den Komponisten an seine Seite zu
holen. Für Wagner wurde König Ludwig II. die Verkörperung
seiner schönsten Träume.«

»So wie die Medicis für Michelangelo«, sagte Marisa.

»In der Tat«, stimmte Galen zu. »Der König schätzte Wagner,
weil es dem Komponisten auf irgendeine Weise gelang,
Ludwigs Phantasien Wirklichkeit werden zu lassen.«

»Gut erkannt«, sagte Maddox. »Etwa einen Monat nach
seiner Thronbesteigung lud Ludwig Wagner ein, nach München zu ziehen, und mit Hilfe der überaus großzügigen
Unterstützung des Königs wurden Wagners Opern im dortigen
Hoftheater aufgeführt. Der König kaufte dem Komponisten
ein Haus und finanzierte später den Bau des Bayreuther

Festspielhauses und der *Villa Wahnfried*, Wagners Wohnsitz in Bayreuth. Der König war von seiner Leidenschaft für die Oper besessen und betete den Schöpfer dieser Werke geradezu an. Das wertvollste Geschenk, das Wagner dem König im Gegenzug für seine Bewunderung machen konnte, war die Vollendung seiner Opern.«

»Seit Ludwigs Gouvernante Sibylle Meilhaus seinen Geist mit Geschichten über Lohengrin beflügelt hatte«, fügte Galen hinzu, »war seine Begeisterung für Wagner ständig gewachsen.«

»Augenblick mal«, sagte Maddox plötzlich. »Wie lautete noch einmal der Name seiner Gouvernante?«

»Sibylle Meilhaus. Warum?«

Maddox schüttelte den Kopf. »Sibylle. Das kann kein Zufall sein. Das muss Z gewesen sein.«

»Ludwigs Gouvernante? Sind Sie sicher?«

»Ganz sicher«, erwiderte Maddox.

»Interessant«, sagte Juda, »dass es selbst damals schon einen Gegenspieler gegeben hat.«

»Ludwig wurde also von den verschiedensten Seiten manipuliert«, schloss Marisa. »Aber aus welchem Grund?«

»Die Gründe waren ähnlich, aber die Motive verschieden«, sagte Maddox. »Ich nehme an, die Sibylle hat sein Interesse an den Mythologien geweckt, um ihn für Wagners Werk empfänglich zu machen. Dagegen hatte sein Hauslehrer es darauf abgesehen, die Kontrolle über die Früchte dieses Werks zu gewinnen. Wagner hatte stets Schulden und hat deshalb Ludwigs Güte und Großzügigkeit ohne Zögern ausgenutzt.«

Galen nickte. »Richard Wagner war ein brillanter Komponist, aber er ist auch ein ziemlicher Schmarotzer gewesen. Sein Privatleben war moralisch zerrüttet – denken Sie nur daran, welchen Einfluss er auf die Ehe seines Freundes Hans von Bülow hatte.«

»Das ist Ihr großes Vorbild?«, fragte Marisa.

Galen versteifte sich. »Es steht mir nicht zu, über einen solchen Mann zu urteilen.«

»Da wäre ich mir nicht so sicher«, sagte Maddox. »Nach allem, was ich über Sie erfahren habe, gehören Sie wohl zu den wenigen, die das könnten. Wagner hat so viel Druck wie möglich auf Ludwig ausgeübt. Er drohte, ihn zu verlassen, wenn er ihn nicht weiter finanziell unterstützen würde. Er hat sogar Cosima mit dem Auftrag zum König geschickt, um weitere Mittel zu bitten.«

Galen nickte. »Und er hat sie schließlich auch bekommen. Trotz des Widerstandes der königlichen Familie, vor allem der Königinmutter und des alten Königs Ludwig I., wurde Wagner ein fester Bestandteil des königlichen Hofes. Die einflussreichen Mitglieder des bayerischen Adels waren außer sich. Als Ludwig feststellte, dass sich bereits die gesamte Hauptstadt Bayerns in Aufruhr über die Wagner-Affäre befand, hielt er es für das Beste, wenn der Komponist das Königreich für eine Weile verließ. Ludwig war immer noch von Wagners Aufrichtigkeit überzeugt, wenn auch nicht mehr unbedingt von seiner Klugheit. Die Verehrung des Königs hatte ebenso wenig nachgelassen wie seine finanzielle Unterstützung, und so machte sich Wagner auf den Weg in die Schweiz. Im Januar 1871 ließ sich Wilhelm I. von Preußen in Versailles zum Kaiser ausrufen. Und Bismarck war sich sehr wohl bewusst, dass dieses Ereignis ohne Ludwigs Zustimmung nicht möglich gewesen wäre. Ludwigs Bruder, Prinz Otto, vertrat Bayern bei der Zeremonie in Versailles. Es sollte Ottos letzte öffentliche Amtshandlung sein, obwohl es sogar Gerüchte gegeben hatte, dass Ludwig sich mit dem Gedanken trug, zugunsten seines Bruders abzudanken.«

»Das ist richtig«, sagte Maddox, »und es gab mehrere Gründe dafür. Ludwig wusste, dass Otto einen Thronfolger stellen konnte, und dazu wäre Ludwig mit seinen unglücklichen und oberflächlichen Liebesaffären vermutlich nie in der Lage gewesen. Außerdem ärgerte ihn die gesamte politische Lage

der damaligen Zeit und er hatte das Regieren offen ge-
standen satt. Wenn es nach ihm gegangen wäre, hätte er am
liebsten den Rest seines Lebens gemeinsam mit Wagner neue
Opern geschaffen.«

»Allerdings«, warf Galen ein, »war das noch vor seinem
geistigen Zusammenbruch.«

»Richtig.«

»Im Frühjahr 1871 machte sich Ludwig zunehmend Sorgen
über das seltsame Verhalten seines Bruders«, fuhr Galen fort.
»Otto hatte jeden Sinn für Körperhygiene verloren und ver-
wahrloste immer mehr. Er benahm sich wie ein Verrückter,
schnitt Grimassen, bellte wie ein Hund und sagte zuweilen
die unschicklichsten Dinge. Dann gab es wieder Zeiten, in
denen er völlig normal war. Der Hofarzt untersuchte ihn und
verordnete ihm Ruhe. Ottos geistige Gesundheit verschlechterte sich dennoch rapide. Im Winter wurde er krank, und
auf den Rat seines Arztes hin brachte man ihn am 26. Februar
in ein Krankenhaus und überließ ihn der Pflege der dortigen
Ärzte. Der damalige Hofarzt starb am 31. Mai desselben Jahres
und die medizinische Betreuung übernahm ein Doktor van
Gudden.«

»Ich weiß nicht, wie es Ihnen geht«, sagte Maddox, »aber
ich habe wirklich genug über Ärzte gehört.«

»Darin«, sagte Juda, »sind wir einer Meinung.«

»Die königliche Familie verbrachte den Sommer 1873 in
ihrem Sommerpalast und nahm Otto mit sich. Erst da wurde
der Königinmutter die schreckliche Tatsache bewusst, dass
einer ihrer Söhne hoffnungslos verrückt war und der andere
ebenfalls nicht ganz normal.«

»Welcher von beiden war was?«, fragte Marisa.

»Schwer zu sagen«, erwiderte Galen. »Man brachte Otto
nach Fürstenried, wo er gemeinsam mit Ludwig in seiner

Jugend viele glückliche Tage verlebt hatte. Dort blieb er den Rest seines Lebens unter medizinischer Betreuung, bis er 1916 starb.«

»Damit war er von der Bildfläche verschwunden«, sagte Maddox, »und stellte keine Bedrohung mehr für Ludwigs Thron dar.«

»Richtig«, sagte Galen. »Ludwig hegte seit langem die Befürchtung, er könne selbst den Verstand verlieren, gab sich jedoch alle Mühe, die Regierungsgeschäfte am Laufen zu halten. Er war zutiefst verschuldet, denn er hatte sich mit seinen umfangreichen Bauvorhaben stark übernommen. Er versuchte noch mehr Anleihen aufzunehmen, doch diese bereiteten ihm immer stärkere Sorgen. Der einzige Lichtblick war die Eröffnung von Wagners Theater in Bayreuth, bei der Kaiser Wilhelm I., Ludwig und viele andere Vertreter des europäischen Adels zugegen waren. Zum ersten Mal wurde der *Ring des Nibelungen* in seiner Gesamtheit aufgeführt. Ludwig wohnte in der Ermitage in Bayreuth, dem schönen barocken Palast, den Friedrich der Große für seine Lieblingsschwester Wilhelmine hatte erbauen lassen. Zwei Wochen später kehrte er unter falschem Namen nach Bayreuth zurück, um Wagner in seinem neuen Wohnsitz zu besuchen: der *Villa Wahnfried*. Im Januar 1881 sahen sich der König und Wagner gemeinsam die Oper *Lohengrin* an und verspeisten ein üppiges Abendmahl. Das war das letzte Mal, dass die beiden Freunde einander begegnen sollten, und kurze Zeit später wurde auch die Frage nach Ludwigs Wahnsinn endgültig beantwortet. Der Tod Richard Wagners gab ihm den Rest.«

»Wagner war mit Cosima nach Venedig gezogen«, fuhr Galen fort, »obwohl er schon seit einer Weile bei schlechter Gesundheit gewesen war. Am 13. Februar 1883 starb er überraschend an einem Herzanfall am Schreibtisch in seiner Wohnung am

Palazzo Vendramin-Calenzi über dem Canale Grande. Seine Frau versank in tiefe Trauer, und als die Nachricht König Ludwig erreichte, wurde auch er von Kummer überwältigt. Man brachte Wagners Sarg von Italien nach Bayreuth. Nach dem feierlichen Begräbnis kehrte Ludwig heimlich nach Bayreuth zurück, wo er allein am Grab im Garten der *Villa Wahnfried* Abschied von seinem Freund nahm.«

»Das war sicher eine schwere Zeit für ihn«, sagte Marisa.

»Ohne Frage«, erwiderte Juda. »Und sie verfehlte ihre Wirkung nicht: Wagners Tod hat Ludwig in den letzten drei Jahren seines Lebens in den Wahnsinn getrieben.«

»Sie zerfließen ja geradezu vor Mitleid.«

Juda lächelte nur und schwieg.

Galen fuhr mit seiner Geschichte fort. »Mit dem Tod des Komponisten war Ludwig die seelische Kraft verloren gegangen, die er aus dessen Werk geschöpft hatte. Geldnöte machten es ihm unmöglich, seine Bauvorhaben weiterzuführen. Und schließlich wandten sich auch noch seine eigenen Amtsträger gegen ihn. Sie warfen ihm vor, seine Aufgaben als König nicht mehr länger erfüllen zu können, und schon bald sprach man am gesamten bayerischen Königshof davon, dass Ludwig abdanken und ein neuer König gekrönt werden solle. Doch niemand wusste genau, wie dies in die Wege zu leiten war.

Die Ränke gegen den König, die in München unerbittlich geschmiedet wurden, stützten sich im Wesentlichen auf eine Diagnose von Doktor van Gudden über Ludwigs prekären Geisteszustand. Schließlich wurde König Ludwig für regierungsuntauglich erklärt und Prinz Luitpold zum neuen Herrscher erhoben. Man riet Ludwig, über die Grenze nach Österreich zu fliehen, doch er weigerte sich, sein Königreich zu verlassen. Der König drohte mit Selbstmord und wollte wissen, wie van Gudden zu seiner Diagnose gelangt sei, obwohl er ihn nicht einmal untersucht hatte. Gudden antwortete kurz und bündig, dass eine Untersuchung nicht nötig sei, und nachdem er drei Stunden auf den König eingeredet hatte, willigte dieser schließlich ein, sich in aller Stille nach Berg zu begeben.

Um vier Uhr morgens stieg Ludwig allein in seine Kutsche. Die Griffe der Kutschentüren waren entfernt worden, so dass sie sich von innen nicht öffnen ließen. Ein Pfleger hatte neben dem Kutscher Platz genommen, und ein Hausdiener begleitete die Kutsche auf einem Pferd. Nachdem sie in Berg angekommen waren, empfahl der kurze Zeit später eingetroffene van Gudden dem König, das Frühstück zu sich zu nehmen und danach ein wenig zu ruhen. Er schlief einige Stunden unter Aufsicht und wurde danach zunehmend unruhig.«

»Darf ich weitererzählen?«, fragte Maddox.

»Nur zu«, erwiderte Galen.

»Es war spät am Morgen eines trüben Juni-Tags, als van Gudden dem König vorschlug, einen Spaziergang zu unternehmen. Es regnete ein wenig und Ludwig trug einen Mantel und einen Schirm. Vor ihnen lief ein Wachmann und hinter ihnen zwei Pfleger.«

»Woher wissen Sie das?«, fragte Juda. »Aus historischen Quellen?«

»Nein«, sagte Maddox. »Ich war einer der Pfleger. Ludwig war über den Wachmann beunruhigt und erkundigte sich, ob irgendeine Gefahr bestünde. Man beruhigte ihn, und die Gruppe kehrte ins Schloss Berg zurück. Van Gudden ordnete einen weiteren Spaziergang am Nachmittag an, dieses Mal jedoch ohne die Begleitung des Wachmanns, da dessen Anwesenheit den König aufgeregt hatte. Ludwig aß allein zu Mittag und schickte dann einen der Pfleger nach van Gudden, damit sie aufbrechen konnten. Der Arzt beschloss, den Spaziergang mit Ludwig allein zu unternehmen, und teilte den Pflegern mit, dass sie gegen acht Uhr zurück sein würden. Als sie um diese Zeit nicht wiederkehrten, schickten die Pfleger zwei Wachmänner, um nach dem Rechten zu sehen.

Um 22:30 fanden sie Ludwigs Hut, Jackett, Mantel und Schirm am Ufer des nahe gelegenen Starnberger Sees. Kurze Zeit später entdeckte ein Verwalter von Schloss Berg zwei Leichen, die nebeneinander im flachen Wasser lagen. Die Leichen wurden nach Berg gebracht und in getrennten Räumen aufgebahrt. Der Bürgermeister von Starnberg und andere Amtsträger wurden herbeigerufen, um sie zu untersuchen. Schließlich wurde Ludwigs Leichnam nach München gebracht. Dort bahrte man ihn feierlich in einem offenen Sarg auf, in sein hermelinbesetztes Staatsgewand gehüllt, inmitten von Blumen und Kerzen. Am 17. Juni 1886 wurde er in der Hofkirche St. Michael zur letzten Ruhe gebettet.«

»Bis heute«, sagte Galen, »ist es ein Geheimnis geblieben, was an dem Tag, als der König mit seinem Arzt spazieren ging, tatsächlich geschehen ist. Es gibt viele Theorien, doch niemand wird es jemals sicher wissen können. Und dank Juda werden wir es nun auch nicht mehr erfahren.«

»Ich weiß, was geschehen ist«, sagte Maddox.

»Mist«, sagte Juda. »Das habe ich nun davon, wenn ich meinen Gefühlen nachgebe.«

»Geschieht Ihnen recht«, sagte Marisa.

»Ich nehme an, es war alles nur vorgetäuscht«, sagte Juda sarkastisch. »Die Bestätigung durch die Amtsträger, die Tausenden von Menschen, die an dem feierlich aufgebahrten König vorbeizogen. Sie alle sollen nicht bemerkt haben, dass der Tote, um den sie trauerten, gar nicht der König war?«

»Nein«, erwiderte Maddox. »Ich habe ihn mit eigenen Augen gesehen und die Untersuchungsberichte unterschrieben. Ich glaube, dass der Tote tatsächlich Ludwig gewesen ist – nur eben nicht das Original. Ich bin zu dem Schluss gekommen, dass wir eine Kopie von ihm gesehen haben müssen, auch wenn ich bis vor kurzem noch nicht wusste, wie so etwas glaubhaft in die Tat umgesetzt werden kann. Jetzt bin ich davon überzeugt, dass es eine *tulpa* gewesen sein muss.«

»Und der Arzt?«, fragte Marisa. »War der auch eine *tulpa*?«

»Seine Leiche muss eine gewesen sein«, sagte Maddox. »Denn der Arzt, den ich kennen gelernt habe, sitzt auf diesem Stuhl dort.«

Doktor Syntax seufzte schwer.

»Verdammt nochmal«, rief Juda. »Das war einer der Zusammenhänge, von denen ich gehofft hatte, dass er Ihnen entgehen würde.«

»Aber warum wollten Sie das Ganze vor uns geheim halten?«, fragte Marisa. »Warum war es Ihnen – nach allem, was Sie uns bereits erzählt hatten – so wichtig, dass wir nicht alle Einzelheiten über Wagners Leben erfahren? So wichtig, dass Sie dafür sogar Herrn Schwan umgebracht haben?«

»Ganz einfach«, sagte Galen müde. »Wenn wir erkennen, wie oft sich bereits jemand in die Entstehung dieser Zeitlinie eingemischt hat, wissen wir auch, dass wir seine Pläne immer noch durchkreuzen können.«

Doktor Syntax stöhnte auf und verdrehte die Augen. Juda brachte ihn mit einem Zischen zum Schweigen und starrte Galen durchdringend an.

»Sie überraschen mich immer wieder, Mikaal«, sagte er. »Sie haben das Ganze beinahe genauso schnell durchschaut wie ich. Mir ist es erst vor einigen Stunden vollkommen klar geworden, und das auch nur aufgrund einer Erinnerung aus meiner Kindheit, die mich plötzlich überkommen hat.«

Marisa packte Galens Arm. »Was meint er damit?«

»Er meint«, sagte Maddox langsam, »dass sie es verbockt haben. Sie haben die Umkehrung vermasselt. Überlegen Sie doch mal. Wenn es ausgereicht hätte, Galen zur rechten Zeit in Hagen zu verwandeln, um die Welle zu verankern, warum hätten dann Mitglieder dieser ›Verschwörung‹ überall in der Geschichte Ereignisse und Personen manipulieren müssen? Warum mussten sie auf Wagner, Liszt, Bruckner oder den armen Ludwig Einfluss nehmen? Ich sage es Ihnen: Weil aus irgendeinem Grund das ganze Vorhaben nicht so verlaufen ist, wie sie es sich vorgestellt hatten. Er hat eine Nachricht rückwärts in der Zeit an seine Komplizen geschickt, damit diese die Ereignisse von der Vergangenheit her wieder zu korrigieren versuchen. Mit Wagner haben sie angefangen, doch das war ein Fehlschlag. Dann kam Bruckner und dann Ludwig. Habe ich Recht?«

»Sie sind nahe dran«, erwiderte Juda. »Abgesehen von ein paar kleinen Einzelheiten.«

»Und die wären?«

»Zunächst einmal gibt es keine Komplizen – nur mich. Und zweitens: Wenn man tatsächlich Ereignisse in der Vergangenheit beeinflussen könnte, um die Gegenwart zu verändern, würde es keine Rolle spielen, wenn Sie versuchen, meine Pläne zunichte zu machen. Ich könnte einfach zurückkreisen und wieder von vorn anfangen.«

Maddox wandte sich an Marisa. »Verstehen Sie jetzt, mit was für Menschen ich mich seit zweitausend Jahren herumschlagen muss? Und da fragen Sie sich, warum ich mich umbringen wollte?«

»Ich denke, es wird langsam Zeit«, sagte Juda und zog das kleine Gerät aus seiner Tasche, das aussah wie ein Taschenrechner.

»Treten Sie zurück«, warnte Galen die anderen. »Diese Anabasis-Maschine ist gefährlicher, als sie aussieht.«

»Wirklich?«, sagte Doktor Syntax und zog das gleiche Gerät aus seiner Tasche. »Ich habe sie immer sehr nützlich gefunden.«

»Denk an dein Benehmen, Zwei«, sagte Juda und gab eine Reihe von Zahlen in das Gerät ein. »Wir bekommen gleich Besuch.«

Hätte es einen Lichtblitz oder einen Donnerschlag gegeben, dann wären Marisa und die anderen im Turm besser auf die folgenden Ereignisse vorbereitet gewesen. Aber es leuchtete weder ein Blitz auf, noch ertönten Donner oder Fanfaren. Von einem Augenblick auf den nächsten standen einfach statt fünf Menschen zwanzig im Raum, und von diesen hatten siebzehn zum einen oder anderen Zeitpunkt den Namen Juda getragen.

»Seien Sie gegrüßt«, sagte Eins. »Wir würden uns gern mit Ihnen unterhalten, wenn es Ihnen recht ist.«

KAPITEL ZWÖLF

Walhalla

Die erste Reaktion auf die plötzlich aufgetauchten Neuan-
kömmlinge zeigte überraschenderweise das Huhn Henrietta.
Es kreischte freudig auf und flatterte dem Sprecher, der die
Bezeichnung Eins trug, direkt in die Arme.

»Hallo, mein Mädchen«, sagte er liebevoll, schnalzte mit
der Zunge und kraulte das Huhn am Hals. »Haben sie gut auf
dich Acht gegeben?«

»Es hat ihr an nichts gefehlt«, sagte Marisa, die sich wieder
einigermaßen gefasst hatte. »Wir haben ihr frisches Wasser
und Kräcker gegeben.«

»Vielen Dank«, sagte Eins. »Sie sind immer noch genauso
entgegenkommend, wie ich Sie in Erinnerung habe.«

»Wer sind Sie?«

»Ist das nicht offensichtlich?«, sagte er und lächelte. »Ich
bin genau der, für den Sie mich halten – schieben Sie alle
Logik beiseite und sprechen Sie es aus. Sie wissen, dass es die
Wahrheit ist.«

»Juda«, sagte sie. »Sie sind Juda – Sie alle.«

»Ja, jeder Einzelne von uns. Allerdings ist der Juda, den Sie
kennen, der Einzige, der tatsächlich in diese Zeitschlaufe
gehört. Wir nennen ihn ›Vierzehn‹. Mein Name ist Eins.«

Galen blickte zu Doktor Syntax hinüber. »Deshalb hat er Sie
›Zwei‹ genannt.«

Doktor Syntax und drei der anderen Judas nickten.

»Aber wie ist das möglich?«, fragte Maddox. »Wie können
Sie alle hier sein? Und wie können Sie alle Juda sein?«

»Weil wir glauben, dass die Gegenwart das ist, was man aus
ihr macht. Und ebenso steht es mit der Vergangenheit und
der Zukunft. Als Vierzehn – der Juda, den Sie kennen – Ihnen
von der *Zwischenzeit* erzählt hat, hat er Ihnen verschwiegen,

dass es sich dabei um einen Ort handelt, den es wirklich gibt. Vor einigen Jahren hat ein Physiker names Julian Barbour die Theorie aufgestellt, dass es eine Art zeitloses Universum geben könnte – einen Ort, den er *Platonia* genannt hat. Bei Barbour ist *Platonia* das Land der Gegenwart, und diese Gegenwart ist ein erstarrter Augenblick, ein Schnappschuss des gesamten Daseins, so wie es in diesem Augenblick existiert und im nächsten und im nächsten. Und von all den Augenblicken, die dazwischen liegen. Die Gesamtheit dieser verschiedenen Augenblicke der Gegenwart macht *Platonia* aus. Mit Hilfe der Anabasis-Maschine konnten wir uns innerhalb von *Platonia* zu Punkten in verschiedenen Vergangenheiten bewegen, auf der Suche nach einer bestimmten Zukunft. In *Platonia* existieren Milliarden von Zukünften gleichzeitig, aber eine bestimmte Zukunft aufzuspüren, das ist nicht ganz einfach. Die Wahrscheinlichkeit, dass ein Ereignis Wirklichkeit wird, ist letztlich von vielen Einzelereignissen abhängig, und diese wiederum werden durch ihre Wechselwirkung mit anderen Ereignissen bestimmt. Jene Ereignisse, die die meisten Wechselwirkungen entfalten, haben also logischerweise die besten Aussichten, Wirklichkeit zu werden. Dabei ist die Identität einer Person ein wichtiger Faktor. Galen wurde zu Hagen, weil er zum damaligen Zeitpunkt Hagen näher stand als seiner eigenen Identität. Aus demselben Grund sind wir im Augenblick hier, weil wir beschlossen haben, diesem Zeitpunkt mehr Aufmerksamkeit zu widmen als anderen.«

»Können Sie mit dieser Anabasis-Maschine tatsächlich nach Belieben durch die Zeit reisen?«, erkundigte sich Maddox.

»Im Grunde schon«, sagte Acht. »Ganz so leicht ist es allerdings nicht gewesen. Es ist ein himmelweiter Unterschied, ob man die Maschine nur dazu benutzt, Ereignisse zu beobachten oder sie tatsächlich zu beeinflussen. Wir haben beinahe zwei Jahrhunderte gebraucht, um die Technik zu vervollkommnen.«

»Die Gesetze der Physik erzeugen die Illusion, dass der Zeitfluss wirklich existiert«, sagte Eins. »Das stimmt jedoch nicht. Er ist und bleibt eine Illusion. In Wirklichkeit ist das Universum zeitlos – das heißt, die Zeit fließt nicht, sie existiert einfach nur. Allerdings werden wir uns nie vollkommen von der zeitlichen Wahrnehmung lösen können. Wir werden die Zeit immer als fließend erfahren, weil wir den Unterschied wahrnehmen können, der sich zwischen unserer eigenen Lebensdauer und dem Verfall der Dinge um uns ergibt. Wenn jedoch alle ›Zeiten‹ gleichzeitig existieren, kann der Juda der Gegenwart problemlos zur gleichen Zeit vorhanden sein wie der Juda aus der Vergangenheit und ein Juda aus der Zukunft.«

»Einen Blick in die Vergangenheit zu werfen, ist eine Sache«, gab Galen zu bedenken, »aber durch die Zeit zu reisen, ist etwas vollkommen anderes.«

»Es war eine verdammt harte Nuss«, stimmte Zwölf zu. »Wir sind bei den frühen Versuchen unzählige Male gestorben. Dabei haben wir aber immer jüngere Judas verwendet, damit die Erinnerungen nicht erhalten blieben.«

»Hey!«, beschwerte sich Dreiundvierzig.

»Wie dem auch sei«, fuhr Zwölf fort, »es hat uns eine Menge Anläufe gekostet, genau genommen tausende. Angefangen haben wir mit unbelebten Gegenständen, aber es erwies sich als schwierig, die entstandenen Veränderungen aufzuzeichnen. Also haben wir es als Nächstes mit Lebewesen versucht ...«

Henrietta stieß ein zufriedenes Gackern aus.

»Das Huhn?«, sagte Maddox. »Sie haben ein Huhn auf Zeitreise geschickt?«

»Viele Male«, sagte Eins, »und von verschiedenen Punkten in seinem Leben. Dieses hier entspricht etwa der Zeit, aus der unsere Nummer Dreiundzwanzig stammt.«

»Das erklärt die Eier«, sagte Marisa. »Die haben Sie hierher geschickt, nicht wahr?«

»Ja.«

»Was ist mit den Hühnern ohne Kopf passiert?«

»Hey«, sagte Zwölf, »das war Ihr Fehler, nicht unserer. Bei einem der Sprünge hierher hat irgendjemand dem Huhn den Kopf abgeschlagen. Dieses Trauma hat noch Jahre später jede andere Version, die wir hierher geschickt haben, überlagert. Schließlich gelang es uns jedoch, das Huhn wieder in seinen ursprünglichen Zustand zurückzuversetzen, und da wussten wir, dass wir nun auch selbst den Sprung wagen konnten.«

»Eines wüsste ich doch gern«, sagte Marisa. »Warum ist das Huhn blau?«

»Das hat mit dem Doppler-Effekt zu tun«, sagte Zwölf. »Wenn man sich in der Zeit vorwärts bewegt, kommt es zu einer Rotverschiebung im Farbspektrum, und wenn man sich rückwärts bewegt, zu einer Verschiebung in den blauen Bereich. Weil wir das Huhn so oft rückwärts durch die Zeit geschickt haben, hat es schließlich dauerhaft eine blaue Färbung angenommen. Wir könnten es jederzeit wieder zurückschicken, aber nicht mehr vorwärts.«

»Warum mussten Sie überhaupt durch die Zeit ›springen‹?«, fragte Maddox. »Sie kannten doch schon die Daten einer Umkehrung und hatten doppelte Maßnahmen ergriffen – die Verwandlung von Galen in Hagen und die Ermordung Langbeins –, um ganz sicher das gewünschte Ergebnis zu erhalten. Wozu mussten Sie auch noch die Zeitreise erfinden?«

»Es war überhaupt nichts sicher«, sagte Acht. »Galen, denken Sie einmal nach. Jene Nacht vor einer Woche, auf der Bühne in Bayreuth, können Sie sich da an irgendetwas erinnern? Irgendetwas Ungewöhnliches?«

Galen runzelte die Stirn, während er angestrengt nachdachte. Dann schüttelte er den Kopf. »Nein. Nein, ich ... warten Sie«, sagte er und seine Augen weiteten sich. »Warten Sie. Ich erinnere mich tatsächlich an ...«

Er drehte sich zu Juda um. »Sie. Ich erinnere mich an Sie.«

»Was war mit ihm?«

»Er saß im Publikum und applaudierte – nein, alle applaudierten sie. Jeder einzelne Zuschauer hatte sich in Juda verwandelt. Es war der gleiche Trick, den er auch im Nachtclub vorgeführt hat.«

»Sie sind so nah dran und doch Meilen von der Wahrheit entfernt«, sagte Juda. »Ich bin dort gewesen, aber ich war allein.«

»Das ist richtig«, sagte Eins, »aber nur beim ersten Mal.«

Juda und Galen blickten Eins an und sagten überrascht im Chor: »Beim *ersten* Mal?«

Eins nickte. »Diese Umkehrung ist nicht nur einmal rückgängig gemacht worden. Wir haben diesen Prozess schon viele, viele Male durchlaufen, und jedes Mal haben wir eine von zwei möglichen Entscheidungen getroffen: Wir haben entweder versucht, Ereignisse in der Vergangenheit zu verändern, um unser Vorhaben in der Gegenwart zu retten. Oder wir haben unsere Aufmerksamkeit auf die *Erste Offenbarung* konzentriert. Das hat sich bisher allerdings als wenig sinnvoll erwiesen, wie die Anzahl derjenigen von uns, die sich zu dieser Zeit im Festspielhaus befanden, beweist.«

»Die *Erste Offenbarung*«, sagte Maddox. »Was bedeutet das?«

»Es bezieht sich auf den Zeitpunkt, als zum ersten Mal ein Erlkönig aus der Vergangenheit auf einen in der Gegenwart übertragen und damit eine Umkehrung ausgelöst wurde. Weil wir dabei zugegen waren, war es einfach, sich auf diesen Punkt zu konzentrieren. Die *Zweite Offenbarung* ist ein weitaus schwierigerer Bezugspunkt. Deshalb mussten wir direkten Kontakt miteinander aufnehmen, um hierher springen zu können.«

Langsam wurde Galen die Bedeutung dieser Worte bewusst. »Sie haben die Nachricht geschickt«, sagte er an Juda gewandt. »Sie haben die anderen hierher geholt, habe ich Recht?«

»Ja.«

»Dann ist der Zeitpunkt der *Zweiten Offenbarung* ...«

Sieben Judas blickten auf die Maschinen, die wie Taschenrechner aussahen. »In sieben Minuten.«

»Das ist es«, sagte Maddox und schnipste mit den Fingern. »Dafür haben Sie Ludwig gebraucht.«

»Ja?«, erkundigte sich Eins. »Wofür?«

»Als Bezugspunkt. Er hat Ihnen die Orientierung für die Zeitschlaufen geliefert, mit deren Hilfe Sie Ihre Manipulationen durchführen konnten. Darum haben Sie ihn am Leben erhalten – damit Sie sein Gehirn anpeilen konnten.«

»Ja«, sagte der Juda, der die Bezeichnung Acht trug, mit einem Seufzen. »So war es gedacht – aus beinahe demselben Grund sind wir übrigens auch auf Sie aufmerksam geworden —, doch nach einer Weile war sein Gehirn zu stark umnebelt. Und schließlich hat er auch noch einen Schock erlitten, der ihn vollkommen unbrauchbar gemacht hat.«

»Musst du schon wieder damit anfangen?«, beschwerte sich Doktor Syntax. »Wir hatten bereits alle jüngeren Judas zu ihm geschickt. Ich hatte einfach angenommen, dass ein Juda mit mehr Erfahrung bessere Ergebnisse erzielen würde.«

»Das war ein guter Gedanke«, sagte Zwölf. »Leider erwies er sich in der Praxis als völlig undurchführbar, weil du nicht bedacht hattest, dass er dich als denjenigen wiedererkennen würde, der ihn ›umgebracht‹ hat.«

»Doktor van Gudden?«, sagte Maddox überrascht. »Egal, in welchem Jahrhundert, Sie sind das ewige Arschloch, was?«

»Zwei Minuten«, sagte Zwölf mit einem Blick auf die Uhr.

»Ich werde nicht zulassen, dass Sie diesem Mann etwas antun«, sagte Marisa, die aufgestanden war und sich zwischen Galen und die anderen stellte.

»Ach wirklich?«, sagte Eins. »Wäre es Ihnen lieber, wir würden unsere Aufmerksamkeit auf Sie richten und nachsehen, ob es nicht das eine oder andere Körperteil gibt, das nicht zu Ihnen gehört?«

Marisa schluckte. »Mein Bein?«, sagte sie benommen. »Sie würden mir mein Bein wegnehmen?«

»Ich wollte Sie nur warnen«, sagte Eins. »Drohen Sie nie damit, eine Brücke anzuzünden, wenn Ihr Gegner alle Fackeln besitzt.« Er warf einen Blick auf die Anabasis-Maschine. »Es wird Zeit, Vierzehn.«

»Bitte«, sagte Galen. »Ich will das nicht, Juda.«

»Sie haben leider keine Wahl«, sagte Juda mitfühlend, »und ich auch nicht. Sie waren der Auslöser, der die Umkehrung in Gang gebracht hat. Wenn wir die eingetretene Wende wieder rückgängig machen wollen, müssen Sie unbedingt wieder in den früheren Zustand zurückversetzt werden.«

»Aber wie wollen Sie das machen?«, fragte Marisa schluchzend. »Sie sagten, es hätte Monate gedauert, ihn mit der Welle in Einklang zu bringen – wie wollen Sie das innerhalb weniger Tage erreichen?«

»Nicht Tage«, sagte Juda und blickte sie bedauernd an. »Minuten, Sekunden. Als ich noch allein war, habe ich Monate dafür gebraucht, das ist richtig. Aber, wie Sie sehen können«, sagte er und wies auf das Quorum, »bin ich nicht allein. Und die meisten der Anwesenden hier hatten sehr viel mehr Zeit, um die Technik zu vervollkommnen.«

Galen ergriff Marisa am Arm und zog sie mit sich in eine Ecke des Raums. »Bleiben Sie hier«, sagte er. »Sehen Sie nicht zu. Sie können im Augenblick nichts für mich tun, außer sich zu erinnern.«

»Woran soll ich mich erinnern?«

»Erinnern Sie sich daran«, sagte er, während sich ein unnatürliches Licht in dem Raum auszubreiten begann, »dass diese Männer nicht unbesiegbar sind. Wenn wir eines über Juda gelernt haben, dann nicht, wie mächtig er ist, sondern dass er trotz seiner Macht wieder und wieder gescheitert ist. Seit Jahrhunderten ist er gescheitert. Es ist nicht vorbei, Marisa«, sagte Galen, während seine Gestalt zu flackern und zu verblassen begann, »es ist noch nicht vorbei ... Kriemhild.«

Ein greller Blitz flammte auf, und als Marisa wieder etwas sehen konnte, stellte sie fest, dass sie mit Doktor Syntax, der

Leiche des Königs und dem blauen Huhn allein war. Alle anderen waren verschwunden.

▬▬▬▬▬▬▬

»Nun«, sagte Doktor Syntax, »das ist eine verdammt anstrengende Woche gewesen, nicht wahr?«

Marisa sah ihn verständnislos an. »Ist das alles, was Sie dazu zu sagen haben?«

Er zuckte mit den Achseln. »Was wäre Ihnen denn lieber?«

»Gegen ein paar Erklärungen hätte ich nichts einzuwenden.«

»Fragen Sie ruhig.«

»Wohin sind die anderen verschwunden?«

Doktor Syntax runzelte die Stirn. »Ich könnte mir vorstellen, dass sie Hagen dazu benutzen werden, verschiedene Kräfte zu bündeln. Wenn er sich in Einklang mit der Welle befindet, wird er Wesen mit ähnlichen Fähigkeiten anziehen, die dann den kommenden Konflikt einleiten können.«

»Warum haben sie Maddox mitgenommen?«

»Er ist zu gefährlich. Er weiß zu viel, und darüber hinaus kennt er möglicherweise ein paar Leute, die die Bemühungen des Quorums doch noch zunichte machen könnten. Ein zweitausend Jahre alter Mann kann eine Menge einflussreiche Freunde gewinnen.«

»Warum haben sie mich nicht mitgenommen?«

»Die anderen wollten Sie mitnehmen. Ich habe Sie hier behalten.«

»Warum?«

»Sie sind eine gute Ärztin und ein anständiger Mensch. Wenn die anderen Sie mitgenommen hätten, dann nur, um mit Ihrer Hilfe Hagen unter Kontrolle zu behalten. Sie hätten sich auf der Stelle Ihrer entledigt, wenn Sie sich ihnen in den Weg gestellt hätten. Und ich bin sicher, das hätten Sie getan.«

»Danke, dass Sie mich gerettet haben.«

»Keine Ursache«, sagte Syntax und winkte ab. »So ganz selbstlos ist das nicht gewesen. Sie sind mir in dieser Zeitschlaufe in lebendigem Zustand einfach nützlicher als in totem.«

Marisa schauderte und schaute sich um. In der einen Ecke baute Henrietta geschäftig an einem Nest, und in der anderen lag Ludwigs lebloser Körper an derselben Stelle, an der Juda ihn getötet hatte.

Sie ging hinüber und breitete eine Decke über den Leichnam. Einen Augenblick später trat Doktor Syntax zu ihr, um ihr zu helfen.

»Er ist jetzt also wieder Hagen?«, fragte Marisa und vermied es, dem Direktor ins Gesicht zu sehen.

»Ja«, sagte Doktor Syntax.

»Wo haben sie ihn hingebracht?«

»Das darf ich Ihnen nicht sagen, Marisa. Ich habe zu viel Achtung vor Ihrer Intelligenz, als dass ich Ihnen das anvertrauen würde.«

»Und wenn diese Woche vorbei ist? Was wird dann mit ihm passieren? Können Sie mir wenigstens das sagen?«

»Aber natürlich, meine Liebe. Sehr einfach – er wird an den Ort gehen, wo alle Helden früher oder später landen: Walhalla. Er wird in die Heimstatt der Götter einkehren.«

Marisa starrte ihn fragend an. »Sie meinen das im metaphorischen Sinne, oder?«

»In gewisser Weise schon«, erwiderte Doktor Syntax. »In *Platonia* ist alles möglich.«

»Ich verstehe immer noch nicht, warum Sie Galen und die anderen hierher gebracht haben«, sagte Marisa, »oder wie Herr Schwan an diesen Ort gekommen ist.«

»Maddox war der einzige mir bekannte Mensch, der jemandem begegnet war, der sowohl ein Eingeweihter Merus als auch ein Erlkönig gewesen ist: Jesus Christus. Außerdem wusste er einiges über ein bestimmtes Wesen, das möglicherweise die Vorfahrin sämtlicher Göttergeschlechter auf der ganzen Welt gewesen ist und indirekt für die Herrschaft der Erlkönige verantwortlich war – die Sibylle Idun. Und Galens Bedeutung erklärt sich von selbst.«

»Wie steht es mit den Professoren? Ihren Kollegen?«

Syntax schüttelte abwehrend den Kopf. »Unwichtig. Ihr Zustand wurde durch den Fluss von Realitäten ausgelöst, in dessen Mittelpunkt sich Galen und Langbein befanden, weiter nichts. Bedauerlicherweise«, fügte er hinzu.

»Und Ludwig?«

»Das ist eine kompliziertere Geschichte. Angefangen hat es damit, dass die erste Umkehrung nicht funktioniert hat. Als ich feststellte, dass die Umkehrung angehalten worden war, und schlimmer noch, dass jemand sie möglicherweise rückgängig gemacht hatte, reiste ich auf der Suche nach einer Lösung des Problems durch die Kontinente, doch umsonst. Die Woche verstrich und alles war wieder wie vorher. Ich war gescheitert.«

»Und Galen?«

»Als die Welle vorübergezogen war, nahm er wieder seine alte Identität als Galen an, ohne sich an die Ereignisse der vorangegangenen Woche zu erinnern. Wir sind also wieder zurückgereist und haben es noch einmal versucht. Das Ergebnis blieb jedoch dasselbe. Wieder und wieder. Schließlich fand ich heraus, wie man zwischen Endpunkten hin und her springen kann, und stellte fest, dass Veränderungen in der Vergangenheit eine Umkehrung stabilisieren konnten. Ich reise also in die Vergangenheit, um Ereignisse zu beeinflussen, von denen ich glaubte, dass sie das gewünschte Ergebnis herbeiführen würden.«

»Dieser Doktor Syntax, Bruckners Ratgeber, war also ...«

Er nickte. »Ja. Damals habe ich mir diesen Namen zugelegt, auch wenn das eine meiner späteren Reisen gewesen ist.

Zuerst kam Wagner: Ich bin jener Arzt in Zürich gewesen, der ihm Langbeins Übersetzung der Ur-Edda verkauft hat.«

»Wozu war das notwendig? Hat er nicht bereits an einer neuen Fassung des *Rings* gearbeitet?«

»Ja und nein. Maddox und Liszt haben Wagner auf diese Idee gebracht, indem sie ihm die Ur-Edda beschafft haben. Sie kamen jedoch zu spät und es sollte ihm nicht mehr gelingen, die Arbeit zu beenden. Aber er war so weit gekommen, dass ich gut erkennen konnte, welche Richtung er eingeschlagen hatte. Ich scheute davor zurück, selbst Hand an die Edda zu legen, denn sie war das einmalige Geschenk, das die Umkehrung möglich machte. Ich konnte Wagner jedoch die Arbeit erleichtern, indem ich ihm die Übersetzung gab. Das habe ich dann auch getan – aber er ist dennoch gescheitert. Als Nächstes habe ich es bei Schubert versucht, mit dem anderen Buch, das ich in Meru gefunden hatte: das *Buch des Saturn.* Ich ergänzte das Buch um die Texte über die Erlkönige, die in der Edda enthalten waren, denn ich glaubte, dass jemand mit Schuberts Fähigkeiten gute Vorarbeit leisten würde, auf der Wagner einige Jahrzehnte später aufbauen konnte. Ich habe jedoch nicht mit seinem mangelnden Urteilsvermögen in Bezug auf das literarische Material gerechnet, und so waren all meine Mühen umsonst. Um mein Vorhaben zu retten, brachte ich den jungen Anton Bruckner zu Schubert – zuvor hatte ich ihm die Töne des Liedes eingeschärft, das er pfeifen musste, um Schubert zu beeindrucken. Ein paar Bemerkungen an der richtigen Stelle brachten den Komponisten schließlich dazu, dem Jungen das Buch zu schenken, und ich hoffte, dass dieser auf Schuberts Arbeit aufbauen konnte, um mit Wagners Entwicklung Schritt zu halten.«

»Wie konnten Sie zu diesen verschiedenen Punkten in der Vergangenheit springen? Ich dachte, Sie brauchen bestimmte Daten über einen Ort und eine Zeit, damit das möglich ist.«

»Das ist richtig. Deshalb brauchte ich einen Experten, der

die nötigen Informationen für mich ausfindig machen würde: Mikaal Gunnar-Galen.«

»Aber das hat doch sicher noch nicht ausgereicht.«

»Sie haben Recht. Ich brauchte jemanden, der sich noch besser in dieser Zeit auskannte. Wenn möglich jemanden, der ein Zeitgenosse Liszts, Wagners und Bruckners gewesen ist.«

»Ludwig.«

»Genau«, sagte Doktor Syntax. »Der Schwanenkönig. Es brauchte einige Anläufe, um den richtigen Endpunkt zu finden. Schließlich ist es mir jedoch gelungen, an einen Ort zu springen, wo ich in die Rolle des Doktor van Gudden schlüpfen konnte. Ich hatte Ludwig bereits in früheren Phasen seines Lebens begleitet, als sein Lehrer oder Arzt, um sicherzustellen, dass er Wagner unterstützte. Ich bin sogar in die Epoche seines Großvaters zurückgesprungen und habe ihn mit Lola Montez bekannt gemacht, um den Regierungsantritt des jungen Ludwig zu beschleunigen.«

»Hm«, brummte Marisa. »Wie haben Sie die arme Frau davon überzeugt, Ihnen bei Ihrem Vorhaben behilflich zu sein?«

Er zwinkerte ihr zu. »Vertrauen Sie mir – es war nicht allzu schwer, Sie dazu zu überreden, besonders wenn man bedenkt, was für ein Leben die Mätresse eines Königs führt.«

Sie wurde rot. »Was meinen Sie damit?«

»Wenn ich eine *tulpa* mit Ihnen verschmelzen konnte, um Ihr Bein wiederherzustellen, meinen Sie nicht, dass ich eine ganze *tulpa* erzeugen konnte, die unabhängig von Ihnen existiert? Jedenfalls ist es mir gelungen, im Augenblick von Ludwigs Tod ihn und mich durch *tulpas* zu ersetzen, und zwar so, dass dies niemand genauer überprüfen würde. Ich habe ihn in diesen Turm gebracht, in dessen Dachbalken ich die Runen für ein langes Leben geritzt hatte, die ich überall im Berg Meru entdeckt hatte. Diese Runen sorgten für die außergewöhnliche Lebensdauer der Ankoriten. Danach musste ich lediglich so viel Informationen wie möglich aus Ludwig herausholen, der wirklich ein bisschen verrückt gewesen ist. Als ich damit fertig war, hatte ich so viel Wissen für meine Arbeit gesammelt, dass ich ihn eigentlich nicht mehr länger brauchte. Ich habe ihn trotzdem hier behalten, weil ich es nicht übers Herz gebracht habe, ihn beiseite zu schaffen.«

»Wie überaus großzügig von Ihnen«, sagte Marisa.

Doktor Syntax ignorierte die Bemerkung. »Wie schon gesagt, die Umkehrung war wieder und wieder gescheitert, trotz all unserer Bemühungen. Schließlich sind wir, das Quorum der Judas, zu einer bahnbrechenden Erkenntnis gelangt: Dass sich die Umkehrung unserer Kontrolle entzogen hatte, lag nicht an einem Fehler in der Vergangenheit, sondern an einem Fehler in der Umkehrung selbst. Wir haben uns buchstäblich auf den falschen Augenblick konzentriert. Die Ereignisse, die Sie heute Nacht erlebt haben«, sagte er mit Nachdruck, »bedeuten, dass wir uns dieses Mal auf den richtigen Augenblick konzentriert haben.«

»Das hoffen Sie jedenfalls.«

»Wir sind uns ziemlich sicher.«

»Ich habe nur noch eine Frage«, sagte Marisa. »Wenn Sie diese ›Umkehrung‹ schon so viele Male wiederholt haben, warum ist der gegenwärtige Juda, ›Vierzehn‹, nicht hier geblieben, wo er Galen am besten hätte überwachen können?«

»Er verfolgt seine eigenen Ziele, die er für genauso wichtig hält. Manche von uns mögen nicht seiner Meinung sein, aber letztlich ist dies seine Echtzeit und er kann tun und lassen, was er will.«

»Ich dachte, er sei zum Anfang der Umkehrung zurückgesprungen, um zu verhindern, dass sie rückgängig gemacht wird?«

»Nein«, sagte Doktor Syntax und schüttelte den Kopf. »Die Umkehrung ist bereits im Gange. Wenn wir einen neuen Endpunkt schaffen, könnte dieser sich positiv auf die Wende auswirken, anstatt sie zu verhindern. Es gibt keinen Endpunkt vor der Umkehrung, zu dem wir springen könnten, jedenfalls nicht ohne Kenntnis der richtigen Koordinaten. Zugegeben, man könnte sie durch Ausprobieren ermitteln, aber das würde Ewigkeiten dauern. Und bis dahin wäre es längst zu spät.«

»Aber kann er ... Sie ... einer von Ihnen nicht zu einem Zeitpunkt vor der Umkehrung zurückkreisen und ein paar Dinge verändern?«

Doktor Syntax kicherte. »Meine Liebe, das hier ist nicht *Die Zeitmaschine*. Wir können nicht einfach nach Belieben in die Zukunft oder die Vergangenheit reisen, zu jedem Zeitpunkt, der uns passt. Oh, theoretisch ist das schon möglich – jeder Augenblick ist auf die eine oder andere Weise der Endpunkt einer Zeitschlaufe. Man muss also nur den entsprechenden Endpunkt ausfindig machen und hindurchspringen. Das Problem ist aber, dass es Milliarden und Abermilliarden von Endpunkten gibt, die keinen Anschluss zu einem anderen bedeutenden Endpunkt haben. Dies ist besonders in der Nähe von Umkehrungspunkten der Fall, die schließlich über einen solchen Anschluss verfügen.«

»Sie wollen damit also sagen, dass es Jahrhunderte dauern könnte ...«

»Noch viel länger. Ich versichere Ihnen«, sagte Doktor Syntax und blickte wehmütig aus dem Fenster, »es könnte ein ganzes Leben dauern.«

EPILOG

Selbst ist der Mann

Die Zeitwirbel, die der letzte Sprung ausgelöst hatte, wurden schwächer und sanken zu Judas Füßen hinab, während er in der Dunkelheit des Hauseingangs stand und wartete. Die Millionen von Jahren, die er nun schon durch die Zeitschlaufen gereist war, hatten endlich das gewünschte Ergebnis erbracht: einen Endpunkt, der weniger als zwanzig Jahre von der Umkehrung der Weltanschauung entfernt war. Ein Endpunkt, der ihn in eine schmutzige Straße führte, die ihm noch im selben Augenblick so vertraut war, als hätte er sie nie verlassen. Ein Gemisch aus Sinneseindrücken und Gerüchen strömte auf ihn ein, die er längst in die tiefsten Winkel seiner Erinnerung verbannt hatte.

Und Schritte.

Ein vertrauter Rhythmus, das Klappern von Absätzen, die über das Kopfsteinpflaster des Elendsviertels im östlichen London hasteten. Das hektische Tempo sagte ihm, dass sie sich noch nicht mit Alkohol versorgt hatte. Später, nach dem Wodka, waren ihre Schritte stets langsamer und hielten oft gänzlich in irgendeinem schützenden Hauseingang inne, wo sie ihren Rausch ausschlafen konnte.

Eine schmale Gestalt, der man ihr Alter und das fehlende Korsett ansah, eilte vorüber, und unwillkürlich streckte Juda den Kopf aus dem Hauseingang, um ihr mit den Blicken zu folgen. Ihr dunkles Haar war sorgfältig hochgesteckt, und unter anderen Umständen hätte sie beinahe den Eindruck von mädchenhafter Naivität erweckt. Sie hielt kurz inne, als hätte sie seine Anwesenheit gespürt, und setzte dann ihren Weg in die Arme ihrer ureigensten Dämonen fort.

Ach, Mutter, dachte Juda bei sich. Meine Mutter.

Würde sie betrunken sein, wenn der Mann, der in Kürze

234

auftauchen würde, in sie eindrang und seinen Samen hinterließ? Vielleicht würde sie auch einen Handel eingehen: ihre Lenden für einen Tropfen Alkohol? Er schüttelte den Gedanken ab. Was immer man seiner Mutter vorwerfen konnte, sie war keine Hure. Eine Säuferin, sicherlich, aber keine, die ihre Haut zu Markte getragen hätte. Sie lebte stets monogam, das heißt, sie gab sich immer nur mit einem Mann ab, so lange, wie dieser bei ihr blieb. Nur bei der Wahl ihrer Männer ließ sie ihr Urteilsvermögen regelmäßig im Stich. Meist hatten sie ein geregeltes Einkommen, waren jedoch derb und brutal. Besonders der Letzte von ihnen, Vaughn. Hätte seine Mutter in jener Nacht Einwände erhoben, als der Seemann ihre Kinder mit sich nahm, um sie zu ertränken, dann hätte Juda ihr verzeihen können. Doch das hatte sie nicht getan, und deshalb hatte er sie ebenfalls getötet.

Insgeheim hoffte er, dass der Mann, wegen dem er hierher gekommen war, nicht in dieses Muster passte. Er hoffte, dass der Mann, mit dem seine Mutter in dieser Nacht zusammen sein würde, irgendwie anders wäre.

Sein nüchterner Verstand sagte ihm das Gegenteil. Die Kreise, in denen sich seine Mutter bewegte, machten es unwahrscheinlich, dass sie einem Mann aus den oberen Schichten der Gesellschaft begegnen würde. Und doch hoffte er, dass der Mann nicht zu den niedersten Geschöpfen gehörte, dass irgendein Charakterzug darauf hinweisen würde, dass er sich über die Stufe des Tieres erhoben hatte. Er hoffte auf irgendeine versöhnende Eigenschaft in diesem Mann – der immerhin sein Vater war.

Er trat zurück in die Schatten, um im Verborgenen zu bleiben, während die Schritte aus der entgegengesetzten Richtung erneut näher kamen, dieses Mal langsamer. Als die Frau an ihm vorbeigegangen war, glitt er geräuschlos in ihren Schatten und folgte ihr zu der schmuddeligen Hütte, die einige Straßen vom Hafen entfernt lag.

Sie war ohne Begleitung und betrat das Haus allein. Vielleicht war ihr Liebhaber bereits dort und wartete auf sie – aber nein, sie zündete im Wohnzimmer eine Öllaterne an, ließ sich schwer auf einen Stuhl fallen und nahm einen tiefen Schluck aus ihrer Flasche. Sie war wirklich allein.

Juda grübelte über die Unwahrscheinlichkeit dieses Ereignisses nach. Bis zur Morgendämmerung blieben nur noch wenige Stunden, doch seine Berechnungen besagten eindeutig, dass seine Empfängnis in dieser Nacht stattfand.

Er hatte nie die Möglichkeit in Betracht gezogen, dass diese Berechnungen falsch sein könnten. Er irrte sich selten, und wenn doch, dann gestand er es sich niemals ein. Vielleicht hatte er den Augenblick verpasst. Vielleicht war sie bereits bei einem Mann gewesen und war einfach nach Hause zurückgekehrt, um die Erinnerung daran im Alkohol zu ertränken.

Es gab nur eine Möglichkeit, das herauszufinden.

Juda klopfte laut an die Tür, und seine Selbstbeherrschung gewann rasch wieder die Oberhand, als die Frau die Tür öffnete und er in Augen blickte, die ein Abbild seiner eigenen waren.

»Was ist? Was wollen Sie?«

»Darf ich hereinkommen?«

Einer ersten Eingebung gehorchend, wollte sie die Tür wieder schließen. Doch dann überlegte sie es sich anders und ließ den schlanken Mann mit den dunklen Augen herein. Irgendetwas an ihm hatte sie neugierig gemacht.

Sie stand vor ihm und faltete die Hände, ein wenig unsicher, wie sie sich in der ungewohnten Situation verhalten sollte. Sein Aussehen und sein Benehmen entsprachen nicht dem, was sie normalerweise von Männern gewohnt war, die sich für sie interessierten. Sie wusste nicht, ob sie ihm aus Höflichkeit einen Drink anbieten sollte, und hoffte zugleich, dass dies nicht nötig sein würde – schließlich war ihre Wodka-Flasche nicht bodenlos.

Juda nahm dem Augenblick seine lastende Schwere, indem er direkt zur Sache kam.

»Haben Sie Kinder?«

Sie runzelte verwirrt die Stirn. »Kinder? Wofür? Für eine Fabrik?«

Juda spürte einen leichten Widerwillen, als er begriff, woran sie dachte, und schüttelte den Kopf. »Nein. Ich möchte einfach nur wissen, ob Sie Kinder haben.«

»Noch nicht, Gott sei's gedankt«, schnaubte sie, hob die Flasche und kippte einen Schluck hinunter. »Und so Gott will, werde ich auch keine haben. Ist schon schwer genug, mir selbst Essen und ein Dach über dem Kopf zu beschaffen, ohne dass mir so ein Balg am Rockzipfel hängt.«

Judas Gesicht verfinsterte sich. »Und wenn Sie nun doch feststellen würden, dass Sie schwanger sind? Was dann?«

»Nun, dann bleibt mir wohl nichts anderes übrig, als den kleinen Racker in die Welt zu setzen. Ich bin schließlich kein Ungeheuer, wissen Sie ... Aber das ist unwahrscheinlich. Ich bin schon fast ein Jahr nicht mehr mit einem Mann zusammengewesen, und so Gott will, werde ich auch so bald keinen anfassen. Dreckige Scheusale. Damit meine ich natürlich nicht Sie«, fügte sie rasch hinzu.

Juda winkte ab. Er wusste immer noch nicht, was er von dem Ganzen halten sollte. »Aber das ist nicht möglich. Sie müssen heute Nacht schwanger werden. In genau neun Monaten werden Sie einen Sohn zur Welt bringen – die Berechnungen können nicht falsch sein.«

»Hah!«, gluckste sie und kippte den restlichen Wodka hinunter. »Es ist Schellfisch-Saison. Die meisten Männer sind beim Fischen oder im Hafen mit dem letzten Fang beschäftigt. Selbst wenn ich Interesse hätte, hätten sie für die nächsten Wochen gar nicht die Zeit, irgendjemanden zu schwängern.«

»Aber«, stammelte Juda verwirrt, »Sie müssen schwanger sein.«

Sie lachte noch einmal und ließ sich wieder auf den Stuhl sinken. »Und woher wollen Sie das wissen? Haben wohl hinter meinem Rücken in meiner Unterwäsche gewühlt, was?«

Die Erkenntnis dämmerte langsam, doch als sie kam, traf sie Juda mit der Wucht eines Donnerschlags.

Er warf einen Blick auf die kichernde, betrunkene Frau vor ihm und sah dann aus dem schmutzigen Fenster. Am Himmel zeigte sich bereits das Grau der heranrückenden Morgendämmerung. Er dachte an die zahllosen Jahrtausende, die er und die anderen Abbilder seiner selbst durch die Zeit gereist waren, um diesen Augenblick zu finden. Ein Unterfangen, wie es in der Geschichte noch nie dagewesen war, mit dem einzigen Ziel, der heimliche Zeuge eines bestimmten Ereignisses zu werden – so hatte er jedenfalls bisher angenommen.

Ihm wurde bewusst, dass dies sein einziger Fehler gewesen war, denn alles andere passte perfekt zusammen.

Er wandte sich wieder der Frau zu, die ihn mit ihren vom Wodka verschleierten Augen neugierig ansah. Er betrachtete sie einen Augenblick lang und schritt dann zur Tat.

»Stehen Sie auf.«

Wortlos gehorchte sie ihm.

»Ziehen Sie Ihre Kleider aus.«

Ihre Augen weiteten sich, als ihr klar wurde, was er verlangt hatte.

»Was? W... was haben Sie ...?«

Juda wiederholte seine Aufforderung. »Ziehen Sie Ihre Kleider aus. Machen Sie, was ich sage, und ich werde Ihnen nicht wehtun. Wenn Sie sich wehren, breche ich Ihnen den Arm. Haben Sie verstanden?«

Sie nickte ängstlich und zog langsam ihr Kleid aus.

Juda atmete auf, als er sah, dass sie nicht zu fliehen versuchte. Dann verriegelte er die Tür und begann sich auszuziehen.

Eine Stunde später, als die Londoner Luft bereits ihre verschwitzten Körper getrocknet hatte, verließ Juda die Frau, damit sie ihren Rausch ausschlafen konnte. Das Wissen, dass er das Ziel seiner Reise erreicht hatte, beruhigte ihn. Besonders, da die Ereignisse einmal mehr seinen Glauben an die eigene Bestimmung bestätigt hatten.

Die Götter selbst gehorchten seinem Willen. Er besaß die Macht, ganze Welten zu verändern. Und seit dieser Nacht wusste er ganz sicher, dass von allen Wesen auf dieser Welt er allein sein Schicksal bis hin zum Ursprung seines Daseins durch bewusste Entscheidung selbst bestimmt hatte.

Es war Zeit, ans Werk zu gehen. Er musste lediglich eine Umkehrung zu Ende bringen, und wenn dies geschehen war, konnte ihn niemand mehr aufhalten – egal, in welchem Zeitalter.

Er zog den Reißverschluss seiner Hose zu, blickte der aufgehenden Sonne entgegen und ließ ihr Licht über sein Gesicht strömen. Dann zog er die Anabasis-Maschine aus der Tasche, justierte die Rädchen an ihrer Oberseite und verschwand.